蒼《そう》氓《ぼう》

石川 達三

目次

（註）文字遣い、表現については原文を極力尊重するとともに、旧漢字や専門用語、難読語などには中学生や高校生も読みやすいよう仮名を振り、新仮名を使うなどした。

第一部　蒼《そう》氓《ぼう》

蒼　氓

一九三〇年三月八日。

神戸港は雨である。細々とけぶる春雨である。海は灰色に霞《かす》み、街も朝から夕暮れどきのように暗い。

三ノ宮駅から山ノ手に向う赤土の坂道はどろどろのぬかるみである。この道を朝早くから幾台となく自動車が駈け上って行く。それは殆んど絶え間もなく後から後からと続く行列である。この道が丘につき当って行き詰ったところに黄色い無装飾の大きなビルディングが建っている。後に赤松の丘を負い、右手は贅沢《ぜいたく》な尖塔《せんとう》をもったトア・ホテルに続き、左は黒く汚い細民街に連なるこの丘のうえの是《これ》が「国立海外移民収容所」である。

濡れて光る自動車が次から次へと上って来ては停る。停るとぎしぎしに詰っていた車の中から親子一同ぞろりと細雨の中に降り立つ。途惑いして、襟《えり》をかき合せて、あたりを見廻す。女房は顔をかしげて亭主の表情を見る。子供はしゅんしゅんと鼻水をすすり上げる。やがて母は二人の子を促し、手を引き、父は大きな行李《こうり》や風呂敷包みを担《かつ》ぎあげて、天幕張りの受付にのっそりと近づいて、ヘッとおじぎをする。制服制帽の巡査のような所員は名簿を繰りながら訊《たず》ねる。

「誰だね？」

「大泉、進之助でごぜえまし」

「何処《どこ》だ？」

「ヘッ？」

「どこだ。何県だ？」

「秋田でごぜえまし」

所員は名簿に到着の印をつけて、待合室で待っているようにと命ずる。父は又ヘッとお辞儀をして行李を担ぎなおす。

待合室というのは倉庫であった。それがもう人と荷物とで一杯である。金網張りの窓は小さく、中は人の顔もはっきりしない程に暗く、寒く、湿っぽい。

「此処《ここ》さ待ってれ」と父は言って、行李を担いで人の中を分けて入って行くと、荷物を置く隙間を深した。大きな棚が三段になって幾列にも並んでいる。女達はみなこの棚の上に坐っている。男達は荷物に腰かけて煙草を喫っている。妙にしんとして碌々《ろくろく》話声もしない。子供達が泣きもしない。憂鬱に黙りこくって、用もないのに信玄袋を開けて見たり、手のひらを眺めて見たりしているのだ。

行李を置いて出て来ると大泉さんはほっとして戸口に立った。ぬかるみの坂道を自動車はまだ続いている。はてしもない移民の行列だ。ブラジルへ、ブラジルへ！

遠く、港が灰色にかすんで見えている。その向うには海がぼやけている。そしてその海の向うには、外国がある。ついぞ考えて見たこともない外国という事が今は大きな不安になって胸を打つ。すると又しても故郷の山河を思い出す。故郷には傾いた家と、麦の生え揃《そろ》った上を雪が降り埋めている幾段幾畝《いくせ》の畑と、そして永い苦闘の思い出とがある。しかし、家も売った畑も売った。家財残らず人手に渡して了《しま》った。父と祖父と曽祖父と、三つで死んだ子供と、四基の墓に思いっきりの供物を捧《ささ》げてお別れをして来たではないか。

「本倉さん、まンだきゃ？」女房が後から問いかけた。ふりかえろうとした時に、恰度《ちょうど》受付へやって来た一団の家族を見つけて、おう、いンま来た！　と言った。彼は漸く楽々とした微笑を浮べ、煙草を喫う事も忘れていたのに気がついて袂《たもと》に手を入れながら、頑丈《がんじょう》な大きな肩に細く光る雨を受けて受付の方へ歩いて行った。女房もやっと遣《や》り場のない気持を和らげられて、十三と五つとの子供達にまで「ほりゃ本倉のおンつあんが御座った！」と言った。

本倉さんとは杉の叢立《むらだ》ちを隔てて隣同士であった。彼は大阪の親戚《しんせき》へ寄ったので一足後《おく》れて来たのであった。彼は六人の家族を連れて、てんでに荷物をかついで、倉庫の入口に立つと愕《おどろ》いて言った。

「おンや居だも居だも！　こりゃ一隻の船さみんな乗れッかな？　心細くねくてえかべどもしゃ」

「ンだ」と大泉さんも同感した。それから人々の間を掻《か》き分けて何とか落ちつく場所を見つけると、知らない人達の肩のあいだに挾《はさ》まって行李や包みの上に腰をかけた。人いきれがむっと臭くて、雨に濡れた着物の蒸れた匂いが鼻をついた。眼の前の棚の二段目には婆さんが坐っていて、鼻水をすすっては煙管《きせる》をかちかちと叩いていた。憂鬱そうに唇を歪《ゆが》めて煙草を喫った。そしてぼんやりと傍《そば》に佇《たたず》んでいる若者に向って、勝治仁丹持ってだか、と言った。門馬さんと婆さんは風邪をひいているのだ。勝治は隣りの若者に向って、

「孫さ、仁丹ねえか、有ったらけれ」と言った。孫市はまた隣りへ向いて、

「姉しゃん仁丹有ったな。出してけれ」と言った。紡績女工であった頬の赤いお夏は、バスケットの蓋をあけた。

洋服を着た洒落《しゃれ》た娘がマンドリンを抱いて立っている。父親の勝田さんは革のスーツケースに腰かけて、襟に毛皮のついたインバネスを着ている。半ば白い髭《ひげ》があって、でっぷりと肥えていて、物知りめいて隣りの中津井さんという熊本の男に話しかけている。

「そりゃあんた日本とは比べものにならん。気候はね、いつでも合服一枚で済むようなええ気候だし、土地と言えばもうその肥えて肥えて、桑がね、桑の苗がね、植えてまる一年で以て、こう！　二寸からの直径になる。わしは一つ養蚕をうんとやるつもりですがね、珈琲《コーヒー》はもう生

産過剰で行き詰りましたな。将来は果樹及び養蚕、殊に養蚕はええですよ。現在では絹物は全部輸入ですからな、ええ」

元気で喋舌《しゃべ》っているのは此の人ばかりで、相手の中津井さんも俯向《うつむ》き勝ちだし、彼の多弁が却ってそのあたりの人々を一種沈鬱な不安な気持にさせるのであった。本倉さんは喫い尽した煙草を下駄で踏み消しながら囁《ささや》く様に言った。

「大丈夫だべな」

「うん」と大泉さんは答えた。それは体格検査の事であった。本倉さんはトラホームであった。そしてブラジル入国の移民の第一条件は（一、トラホーム患者ニ非ザルコト）である。患者はサントスの港から一歩も上陸させないでそのまま送り返される。これは移民にとって最大の恐怖であった。しかし本倉さんは郷里の予備検査で合格したからこそ来たのである。

「何としても合格せんばならんねな」大泉さんは決心を固めるようにつぶやいて大きな体《からだ》を行李の上でぎしぎしと置き直した。すると彼の後に居た麦原さんは、土の浸《し》み込んだように黒い皺《しわ》の寄った顔をふり向けて立ち上った。

「お常、こっちゃ来え」

十五六になる赤い襟の生々《ういうい》しいお常はお下げにした赤い髪を背に垂らして、父の後から人混《ご》みを分けて外に出た。外にはまだ銀色の細い雨が烟《けむり》のように降りつづいていた。父は鳥打帽を傾けて軒づたいに倉庫の裏に廻って行った。ここならば誰にも見つかることはない。ただ軒滴《しずく》が光りながら並んで落ちて来るだけだ。お常は父が何をするのかを知っていた。だから父の前に立ち止ると眼を閉じ、じっと顔を上に向けて待った。少し蒼《あお》白い弱々しい顔にしぶきの様に小さな雨の粒が冷たく落ちた。父は袂からロート眼薬の小瓶《びん》を出して、皹《ひび》の切れた大きな手で不器用な点眼をしてやった。(何としても合格せんばなんね!)

ぬかるみの坂道を自動車はまだ続いていた。三ノ宮駅に汽車が着くたび毎に、親子手を引きあい、荷物をかつぎ、ぞろぞろ下りて来るのだ。殆んど大部分の者が始めての自動車と言うものにためらいながら乗るのだ。その車の行列を横切って、灰色に暗い雨空にりんりんとけたたましい鈴の音を響かせて、号外売りが叫びながら走っていた。ロンドン軍縮会議が恰度《ちょうど》真最中である。朝の新聞では軽巡洋艦の艦型制限で議論沸騰し再び委員付託となった事、アメリカは依然として大巡十八隻案を固持していると言う事、しかもこの問題をよそにしてイギリスはシンガポール要塞の工事中止声明を裏切って工事費の増額予算を議決した事を知らしている。一方では現職文部大臣小橋一太《こばしいちた》が越鉄疑獄に連座して、辞表を出した匆々《そうそう》に起訴拘留された事を報じている。物情騒然として暗澹《あんたん》たる中に、胸を刺すような鋭い号外の鈴の音が絶えず移民の自動車の行列を突っ切って走っているのだ。

午後十時、黄色いビルディングの中から騒がしい銅鑼《どら》が鳴り響いて来る。すると所員が受付の天幕の中から名簿を持って出て来る。倉庫の入口に立って身動きもならぬほど詰っているお百姓達に向って叫ぶ。

「只今から体格検査がありますから、名を呼ばれた人は家族全部を連れてあちらの建物に行って下さい。順番にです。荷物はそこに置いたままで宜《よろ》しい。いいですか、もう一遍言いますよ。名を呼ばれた人は……」

倉庫の中は急にざわざわとして荷物をまとめて立ち上る用意を始める。所員は北海道から順番に青森、秋田、岩手と呼び上げて行った。呼ばれて倉庫を出た者は女房を促し子供の手を引きながら、細い雨が斜に降る中を黄色い建物までぞろぞろと歩いて行く。入口を入ると暗い長い廊下が真直ぐに伸びていて、その廊下に列を造って待たされる。先頭から順次に名を呼ばれて医務室に入って行く。そこで上半身を裸にさせられて、背と胸とを銀色の小槌《こづち》で叩かれて、次に瞼《まぶた》の皮を裏返しにめくられて、その二つに合格すると室と寝床との番号札を渡される。それを持って次の室へ行く。そこで当収容所に於ける生活の注意を与えられ、首からぶら下げる様に紐《ひも》のついたセルロイドのサックに入れた食堂「パス」を貰う。このパスがなくては飯が食えないのだ。

廊下に並んだ人達の間では、雨に濡れた着物から発する悪臭と濡れた女の髪から発する悪臭とがむっと温かくて、暗い片隅に踞《うずく》まった大泉さんは、(何としても合格せんばなんね!)と本倉さんに言うともなしに言った。すると麦原さんは今一度お常を促して洗面所に行った。そして人の居ない隙をみて又眼薬をしてやった。

「佐藤勝治……妻夏」と係員が大きな声で呼び上げた。お夏は、弟や知らぬ人達の前で妻と呼ばれるのは始めてであった。彼女は伏眼になって勝治の後から医務室に入って帯を解いた。その姉の頰が林檎《りんご》の様に赤いのを弟は美しいと思った。

「佐藤勝治の母門馬くら。弟門馬義三。……妻の弟佐藤孫市」

孫市は名を呼んでいる所員の前を通る時叱られはせぬかとびくびくしていた。姉のお夏と勝治とは本当の夫婦ではないのだ。友人の門馬勝治を婿にして形式だけ佐藤の籍に入れたのだ。そうして（満五十歳以下ノ夫婦及ビ其ノ家族ニシテ満十二歳以上ノ者）を以て家族を構成しなければ渡航費補助移民の条件に合わないからだ。門馬さんは婆さんと二人の息子、孫市は姉弟。この二組が一緒になって一家族という形式を臨時に作ったのだ。然し是は孫さんの智慧《ちえ》ではない。移民取扱海外興業会社の地方業務代理人山田さんが教えてくれた術《て》だ。――叱られるどころではなかった。係りのお役人にとっては平凡過ぎる事である。むしろ奨励してもいい位だ。そうすれば海外発展の成績は上り国内の人口問題も多少は助かる。海外興業会社にして見れば移民が一人でも多ければそれだけ社業殷盛《いんせい》だし、地方代理人山田さんにしても自分の扱った移民については歩合が貰える訳だ。孫市よりもうまいのは物知りの勝田さんだった。彼は移民会社に託して五千円をブラジルに送ってある。そして現に懐中に三千円を持っている。これだけ財産が有っては渡航費補助は貰えない。自費で行くとすれば家族八人二百円ずつで千六百円かかる。そこで考え出したのが自分の十六になる娘を親戚の青年の嫁に仕立てる事だ。相手の青年は検査前の青二才だからこの男を戸主にして了えば、戸主は無一文だから当然移民になれる。

すると勝田さんは妻の父である。勝田一族は妻の母、妻の兄弟という名目で、かくて立派に船賃千六百円をまる儲《もう》けした。拓務省をペテンにかけた訳だ。

麦原さんはお常のことが気になった。しかし眼薬の効《き》き目で（当収容所に於て療養すべし）と言うだけでひと先ずパスした。そして本倉さんは「隣りの室で待って居れ」と言って後廻しにされた。

後廻しにされた中に熊本から来た黒川一家があった。夫婦の間に十一を頭《かしら》に九人の子がある。しかもそれだけでは移民家族にならないので親戚の十三になる女の子を入籍して連れて来た。都合十二人だ。最後の子供は生後三ヵ月である。規則には六月未満の嬰児《えいじ》は許されないのだ。医者はこの子を見た時にはッとした。思わず、これは！　と言った。

「君、ちょっと、見たまえ！」と彼は隣りに居る医者に言った。

「恐ろしい栄養不良だよ」

この子は蚕の様にぶよぶよで蒼《あお》白く透きとおるような肌の下から静脈の網目がすっかり見えていた。凋《しな》びて皺《しわ》の寄った小さな顔、眠るでもなく醒《さ》めるでもなく唯ぐったりとしている表情。眼を開く力もなく声を立てて泣くことさえも出来ないのだ。

「乳を飲むかい？」と医者は吃《ども》りながら訊《き》いた。母親は両手にこの子を抱いたままぼんやりと窓の外の雨を眺めていて返事もしない。医者は父親をふりかえった。大きな体格をした父は右の手の甲で鼻水をこすってそれを左手で揉《もみ》み消している。その三人を囲んでうようよと九人の子供だ。その中の三人の女の子は頭に虱《しらみ》が霜の降った程にたかっていて、中の一人は頭一杯の腫物《はれもの》で膿《うみ》が流れて髪が固まって悪臭を放つ中を虱が歩いている。二人の医者は呆《あき》れてこの白痴のような夫婦をつくづくと眺めた。是は人間であるか獣であるか。そして毛むじゃらな熊《くま》の様に逞《たくま》しい本能の姿をまざまざと見たように慄然《りつぜん》として顔を見合わした。（郷里の予備検査の医者は何をしていたんだろう？）そしてともかくも後廻しときめた。

体格検査の済んだ者は順々に自分達にあてがわれた室を探して階段を上って行った。四階の第九号室、室は中央に四尺の通路を空けて、あとは両側にびっしりと十二のベッドが床のように連なっている。通路には二つの長椅子と一つの長い机。大泉さんは此のベッドの上に胡坐《あぐら》をかいて、大きな肩を元気よく聳《そび》やかして女房と子供達とを見返った。合格した！　それは愚痴を言いたくなっては押え押えして来た従順な女房にとってもほっとする事だった。（移民になるのは、やんだねは！）彼女は幾度か良人《おっと》に向ってそう歎息《たんそく》しようとした。しかし今は漸く良人の元気な日に焼けた顔に向って微笑を返すことが出来た。

麦原さんの一家と門馬さんの一家とが同じ室に入っていた。他にベッドが一つだけ空いていた。大泉さんは最初に誰かに話しかけたくなった。彼は善良な明るい顔をして言った。

「お互えに、合格してえかったしなあ！」

「あ、ふんとにえかったしなあ！」と麦原さんが乗りだして来て言った。「おれや、娘がトラホー眼で、ほりゃ心配したし。ンだどもしゃ、此処で治療せばえンだして」

「えかったしな。あんた秋田県でねしか?」

「青森だし。秋田さ近え方だども」

「俺秋田県だし!」今まで鼻唄をうたって行李を片づけていた孫市が言った。

「湯沢だし」

「ほ! 俺あ田沢だし」と大泉さんが一層元気づいて言った。それからはもう打ちとけた話が糸をほぐす様にすらすらと出て来た。それは知識階級の初対面と違って虚栄も探索も警戒も軽蔑《けいべつ》も、一切ぬきにした急激な親しみであった。そのうえ皆が同じ目的をもって集まって来たのだ。言わば誰もかれもが日本の生活に絶望して、甦生《そせい》の地を求めて流れて行こうとする、共同の悲哀を胸に抱いているのだ。それが一層早く皆を親しくさせるのだった。そしてこれ等の友達と親しくなって行くに連れて、この幾日、家財整理やら後の始末やら、又は自分が精根を掘り埋めて来た田畑との別れやら旅立ちのごたごた迄、まるで自分が死んで行くかのように重苦しかった心、逡巡《しゅんじゅん》し、暗澹とし悄然《しょうぜん》とした心が、今になって始めて明るく揉みほぐされて行く様に思われて嬉しかった。

　ただ一人、門馬さんの婆さんだけはいつ迄たっても憂鬱だった。ベッドの上に皆に背を向けて坐って、ベッドの縁の鉄枠《わく》に例の煙管《きせる》をかちかちと叩きつけては口をへの字に歪《ゆが》めていた。誰も話しかける事も出来ないほど意地悪い様子だった。婆さんは風邪を引いて憂鬱である。それよりももっと癪《しゃく》に障るのは勝治が佐藤の籍に入った事だ。

「だからな、ブラジルさ着いたら直ぐに籍は戻すんだ。ンでねば誰も行かれねべ!」と勝治がいくら言っても駄目なのだ。大体ブラジル三界まで行かねばならないと言うのが、勝治も義三も甲斐性《かいしょう》が無いからだと思っていた。尤《もっと》もこの兄弟は少し頭の足りない方ではあったが。

窓の下を号外の鈴の音が走り過ぎた。雨は一層細かく霧のようになって横に流れている。港は遠く灰色にぼやけている。

「本倉さんの室、どこだしべ?」と女房が言った。大泉さんは、うむ、探して見ッかな、と言って立ち上った。廊下で銅鑼《どら》が鳴った。

「何だ?」と頭の足りない義三が言った。

「あれは飯だ」と孫市が言った。「姉しゃん飯食いに行くべ。あの食券持ってな」

「ああ腹へった。行こ行こ」と麦原さんが女房達を促した。この女房はだらしのない女で、襟が開いて乳房《ちぶさ》が見えるのも平気だし、寝そべって膝《ひざ》の出るのも何とも思わない女だ。

食堂は一階にある。四階の三十の室からぞろぞろと廊下にあふれ出た移民達は各々の室で友達は出来たし、検査には合格したし皆めっきり明るい顔つきをしていた。口笛を吹く者もあり、階段の欄干を辷《すべ》る子供もある。食堂の入口に来ると制服の所員が立っていて、一々食堂パスを持っているかどうかを検べている。そこを通って中に入ると、飯と菜との蒸れた臭いがむっと鼻をつく。八人に一つの長い卓を両側から囲んで坐る。同室の者は誰言うとなく一緒に坐るのだった。だが食事は何とはなしに囚人の食事を思わせる。一つの皿に油揚げと菜っ葉の煮つけたのがベタリと叩きつけた様に入れてある。大皿に八人前の沢庵漬《たくあんづけ》がある。八人に一つの飯櫃《びつ》と茶瓶《びん》とそれっきりだ。しかし村で散々貧乏をして来たお百姓には食える。麦原さんも大泉さんも元気に何杯も食べた。

「うまくねなぁ」自転車職工であった門馬義三が言った。すると向側から孫市が、「文句は言われねえべ。天皇陛下の御飯でねかよ！」とたしなめる様に言った。

「ンだンだ」と大泉さんも大きく肯《うなず》いた。

だが金持ちの勝田さんには食えなかった。殊に絹の着物を着たその女房には食えなかった。彼女は良人《おっと》の耳に口を寄せ眉《まゆ》をしかめて「十五日まで此の御飯じゃ困りますねえ。お金を出しても他の料理は貰えないんでしょうか」と言った。勝田さんは、

「船の御飯はもっとまずいよ。麦飯だからな」と覚悟をきめたように答えた。

食事を終って又四階まで上って行く時に、孫市は物に脅えたように無口でいる姉に言った。

「飯食って直ぐ四階まンで上るのも楽でねえなあ姉しゃん」

お夏は愛する弟の元気な顔を見てそっと微笑《ほほえ》むだけであった。彼女は堀川さんの事を思っていた。紡績の女工監督の堀川さん、彼女に結婚の申込みをした男のことを。（若《も》しもあの申込みがもう一カ月早かったならば！）彼の申込みは弟が移民になるのを決心した後のことであった。彼女は当惑して、

「少し持ってたんへ。弟さ訊いて見ねば……」と言って返事を延ばした。けれども、自分が結婚すれば弟の家族構成は崩れる。お夏はその事を遂々弟に言わないでしまった。この元気な弟、このたった一人の肉親をがっかりさせたくなかったから。そして有耶無耶《うやむや》のうちにここまで来て了った。郷里を出るまでは左程に苦しくも思わなかったのに、別れて来てみると、殊に外国へも行くとなってみると、今更慕わしく思い出される。彼女は弟に遅れて階段の欄干を撫《な》でながら考え考え上って行った。

体格検査で後廻しになった黒川一家は合格ときまった。どう考えても不合格に違いないのだが所持金がたった二十円では九州まで帰す訳にも行かない。これで親子十二人が地球の果まで行こうと言うのだ。移民になって了えばブラジルの農園までは、旅費も食費も要らないからいい様なものの、不合格にしたら始末に困る。トラホームでないのを幸いに医者は合格の印を捺《お》して了った。(ブラジルへ棄てにやる様なもんだが)と考えて彼は苦笑した。

けれども本倉さんは不合格にされた。彼のトラホームは案外に悪かった。しかも戸主である。是が子供のことならば、その為《ため》に一家全部が不合格になる事を思って合格にすることも出来るのだが――。医者は気の毒そうな表情をして(あなたは不合格である)旨をやさしく言った。極くやさしく言った。すると本倉さんは眼脂《めやに》のある赤い眼をあげて医者の顔をまじまじと見た。そして問い返した。何度も何度も問い返した。それから頭を下げて頼んで見た。けれども無駄であった。

「ブラジルから送り返されてもいいかね？　え？　それでは余計に辛い思いをするばかりだよ。早く療治して又来るんだね」

本倉さんは悄然として医務室を出ると大泉さんの室を探して四階まで上って来た。大泉さんは飯の後の煙草を喫っていた。彼は本倉さんが入って行くと、おう！　と喜んで言った。

「いンま訪《たず》ねて行くべと思ってたとこだ。お前の室どこだ？」

本倉さんは微《かす》かにほほえんだ。そして此の友達と別れねばならぬ事に胸が苦しくなった。大泉さんの女房は子供を押しやってその辺りを片づけながら言った。

「さ、ここさ上ってたんべ。童《わらし》あ散らかしてばり居で……」

「俺あ不合格だ」と彼は眼をふせて言った。

「なンに？」大泉さんは息を呑むように叫んだ。彼は本倉さんの唇が慄《ふる》えているのを見た。涙が眼に一杯になって来るのを見た。室の中はしんとして了った。麦原さん、その女房、お常、お夏、門馬兄弟、孫市、誰もが動かなくなって了った。大泉さんは大きな眼をして友達を凝視している中《うち》に胸が段々熱くなって来た。彼はむくむくと立ち上るなり煙管を抛《ほう》り出してベッドの鉄枠を跨《また》いだ。

「ここさ待ってれ、おンりゃ懸けあってやっから」

「待ってけれ待ってけれ！」本倉さんは彼の大きな胸に縋《すが》るようにして押し返した。

「待ってけれ、お前行ったとて何ともなんね。おりゃ何ぼ頭下げで頼んで見たか知んね。ンだどもしゃ、ブラジルから戻されだら何とすッかってな」それから呆然としている友達の女房をかえり見て自分を嘲《あざけ》るように言った。「おかみさん、おりゃ行かれねくなりましたからなしゃ、どうぞ、御機嫌えくなあ……」

大泉さんは幅の広い肩を慄わせて「いつまでンでもお前と二人で働くべと思ったになあ」と言って泣いた。今朝収容所に着いた時に連れが多いから心細くなくてよいと言ったのは此の男だった。それがいま孤独にされて了ったのだ。

「今からお前、何とする」と彼は言った。

「何ともなんねべや」本倉さんは少し棄鉢《すてばち》に言った。「とにかく一遍帰って見て……」

帰って見たら何があるだろう。生涯帰らないつもりで一切の絆《きずな》を断ち切って、家も売り田地主に返したではないか。帰っても何も有る筈がない。郷里の予備検査の医者は大丈夫だと言ったではないか。あいつが嘘をつきやがった！　だが今それを言って何になろう。帰って見ても何も有りはしない。と言って帰るより他《ほか》に仕様がないではないか。

大泉さんは日に焼けた頬に光る涙の筋を拭こうともせずに、女房が信玄袋から出してくれた四合瓶を持って長椅子に坐った。別れの盃《さかずき》だ。これは郷里の思い出の酒「爛漫《らんまん》」である。本倉さんは暗い心のままでアルミニュームのコップ酒を受けた。恐らくはもう生涯会うこともあるまい。苦い冷酒の味であった。

やがて大泉さん夫婦に収容所の玄関まで見送られた本倉さんは、妻と五人の子供達を連れて、行李を担《にな》い風呂敷包みを提げてぬかるみの坂道を黒い一群の影のように見すぼらしくなって下りて行った。煙のような雨が横に吹き流れていた。彼等の後からフランス人の若い娘が赤いスカアトを見せて、男と腕を組んで、相合傘《あいあいがさ》で歩いて行った。

午後三時、合格して愈々《いよいよ》移民となった九百五十三人は、五階にある講堂に呼び集められて、当収容所に於ける一週間の生活の注意を与えられた。それは実に噛んで含める様なこまごまとした注意であった。女は必らず洋服を作ること、買物は組みになって買えば安いこと、便所は水洗式と言って洗い流す様になっていること、布や綿を流すとパイプが詰ること、絹物はブラジルで高い税を取られるから持って行かない方がいいこと、等々。

この注意が終って解散すると、早い黄昏《たそがれ》がやって来た。収容所の前に並んだ「渡航用品廉売所」を始め見下す街々には灯が点《つ》いて、港には船のあかりも点々と見え、はるかに汽笛のぼうと鳴る音も聞かれた。鯖《さば》の煮た切身が一切れずつついた夕食が終って第一日目の夜が来ると、どの室もどの室も始めてゆったりとした気持になって来た。それはもう十日余りもの緊張と不安とからやっと解放された疲労と安心との喜びであった。大泉さんは生の鯣《するめ》を取り出して四合瓶の栓《せん》をあけて麦原さんや孫市やにすすめた。

「大分いける方だしな」と麦原さんはアルミニュームのコップ酒を受けながら言った。

「ほう、俺あこれせえ有ればな。……不合格になった友達な、あれとよく一緒に飲んだし」

「毎晩だしか？」郷里の友達に葉書を書きながら孫市が言うと、大泉さんの女房は子供に寝巻を着せながら答えた。

「毎晩だし。風邪ひいて御飯だばくわね時でもこればりあ何ぼでもねは」

この女房はいつも良人の大きな背中の後にかくれている様に、つつましくしおらしくて、四十幾年の彼女の年齢に柔らかく温められて来た様に気持よく年とっていた。

廊下では子供達が走ったり毬《まり》を投げたりしていた。四階の九号室と向いあった十三号室では会津《あいづ》若松から来た三浦さんが、同室の人達に酒をふるまって米山甚句《よねやまじんく》やら、さんさ時雨《しぐれ》やらを唄っていた。三階の勝田さんの室では戸主名義になっている青年が花嫁名義の従妹《いとこ》のマンドリンを弾《ひ》いて、花嫁の兄貴はハモニカを吹いて、金婚マーチの合奏をやった。その間に勝田さんは大島の着物に胡坐《あぐら》をかいて九州人の中津井さんを相手にブラジル講義をやっていた。彼は信州の海外協会支部長をした事のある地主であった。

「どうもこうよく考えて見ると言うと日本の農業はその、何と言うか、行き詰っとる！　どうも私なんかが人に土地を貸してやらしとるのが、毎年々々それが感じられる。しかも年毎にどうもそれが切実にな、見えて来るんですな。これじゃあ仕様が無いから一つ今の中に何とか新生面を切り開かにゃならんと思ってなあ、そこでまあ今度ブラジルに土地を買いましてな、アリアンサ植民地と言う所ですがなあ、行って見る様な訳ですがね」

中津井さんは一向に話に乗って来ないでいつ迄も沈んだ顔つきでいる。勝田さんは話に油が乗らない。そこで別の人に話しかけた。

「時にあんたあ、御一人《おひと》きりですかい」

五十がらみの無精髭《ひげ》を生やした堀内さんは風邪気味の鼻声で、ええと言った。

「すると、補助単独移民の方ですな」

「へいや、わしあ再渡航ですらあ」

「おう、そうでしたか」

と勝田さんは掘出しものをした様に元気づいて言った。

「何時《いっ》お帰りになりました？」

「昨年の十一月ですらあ、ヴェノス・アイレス丸でなあ。その、息子をなあ、やっぱり日本の小学校へ入れてやりてえ思えましてなあ。連れて戻って親戚い預けて行きますんじゃ」

「向うにも良い小学校があるそうですが？」

「いや、余り感心せんとお見んせえ」

「珈琲園《コーヒーコロノ》の請負農夫賃銀が下って問題になりましたね、あれはどんなもんです？」

「なあに」相手は憮然《ぶぜん》とした調子で言った。「働き居る者あ食えんこたあ有りませんわえ。日本と違うてなあ……日本じゃ働えても食えん言うとりますけんのう」

「そうするとやっぱり日本よりゃあ良い訳ですなあ」と勝田さんは膝をゆすって悦んだ。

「そうですなあ、まあ、暢気《のんき》なだけ、ええでひょうかなあ」堀内さんは考え考え言った。

労働が暢気なのだ、と勝田さんは思った。暢気に働いていれば食って行ける。土地は肥沃《ひよく》だし気候は良いし物価は安い！　これこそ地上の楽園である様に思った。然し堀内さんはそう言う意味で言ったのではなかった。珈琲園の労働は日本の農業に劣らず苦しい。変化にも乏しい。移民達は誰一人本当のブラジルを知ってはいない。空想だ。話に聞いたブラジルの良い所に日本の良い所だけを付け加えての空想だ。事実のブラジルは大変なところだ。僻遠《へきえん》の農村はこの世から隔離された別世界だ。隣りの部落迄は近くて三里遠ければ十里、そこにはラジオは愚か新聞雑誌は愚か、郵便の配達さえもない。百姓達は土間に自分で寝台を作って住む。働くと食うと寝るより他にする事もない所だ。猛獣も居れば毒蛇もいれば鰐《わに》もいるが医者の居る部落は殆んどない。そしてマラリヤの絶えざる脅威がある。その他名も知らず素性も知れぬ毒虫共が家の軒に住み土台の間に住んでいる。そんな事は移民は誰も知りはしない。けれどもブラジルへ行った移民達は一向に帰って来ようとはしない。これら無数の迫害よりももっと恐ろしいものが日本にあるからだ。日本の農村の津々浦々までも行きわたった文明の脅威に比べれば猛獣毒虫の迫害はまだ何でもないのだ。日本の農村のどこに農村らしい駘蕩《たいとう》としたものがあろう。生活の絶えざる脅威と圧迫、絶えざる反抗と焦慮、不安と怒りと絶望とが有るばかりだ。ブラジルには数百千町歩の大地主の簡素な邸《やしき》を取り巻いて二十軒三十軒の淳朴《じゅんぼく》な農奴にも似た農民の家がある。部落の百人百五十人は全部顔見知りで、他との交通が少ないから十日以上も知らない顔を見ない事もある。法律の有りや無しや、政府の有りや無しやにも無関心に、都では政権争奪の革命が五年ごと十年ごとに起るのに、知る人もなく語る者もない。野飼いの牛は夕方になると沼地から鳴きながら戻って来るし鶏は裏のバナナの下で眠る。関心事は珈琲の稔《みの》りと子供の成長とだけである。桃花源の物語りにも似た悠々たる生活は、昨日と今日との間に何の区別もなく、昨年と一昨年との間に何の変化も無い。堀内さんはこれを指してブラジルの方がいいと言ったのであった。彼は珈琲園に四年間働いた。世界のことは愚か日本の事さえも年に一度か二度か風の便りに聞くばかりで、言わば何一つ知らずに、日の出から日没まで汗だくになって働いた。今から思えばそれが楽しかったのだ。彼が十一月に日本に帰ってからは、岡山県の山の中の弟の家にいたのに、どれだけ多くの事を知らねばならなかったか。東京市会議員大疑獄に次いで藤田謙一の合同毛織事件と天岡直嘉の売勲事件。山梨半造が釜山取引所事件で起訴され小川平吉が私鉄疑獄で引っぱられた。その次に樺太山林事件があり明政会事件もある。最近には現職文部大臣が収賄事件で辞任して今朝は起訴されている。こうした政界財界の腐敗の一方には一月の金輸出解禁とそれに伴う消費節約のどさくさ、引き続いての各地生産業者の困憊《こんぱい》。すると財閥の売国的ドル買事件と国民の憤激。一月二十一日には議会は解散された。二月二十日には総選挙。その繁雑さの後には選挙違反、それから工場のストライキと共産党事件の裁判と、次は軍縮会議だ。次々と起ってくる是等のめまぐるしい事件を日毎に知らされるだけでも彼は身も心もさむざむとする様に思い、母国の終焉《しゅうえん》を見るように悲しかった。むしろ何も見ず何も知らないに限ると思った。彼は今は日本に何の未練もなく、むしろ逃げる様な気持で出発の日を待っているのであった。

翌朝、味噌《みそ》汁と沢庵漬との朝飯が済むとすぐに腸チブス予防注射があった。この注射という事が移民達には実に珍しい経験である。痛いとか赤くなったとか揉《も》むと痛まないとか、それが午前中一杯の話題になった。

正午近く、一人の収容所員が和服にソフト帽の二人の男を案内して三階の勝田さんの室の扉を開けた。

「九州の中津井さんて人、居ますか？」

中津井さんは二の腕をまくり上げて注射のあとを揉んでいたが呼ばれると妙におどおどして廊下に出た。彼が一足踏み出したとき見知らぬ男は一歩近づくと見ると、彼の右手に素早く捕縄《ほじょう》をからみつけた。刑事であった。

中津井さんは黙っていた。反抗しても無駄なことを知っていた。唯さっと顔色を失ったばかりであった。詐欺。拐帯《かいたい》。──三階の室という室からは人々がどっと廊下に流れ出した。騒ぎは忽ち四階まで波及して三階に向って階段を一杯になって駈け下りて来た。その人波を分けて二人の刑事は中津井さんの頭に帽子をあみだに乗せて階段を下りて行った。

室の中では残された女房が泣き崩れて、三人の子供は訳も分らずに母に取りすがってわっと泣いた。勝田さんの娘はこの女房が怖《おそ》ろしくて廊下に逃げ出して慄えていた。堀内さんは憮然として溜息《ためいき》をついた。何と言うあわただしい日本だろう！　そして泣いている子供の一人を膝に抱き取ろうとしたが、子供はふりもぎって母の腕に飛びついて泣いた。

一時間の後、この女房は子供達に着更《きが》えをさせ、男手を失って重くなった荷物をまとめて収容所の玄関を出て行った。窓という窓からは見えなくなるまで皆が見送っていた。昨日の雨は霽《は》れていたがまだぬかるみの坂道を、まるで身投げをしに行く親子のように悄然と下りて行く哀れな後姿であった。

「あの女房は亭主のやった事を知っていたんじゃないかな」後姿が見えなくなると、直ぐに勝田さんが言った。それからどの室でも口々の批判が始まった。門馬勝治は、なんぼか悪い事をしたべな、と言った。麦原さんの女房は、

「ヤンだねはア。悪い事すんもンでねえなア。こわやこわや」と言ってごろりと横になった。

「日本を逃げる気でいたべな」と麦原さんが言うと大泉さんは大きく首肯《うなず》いてから、

「ンだなしや。ンだどもしゃ、ブラジルさ行ったら真面目に働くつもりであったかも知んねなあ」と考え考え言った。

「見逃《みのが》してやッこども出来ねもんだか知んねなあ」と孫市は眼をうるませて言った。然しこの若者は元気で、活溌で永く悲しむ事の出来ない男だった。三分も経つと鼻唄をうたった。（日暮れになると涙が出るのよう……）そして彼の快活さが門馬さんの婆さんには気に食わないのだ。婆さんは風邪で熱が少しあった。そしていつまでも勝治が佐藤の籍に入った事をぶつぶつ言った。そうしなければ移民になれない事は分っている。分っているから余計腹が立つのだ。

午後になると又昨日の様に五階の講堂に集められて、渡航用品の話、買物の注意、現金を移

民会社で預かるというような話があった。係員は懇切で雄弁であった。

「船へ乗ったらもう皆さんの小遣いより他には一銭も要りません。煙草代と子供さんのミルク代だけ持っていれば宜しい。サントスに上陸してからの汽車賃、荷物運賃、サン・パウロ収容所の経費、みな州政府が補助してくれます」と言うような話の間々には、子供が泣いたり母親がドアをあけて出て行ったりした。

お夏は講堂に居なかった。彼女は講堂へ行くような風をして弟を撒《ま》いて又室へ戻って来た。門馬さんの婆さんが独り窓に坐って淋しそうに遠い海を眺めていた。お夏は懐《ふところ》から手紙を取り出して封を切った。堀川さんからであった。綿々たる怨みを罩《こ》めた手紙。自分に一言の返事もせずに行ってしまうのは余りひどい仕打ではないか。応ずるにしても拒むにしても返事くらいしてくれてもいいではないか。又帰るつもりなのか。若《も》し帰ってくれるならば何年でも待とう。

読み終った手紙をふところに入れて窓に肘《ひじ》をついて見る。この高い四階の窓からは三ノ宮あたりを一眸《ぼう》に集めてその向うには港の出入りの船も霞んで見える。一年経ったら帰って来よう、きっときっと帰って来よう。それは弟も堅く約束してくれた事である。移民は指定された珈琲園に満一年は居なければならない規定だから、それが済んだらきっと姉さんを送って一度帰って来ると弟は言ってくれた。堀川さんには済まないが今日までは返事が出来なかったのだ。郷里を出るまでは板ばさみであった。堀川さんには移民になるとは言えないし、弟には堀川さんへ嫁入りしたいとは言えなかった。あの人は怨んでいる。きっと怨んでいるだろう、と思った。

けれども彼女は泣かなかった。彼女はどんなに悲しい事があっても泣かないのだ。弟に最後の承諾を与えた日、井戸端の暮れなずむ雪の中で、紡績から帰って来た姉を弟は熱くなって口説いたものであった。

「俺あ今日まで姉しゃんさ唯一遍も迷惑かけた事ねえべ、な！　一生のお願えだよ。その代り姉しゃんは一年きりで帰るんだ。な！」

お夏は何とも言わなかった。寒さに頰が紅《あか》くて眼がうるんでいた。旧正月前だったから髪を桃輪に結っていた。その髪に綿屑《くず》が白くて又その上に雪が降った。

「門馬さん、何て言ってだ？」

「賛成だ。ただ門馬さんの母さんがな、勝治さんを俺あ家の籍さ入れること反対だと。晩景《ばんげ》に俺あ行って話つけて来ッからな。その前に姉しゃんの決心聞がへでけれ」

隣りの家で塩鮭《しおざけ》を焼く匂いが井戸っぷち迄も流れて来て、西の丘の林が真黒く暮れ落ちた。畠《はたけ》は雪で真白い。お夏は頰の赤い二十三の娘だった。去年の秋に父を失った二人きりの姉弟である。弟は春になれば検査がある。それはもう合格に定《きま》っている。すると二年は兵隊だ。だから四月までにはブラジルへ出発しなければならない。お夏は冷えた指を四本までも紅い口に咥《くわ》えて温めた。

「ふんとに門馬さんさ嫁《とつ》ぐだば、おンりゃ、やあだなあ」と姉は言った。

「大丈夫だって何遍言わせるんだべなあ！　名義だけだ。ブラジルさ着いたら直ンぐ籍返すんだよ」と弟は頬を赤くして言った。

　そうしなければ行かれない事はよく知っていても、何度でも念を押して見たかったのだ。彼女は堀川さんの事を思っていた。上品で、思いやりがあって女工達みんなに慕われている堀川さんのことを。井戸から湯気がもやもやと闇の中に立ち上って、足の下で足駄が雪に凍《し》みつく音がした。弟の頭は白髪に見えるほど粉雪がふっていた。風のない夜だからこの雪は朝まで続くかも知れない。

「ンだば、お前、ええ様にしてけれ」

　彼女はやっとそれだけ言った。それが最後の決心であった。姉思いのやさしい弟の犠牲になって、恋しい人を一年の間忘れていようと思ったのだ。その時でもお夏は泣かなかった。いま移民収容所の窓に凭《もた》れて、弟の眼を盗んで男からの怨みの手紙を読んでいても、やはり涙一つこぼさないお夏であった。返事を出したらあの人は待ってくれるだろうか。待ってくれるとも思うし不安にも思う。そして港を遠く眺めながら日数をかぞえて見た。あと五日、五日たったら日本を離れるのだ。

　その時、煙管を横に咥えた門馬さんの婆さんが、向うのベッドの上からそっぽを向いたままで言った。

「勝治がお前達の籍さ入らねだって、お前が俺あ家の籍さへったらえかったべや」

　お夏は不意を突かれてどぎまぎして、この婆さんが怖ろしくておずおず答えた。

「何だか、おンりゃ良ぐ知んねどもねは……」
講堂からどかどかと雪崩《なだ》れを打って降りて来る人々の足音が聞こえて来た。

夕食の後で三時間ばかりの外出が許された。けれども予防注射の発熱で、外出した者は少なかった。収容所の前の一区劃《くかく》は全部が移民のための「渡航用品廉売店」である。それは小さな安物百貨店であり十銭ストアである。移民達は先ず労働服を買った。それから鍋釜、石鹸、洗濯盥《だらい》、ゴム靴、御飯杓子《じゃくし》から、亀ノ子タワシに至るまで買い求めて来る。女の簡単服を註文《ちゅうもん》すると翌日出来上る。そしてあと五日の中にはすっかり支度が出来上って南国の旅に上る。恰度《ちょうど》、秋の中頃の晴れた日に南へ渡る燕《つばめ》の群が高い電線に勢揃《ぞろ》いするのと同じように、この収容所とその附近とは移民達が旅立ちの勢揃いをする電線であるのだ。

孫市は労働服を買いお夏は緑色の簡単服を註文し、弟にかくして手紙を投函《とうかん》した。大泉さんは一升瓶を買った。勝田一家はまずい収容所の夕食をやめてレストランでカツレツ等を食って新聞を買って帰った。彼等は久しぶりに浮世の風に当ったように元気づいていた。

勝田さんの息子は帰ってくると早速マンドリンを弾きはじめた。風邪気で毛布をかぶっていた堀内さんが不意に言った。

「あんた等あ踊りゃあ踊らんのですか」

ダンスの出来る者は誰もなかった。

「ブラジルじゃあよう踊りますぞ。土曜日の晩やこうもう、黒んぼも半黒も一緒くたンなってダンサあしますがなあ。何が面白えか思えますがなあわし等あ」と彼が言った。

「日本人も踊りますか?」と楽手が訊《き》いた。

「へえや。日本人は踊りません。なして踊らんのじゃ言うて黒んぼ等が言いますがな」

勝田は爪楊枝《つまようじ》を使いながら新聞を開いて、ふむ! と唸《うな》りながら、一千九百円、一万二千五百円、と胸算用をした。それから又堀内さんを相手に講釈を始めた。この日の朝生糸の糸価保証法の条件が正式に発表されたのである。

「どうですね是あ。え? 政治家と言うものはこう言う事しかやらん。ねえ、こりゃあ政友会の言うのが本当ですよ。民政内閣はあんまり良くない。一寸《ちょっと》マンドリンをやめえ」

……政友会は是を以て現内閣の緊縮政策の行き詰りであるとし殊に八日の糸価委員会で決定した具体的条件に至っては企業家特に金融業者の鼻息をうかがい是が利益擁護に重点を置き生糸貿易業者殊に養蚕家の利害は全然無視したもので現内閣の消費節約緊縮政策は中小商工業者勤労農民細民階級を犠牲にした金融資本家の利益擁護の手段以外の何ものでもない事を暴露し金解禁の時期を失していた事を事実に於て物語るものであると見ている……と読み終えて、

「ねえ」と一膝乗り出した。「日本で養蚕をやっている農家は二百万あるんですよ。この二百万の営々辛苦を犠牲にしてねえ! それで農村救済が出来ますか。ねえ、緊縮政策も結構だが緊縮のおかげを蒙《こうむ》るのは誰です? 百姓が一人でも助かるか、ね、農民が一日でも楽が出来るか。ね、義務教育費国庫負担額を何ぼとやら増やすそうですが、それが一村当り何ぼになる。私や計算しては見んが三十円にもなりますかい。え？　何のために此処に千人からの移民が居るかっていうと農村が食えないからだ。その食えないってのが抑々《そもそも》、政治家が農民百姓を馬鹿にしとる。移民にゃ二百や三百の船賃を出してくれるのあ、こりゃあ当り前だろうと私あ思う！」

声が段々高くなって、新聞を叩いて一度弁じたところで堀内さんは、やはり背に毛布を引っかけたまま、例のおっとりした調子で、「わしゃなあ」と岡山弁で言い出した。

「移民言うものは、こりゃあ、まあ、落葉あみた様なもんじゃと思うとりますわい。つまり村で生きて居れるだけ生きてなあ、葉の青え中は……。どうにも生きられん様になった者あ枯れて落ちる。落ちたところでまあ、此処へ集うて来るんじゃと、なあ。つまり収容所言うものあ落葉の吹き溜《だま》りですらあ。それがブラジルに行ったらまた何とか落葉から芽が出てなあ」

「ふむ」と勝田さんは言った。そして（俺はその落葉の中ではない）と思った。

四階の九号室では大泉さんが冷酒で顔を赤くしていた。

「蒸気通せば、何とぬくいもんだな」

「炭とどっちゃ得だべな」と女房が言った。

「飲んだ酒あ腹ン中で燗《かん》されるべしや」と麦原さんが言うと二人でどっと笑った。

「少しあつ過ぎンな」と孫市が言った。「炭だば灰ぶっかければええどもしゃ」

「ンだな」と麦原さんが答えた。「とめる事も火コ掘ることもなんね。便利だようで不便だなしゃ」

そしてまた皆が笑った。バルブでスチームを調節出来ることを誰も知らなかった。

麦原さんの女房は子供と一緒に寝そべって、

「ヤンな気持だねは。注射で熱出だべかな」と言った。門馬さんの劫《ごう》つく婆さんは風邪の上に注射の熱で叩きつけたい程の不平をこらえて早くからふて寝をしていた。廊下を隔てた向うの室から会津若松の三浦さんが酒を飲んで歌う自慢の唄が手に取る様に聞えて来た。

「何と向うは陽気だな」孫市はそう言って小声でついて唄いながら買って来た労働服を着て見ようとして帯を解いた。大泉さんが「こっちゃも一つやッかな!」と、アルミニュームのコップ酒を左手に危うく持ったまま女房をかえりみて笑うと、大きな肩をゆらゆらとゆすりながらうたった。

ハア秋田名物八盛雷魚《はちもりはたはた》、男鹿《おが》では男鹿鰤《ぶり》コ
能代《のしろ》春慶、檜山《ひやま》納豆、大館《おおだて》曲げわっぱ!

すると勝治も孫市と一緒になって唄った。

女房達まで混って皆でどっと笑った。大泉さんの女房は、大変御機嫌だこどねは! と言って夫の崩れる様な笑い顔を眺めた。孫市は労働服を着終って、

「どうだ姉しゃん、似つかねか?」と言った。

「兵隊のようだな」と義三が言った。

「青年訓練所だべしゃ」とその兄が言った。

「ンだな……どうです大泉さん」と孫市が言った。麦原さんが横から問いかけた。

「佐藤さん検査終えだしか？」

「まンだ。俺あ今年。……危ねくとられるとごでした。きっと合格だものなしゃ。おっかなくて逃げて来たようで気イ咎《とが》めでなしゃ」

「逃げで来たべや」と不意に義三が言った。それは変に憎々しげな調子であった。

「馬鹿あ！」孫市は言下に強く言った。「兵隊がおっかねえ様な俺だと思うか」

「口でだば何とでも言えッからな」

「馬鹿め！　あんまり出鱈目《でたらめ》言うな。やられるぞ」

けれど義三は屈しなかった。普段から馬鹿扱いにされている腹いせでもするように妙に真剣になって突っかかって行った。

「俺あ覚えてるぞ。お前なんて言った？　四月までにブラジルさ行がねば引っぱられっから早く行くんだと言わねかったか？」

「言った。それが何とした？」と孫市が言った。

向いの室では三浦さんが何かを叩きながら良い声で八木節《やぎぶし》をうたい出した。

……四角四面のやぐらの上でェ
音頭《おんど》とるとは畏《おおそ》れながらア……

「言ったが何だ。兵隊さ行けば二年待たねばなんねべ。ンだから早く行くんでねかよ」

「ンだから兵隊さ行きてくねえべ。あんまり忠義でねえぞ！」

「何だ！」と孫市は胡坐《あぐら》をかいていた片膝をぐいと立てて身構えをした。「本気だな？　本気だな？　畜生！　てめえは何だ？　第二乙でねか。第二乙が忠義か馬鹿！　姉しゃんさ聞いで見れ……な姉しゃん俺あ一遍でも兵隊さなりたくねって、言った事あッか？」

お夏は恥かしさに頰を赤くして悲しげに弟を見上げると、やめれお前、と言った。

「姉しゃんさ聞かねでも分ってだ」と義三は悠々として言った。

「何が分ってだ」と孫市はまた向き直った。

「お前はあんまり忠義でねえ事がよ」

「ようし。もう一遍言って見れ！」

「あんまり忠義でねえよう」

孫市は立ち上ってベッドの縁に足をかけた。一飛びに通路を跳び越して義三に跳《おど》りかかろうとした。その時、劫《ごう》つく婆さんがむくむくと起き上って、枕の下に置いてある煙管をとるといきなり義三の首筋のあたりを二つ三つ続けざまに擲《なぐ》りつけた。義三は飛び上って壁の隅へ逃げると首筋を押えて、痛えなあ、と唸った。

「コンの甲斐性《かいしょう》無し！」と婆さんはひとこと言うと、肩をゆすってぶつぶつとつぶやきはじめた。これはひどく皮肉なやり方であった。煙管は当然孫市を擲るべきものであった。さすがに孫市を始め室中全部が呆然として身じろぎもしなくなった。殊にお夏は顔も上げられぬような思いがして、まだ義三と睨《にら》みあったまま呆《あき》れて突っ立っている弟の労働服のズボンを引っぱった。しんとして座の白けたところに三浦さんの八木節が陽気に聞えて来た。

……あまた女郎のあるその中でェ

お職女郎の白糸こそは……

歌が終り、拍手や、笑い声が起り、又次の歌が始まった頃になって漸く麦原さんが、さぁ、そろそろ寝ッかな、と独りごとを言ったのをきっかけに、大泉さんも酒瓶を片づけ麦原さんの娘も帯を解いた。婆さんがいつまでも淋しげに肩をゆすって坐っているのにかまわず、義三も勝治も莫大小《メリヤス》のシャツとズボンとになって毛布をかぶった。孫市は労働服を脱いで用便に立った時に調子の良い口笛を吹いて行った。然しそれは誰の耳にもわざとらしく聞えていたわしかった。彼は窓際のベッドに戻るとよいしょ！　とかけ声をかけて横になった。お夏がその隣りで、一つ空いたベッドの向うに麦原一家が居た。孫市は床の中で煙草を喫った。中々眠れそうになかった。やがて廊下に足音がして、室内の電燈が消された。十時であった。室は磨り硝子《すガラス》を透す廊下の明りでほのぼのとしていた。孫市は自分が本当に忠義でないかどうかを考えていた。自分では断じてそうは思わない。しかし室中の者が疑っているかも知れないと思った。義三と喧嘩《けんか》をした時に誰も俺に加勢してくれなかった。それが疑われている証拠だと思った。すると頰に赫《かっ》と血の上るのが感じられて、段々自信がなくなって来た。自分が本当に卑怯《ひきょう》者であるように心細くなった。彼は頭を廻して低く、姉しゃんと呼んで見た。姉は答えなかった。姉に訊いて見ればはっきりするだろうと思ったのだ。姉に助けて貰いたかったのだ。

お夏は眠ってはいなかった。自分の考えに耽《ふけ》っていたのであった。室の中には大泉さんの高い鼾《いびき》ばかりが聞えていた。堀川さんはもう寝たろうか、手紙は何日かかれば着くだろうか。彼女は手紙の文句をもう一度考えていた。それは大変に短い手紙であった。長い手紙などは到底書けもしないし、又彼女の表情の少ない性格からはくだくだしい愛の言葉や儀礼的な文章が出て来る訳もなくて、自然手紙は半紙に鉛筆で半頁《ページ》にもならなかった。それでも夕方講堂の人の居ない所で、見る人もないのに恥かしさに顔を赤くして考え考え書いたものであった。

(お手紙を読みました。私は一年たったら帰ります。弟が可哀そうでしから行かねばなりません。おこらないで居てくださえ。おたっしゃで居てくださえ。私もたっしゃで居ります。きっと帰りますからおこらないで待って居てくださえ。さようなら。紡績の皆さまによろしく言ってくださえ。さようなら)

一年の間に若しも堀川さんが紡績の誰かをお嫁に貰って了ったらどうしよう。それは不安でなくもなかった。けれど圧制に馴れ諦《あきら》めることに馴らされている雪国の女であるお夏は、やがて吐息をつきながら従順な安静な心になって行くのであった。

(此処マンで、離れて了ったもの、やきもきして見たとて、何ともなんねべや!)

そしてとんと弟に背を向けると、唇まで毛布を引っかぶって安らかな眠りについた。

三月十日、収容所生活の第三日目、恐ろしく寒い日であった。午前中はブラジル語講習が開かれた。これは困難な事であった。アルファベットから教えるだけの時日はない。それに書く事よりも先ず話すことが必要であると言うので、講師は片仮名ばかりの講習をやってのけた。移民達は唐人の寝言にひとしい事をノートに書き口の中でつぶやいた。

ボン・ジャ、お早う。ボア・ノイテ、今晩は。コモバイ、御機嫌如何《いかが》です。シン・シニョール、はい、あなた。

これではどうも頼りなくて仕様がない。けれども講習が終って廊下に出ると勝田さんの息子のモダンボーイは妹の亭主の肩を叩いて、コモバイとやってのけた。相手は狼狽《ろうばい》して、朝の内からコモバイは早過ぎるぜと言った。是はボア・ノイテと勘違いしたのだった。歌のうまい三浦さんは同室の男をつかまえて文句を言い出した。

「ええか、一がウンだぜ。そんなら二は二ウンで三は三ウンだろう。二がドイスたあ何でえ。三がトレスだってやがら。はッはッは」

午後はブラジル衛生講話があってまた講堂に集められた。これは結局マラリヤ予防に塩酸キニーネを飲めと言うだけの事であった。種々な病気はあるが注意さえすればかかりはしないと言うのだ。それは分りきった話だった。

講話が終えて室へ戻って来たところで、四階の九号室の扉を開いてスーツケースを持った見知らぬ男が入って来た。まだ若い臆病《おくびょう》らしくおどおどした様子の会社員らしい男であった。彼はベッドに坐って弟の羽織を畳んでいたお夏に向って言った。

「此のベッド空いているんですね」

「ンだし」とお夏は狼狽《あわ》てて答えた。

彼は移民監督助手になって渡航する植民雑誌社の小水君であった。

彼が身のまわりを片づけている様子を門馬兄弟や大泉さん達が疑問を以て眺めていた。これは移民らしくない男であったから。そうした堅苦しい空気を敏感に感じた小水君は先ず手近に居た孫市に向ってにこやかな表情を見せて声をかけた。

「君達あいつから、八日から来てるんですか？」

「ンだし、今日で三日目だし」

「ああそうですか。はあ。……あと五日ですなあ。もう、支度は済みましたか」

「ンでねンし。まンだ、これからだし。あんたは、おひとりだしか？」

「ええ、僕独りです。はッはッは」と反《そ》った歯を見せて小水君は意味なく笑ってから、

「監督の方のね、仕事をね、手伝う事になってるもんですからねえ」と言った。

「ああ監督さんだしか？」孫市は敬意と愕《おど》きとをはっきり見せて言った。「道理で、何だか移民の様でねえがと思っていたし」

小水は返事の代りに意味もなく笑った。

大泉さんがどうぞ宜しくと挨拶《あいさつ》すると、その女房も一緒に頭を下げた。麦原さんも挨拶した。

彼の女房は監督と聞くと投げ出していた足を引込めてお常と顔を見合せた。行儀の悪いことまでも監督は叱るものだと思ったのかも知れない。門馬さんの婆さんは独り監督を黙殺して了った。小水君は皆の歓迎に気が大きくなって、いや、いやと挨拶に答えながら金口《きんぐち》の外国煙草を出して火をつけた。お夏は隣りのベッドに坐られたので急に居辛くなって、もぞもぞと弟の方へいざり寄って窓に凭《もた》れた。

夕食の後でまた買物が始まった。五人七人と群をなして外に出ると一様に前の廉売店に押しかけて行くのだ。

お夏は弟と二人だけで外に出ると労働服の弟の肩に肩を触れて歩きながら言った。

「お前今日元気ねえな、何とかしたか？」

「うんう、何ともしね」と弟は言った。

「ンだばええども、しゃい」と姉は疑わしく尻上りに言った。そして昨日註文した彼女の洋服を受取りに行った。それから靴下と靴とを買った。弟は何も買わないでむっつりと煙草ばかり喫っていた。

店を出ると暮れかかった空からちらちらと雪が降って来た。おンや雪だ！　と姉が言った。

「道理で寒かったな、今朝から」と言った。

それから、

「なあ姉しゃん」弟は変に改まって言った。「姉しゃんの考え聞がへてけれ。な、おりゃ本当に、あんまり忠義でねえか知んねえなあ」

姉は急には答えなかった。弟がまだあのことに悩まされているのを不思議なように思った。

(おりゃ女だからよく分らねかも知んねども)そして弟を気の毒に思った。それで弟は、姉も亦自分と同じ考えに迷うているのだと思った。すると忠義に対する悲壮な犠牲の感情に胸が熱くなった。

「俺は忠義でねって言われる位えだら、ブラジルさ行がねつもりだ!」と弟はきっぱりと言った。少なくとも姉にだけは自分の本当の立場を信じて貰いたかった。

お夏は永いこと黙ったままで歩いた。雪がだんだん数をまして来て、うつ向いた胸のあたりをかすめて散って行った。収容所の玄関に近づいた時になって彼女はやっと口を切って、おだやかに愛情を罩《こ》めて言った。

「義ン三さんの言うことだもの、あんまり気にすんな」

それを聞くと弟は淋しくなった、むしろ裏切られたような孤独を感じた。姉には断乎《だんこ》として他人の疑いを晴らせと言って貰いたかった。そうすれば自分は泣いてブラジル行きを抛棄《ほうき》して見せようと思っていた。彼は宙ぶらりんな気持のままで四階までの長い階段を上った。階段の両側からは歌をうたう声、子供の騒ぐ声、ハモニカの合奏などが賑《にぎ》やかに聞えていた。今夜は早く眠りたいと、彼は思った。

その夜、お夏は夢を見た。それは恥かしい夢であった。そして襟元に汗をかいていた。眼がさめたとき彼女は、小水助監督の眼鏡をはずした青白い顔が、すぐ眼のまえにぼんやりと浮いているのを見た。それさえも夢の続きのようであった。部屋の中は廊下の灯でほの明るく、スチームがむんむんと熱かった。大泉さんの鼾が枕に近く聞えるばかりで、窓硝子に触れる粉雪がさらさらと深夜に白く降り積っていた。

お夏はほとんど抵抗する術《すべ》を知らないような娘であった。彼女は助けを呼ぶこともせず、僅《わず》か二尺しか離れない牀《とこ》に寝ている弟を呼び起そうともしなかった。静かに顔をそむけて眼を閉じたまま意志を失った和《なご》やかさで横たわっているばかりであった。

寝牀はこの部屋の両側に五つずつ敷き連ねてあったのだから、罪はこのような部屋の設備に有ったかも知れない。孫市もまた不注意であった。彼はこの牀の位置を変えて、姉を窓際に眠らせてやるべきであった。彼女は殆んど小水助監督を無視しているようにさえも見えた。彼が黙って自分の牀に帰ってしまうと、お夏は彼に背を向け、毛布を唇まで引き上げてそのまま眠ろうとするのであった。

彼女に取って是は最初の経験ではなかった。彼女は、男と言うものは皆この小水のように、女の不意を襲うものだと思っていた。堀川さんもそうであった。父が病気で死ぬ数日前、紡績の退《ひ》けた後の監督室で、父の看病の為に明日の休暇を貰いに行った時に、やはり同じような事をされたのであった。その時にもお夏は抵抗し得ない娘であった。痩《や》せぎすで、細い程丈《たけ》が高くて、きりりとした蒼《あお》白い顔の堀川さんが却ってそれ以来好きになった。彼女は決して淫蕩《いんとう》な女ではなかったが、貞操という事はまるで知らないものであった。女というものは男からいつでもそういう扱いを受けるものだと思っていた。彼女は窓にさらさらと粉雪の音を聞きながら、郷里の雪の深さを思いつつ眠ろうとした。そのとき毛布の下からは小水の手が延びて来て彼女の手を握った。

「御免よ……」と耳元でささやく声がした。

彼女はただ眼を閉じてじっとしていた。

三月十一日。昨夜の雪は一寸ばかり積ってその上に明るい春めいた陽がきらきらと輝いた。収容所の窓から見る三ノ宮附近の風景は急に明るくなった。だがこの雪の下で感冒が流行していた。三ノ宮小学校はそのために一週間の休校をした。その感冒が収容所に流れて来た。そしてこの朝、三十一号室の満一年になる男の子が感冒から肺炎になった。

朝の食事が終ると直ぐに全部の移民に種痘《しゅとう》が行われた。これらの種痘や予防注射はみな航海の途中寄港地に対する用意であった。ホンコン、シンガポールあたりは危険極《きわま》る港として指定せられてあった。一九二八年頃に移民船ハワイ丸がホンコン寄港後移民の中にコレラ患者続出し、死亡者が出る度《たび》に移民の家族構成は続々として崩れ始め、シンガポールでは入港を禁止され、遂に日本に戻って来た大事件もあった。

種痘の後で講堂でブラジル宗教講話があった。神戸のカトリック教会の福々しい顔をしたにこやかな坊さんが黒い衣を着て演壇に上って、やや気味の悪いほどの愛嬌《あいきょう》をたたえてブラジルの有難い神様の御話をした。

大泉さんは宗教の話にはあまり興味がなくて、窓の外をきらきらと光りながら落ちる雪融《ど》けの軒滴《のきしずく》を眺めながら隣りの麦原さんに、

「何とええ天気だな」と言った。「雪のあとだからなしゃ」

「今年あ俺あの村でも雪あ沢山あったし」

と彼も長閑《のどか》に答えた。

「ああ、きっと麦あええべなあ」

大泉さんは植えたままで見棄てて来た自分の畠を思うた。

「ンだなし。……ンだどもしゃ、豊年も昔だばえかったどもしゃ、近頃の豊年は何にもなんねもんなあ。安ぐなって、……同じことだ！」

彼の女房は良人をかえりみて、坊さんの方を顎《あご》でしゃくって言った。

「何とはあ、有難え神様だこどねは、ほんとだか嘘だが分んねなあ」

坊さんはかかる愚劣な疑問には頓着《とんじゃく》せずに話をすすめて行った。そして午後一時から希望者だけを案内してカトリック教会の見学をさせる事を約束した。そして彼は昼食が終ると直ぐに六十五の室を一つ一つ訪問して、これから見学に案内するから希望者は前の広庭に集まるようにと勧誘して歩いた。

孫市は窓に凭《もた》れて明る過ぎる雪融けの風景を眺めていた、郷里の方では四月にならなければ

見られない風景である。雪の消えると共に伸びて来る大きな名物の蕗《ふき》と、梅、桜、桃、梨《なし》、林檎《りんご》等の百花一時に開く撩乱《りょうらん》の春と――。

「佐藤さん、行がねしか」と麦原さんが声をかけてくれたが、彼は、おりゃ、行きたくねンし、と言って断った、するとお夏も行かなかった。門馬兄弟が大騒ぎして労働服を着込んで出て行った後には彼等の孤独な劫《ごう》つくさんと麦原さんの女房とが残った。皆が居なくなると孫市は姉を促して講堂の脇の露台に出て行った。欄干の蔭に雪が残っている。隣りのトア・ホテルのヒマラヤ杉の美しい林立の中に立派な自動車が車体を光らせながら出入りするのが見えて、杉の枝から雪がさらさらと崩れていた。孫市は融け残った屋上の雪の中を靴でわざと歩きまわりながら言った。

「俺あな姉しゃん」けれども早速には肝腎《かんじん》の事が言い出せなかった。姉はひっつめに結った髪になま温い海風を受けながら眼の下に見える家々の屋根から辷《すべ》り落ちる雪を、その激しい反射に眼を細めて眺めていた。

「やっぱりな姉しゃん、俺あこのままブラジルさ行く気ンなれねな。分るべ？　何としてもな、俺あ何ぼ辛え思いしてもええからな、不忠だとばりゃあ言われたくねんだ。姉しゃんだって、不忠の弟持ちたくねえべ？」

姉はやはり無関心な様子で輝く雪の崩れ辷るのを眺めていた。答えはなかった。

「俺あな、監督さんさ相談してな、移民をやめさせて貰うべと思う」と弟は低く言った。

監督さん……それは昨夜お夏の不意を襲うた男だ。姉は監督さんの柔らかな手のひらを思い出した。移民をやめるならば又堀川さんに会えるだろうと思った。弟が合格して兵隊に行ったら、自分は堀川さんのお嫁さんになれるかも知れない。美しい衣裳《いしょう》をつけて、髪に角《つの》かくしをつけて――彼女は小水さんとの関係によって、堀川さんに対して良心に責められるところは少しもなかった。それは彼女に取っては不貞でもなく破倫でもない。それは男達の行為であって彼女の一切知らない事であった。彼女はただ何もしなかったと言うだけなのだ。

「姉しゃんには心配ばかりかげでな、悪いかったけんどな、御免してけれ、な」と弟は続けて言った。

「ンだどもしゃ、門馬さん達何とするべ？」姉はやはり弟の方は見ずに言った。

「何とするか俺あ知んね。とにかく行かれねくなる事あたしかだ」

と弟は憤然として言った。

教会見学の連中は坊さんに案内されて、雪融けの坂道に列を作って、新調の労働服や穿《は》きにくい靴の女達がぞろぞろと元町に近いカトリックのお寺まで歩いて行った。だがお寺は唯がらんとして人気《ひとけ》も無く、磔《はりつけ》になった裸の男を見て、裸の嬰児《えいじ》を抱いた女の像を見て、天井が高いのに感心したばかりであった。そして各々に胸に鉛色のメダルをぶらさげて帰って来た。坊さんの言うには是はカトリック信者のメダルであって、是さえつけていればブラジル人は親しくもしてくれるし信用もしてくれると言う重宝なものだ。それを一個二十銭の「実費で御頒《おわか》ち」

して貰って来たのである。

門馬兄弟が帰って来ると孫市は早速二人を屋上へ引っぱって行った。そして自分は移民をやめて検査を受ける事にきめたからと言った。疑いを晴らし得たことの喜びと復讐《ふくしゅう》をする事の喜びとに誇らかにきっぱりと言った。そして門馬一家も移民をやめなければならぬと聞かされた時に、急に勝治は狼狽《あわ》てだした。

「今んなって、そりゃ孫さん、あんまりでねかよ、帰れる訳のもんでねえべ」と彼は情無さそうに言った。「俺達あ、買物も沢山して、帰る汽車賃だって無えもんな」

孫市の方はそんな泣き言には答えもせずに、監督さんを呼んで来るから待ってろと言って駈け下りて行った。二人きりになると勝治は不意に弟を突き飛ばした。

「見れ！　お前要らねこと喋《しゃべ》舌るから」

「要らね事でねえよ。検査逃げる者あ不忠でねかよ」と弟はまだ言い張った。兄はぴしゃりと横面《よこつら》をなぐりつけた。

「逃げた訳でねってば馬鹿！　孫さん来たら謝《あや》まれ。ええか」

弟はしょんぼりとして兄を見上げた。兄の胸ではカトリックのメダルが光っていた。

孫市はあちこちと監督さんを探した末に、玄関の外で勝田一家と陽を浴びて立ち話をしている所を見つけた。彼等は植民事業関係で以前からの知りあいであった。小水が勝田一家と別れて玄関を入ろうとする所へ孫市は飛びだして行った。

「監督さん、一寸《ちょっと》聞いで貰えてえ事あんです。屋上さ来てくれませんか」

小水はぎょっとして、真蒼《まっさお》になって了った。昨夜の不倫な行為が知られたのだと思った。孫市の眼色は真剣で興奮しているし、場所は屋上だと言う。

「ぼ、ぼくあ……」と彼は吃《ども》り出した。「ち、ちょっと忙しいんですがねえ」

「一寸聞いで貰えませんか、門馬さん達も屋上で待っていますから」

三人だ。袋叩《だた》きか、謝罪か、と小水は思った。額に汗がにじみ出て来た。そして自分が卑しく見すぼらしく汚ならしく三人の前に立つ姿を考えた。

「ち、ちょっと用があるんですがねえ。あ、あとじゃ、いけませんか」

「はあ、一寸大事な事でなしい……」

小水は三人の前に立って恥を晒《さら》すよりは逃れられぬものならばひそかに孫市だけに詫《わ》びて内々に済ませたかった。

「困ったなあ、何の、その、そりゃあ、何の」としきりに吃ってから「何の事です？」と恐る恐る小さく訊いた。

「実あ、一寸訳《わけ》あってなし、移民をやめべしと思ってなし」と孫市は言った。

「へえい？」と小水は長ったらしく言った。ほっとして、馬鹿々々しくなって、大きく安心すると（もうあんな事はよそう）と思った。心臓の動悸《どうき》がずきずきと耳に聞えた。それから並んで階段を上りながら彼はこの田舎《いなか》者の青年の善良さを軽蔑《けいべつ》した。

ほの暗い階段に足を疲らせて五階まで上って屋上に出ると、ここは西日がぱっと一面に輝いていて、陽をあびて門馬兄弟がまだ争っているのが見えた。四人で輪を作ると先ず孫市が一昨夜の口論から今度の決心を定めるまでの経過を説明した。聞き辛い東北弁の説明を聞きながら小水は、この青年が徴兵検査の問題を馬鹿々々しいほど忠実に苦しんでいるのを珍しいものの様にまた可哀そうにも思った。

説明が終ると、勝治が弱々しく言った。

「帰れたって俺達あ、汽車賃もねえしな」

「黙ってれ！　汽車賃位え何だ、借りたらえかべしゃゝ」と孫市は言い放った。

「そりゃ君い、考え過ぎですよ」と小水は優越的ににやにや笑いながら言った。彼は今孫市に勝ちたかった。勝って服従させ手なずけたかった。と言うのが彼は孫市が恐ろしかったのである。彼の姉に対する弱味があるからばかりでなく、彼の真正直さと率直さと溌剌《はつらつ》さとが恐ろしかったのである。彼の様な理由で移民をやめるという事は小水のこの道の常識から言えば成立しない。で、彼は孫市を説得して彼の信望を得たかった。彼は飼主が猛《たけ》っている馬をなだめる様におそるおそるなだめにかかった。

「そう君考え過ぎなくてもいいですよ。ねえ、今年検査で移民に来ている者は君ばかりじゃないですよ。ねえ、誰が本気で検査を逃げたなんて思うもんですか」そして反《そ》っ歯《ぱ》を見せてはははははと笑った。

「本当に逃げたと思ってるんです」と孫市は興奮して言った。

「あやまれ！」と勝治が言った。弟は黙って一寸頭を下げた。

「そうでしょう君、君みたいな事を言ったら来年検査の者だって疑えば疑える訳でしょう。そんな事を言ったら検査前の男は誰も移民に行かれなくなるよ。ね！　そうでしょう。ははは」

「疑われる位えだから、俺あ行かね方が何ぼええか知んね」と孫市はまだ憤々として言った。

「そりゃそうだけどね、誰が疑うもんかね。そんな事で移民を止《よ》すのは損だよ君い」

「損は承知の上だし俺あ！」と青年は頑張《がんば》った。

「損はいいとしてさ」と小水は狼狽てて言った。「ね、そりゃ君の意地だよ。男の意地だよ。ね、はははは。けどね、その意地で以て早く成功してね、早く耕主《パトロン》になるんだよ。ねえ、そうじゃないですか。折角の海外発展の雄図をだよ。え？　検査の為に失うのは君、国家としても損失だよ君。そうでしょう」

小水の巧妙な説得にも孫市は何度となく頑張って押し問答を続けて行ったが、いつの間にか今日までの二日間考え通して来た自分の大問題が、小水の話を聞いている中にそれ程の大問題でもなかった様に思われだした。すると相手の言葉に反対する気勢も失って、終《しま》いには唯、はあ、はあ、と言って聞いていた。そして最後には潔よく、はあ、分ったし！　ときっぱりと言った。

「ね、分ったでしょう？　だからね、そんな心配は止してね、お互いにこれから一生懸命にやりましょうよ。——ねえ門馬君」

　と小水が言った。

　孫市が義三に向って きめつける様に言った。

「義ン三さん。お前まだ疑ぐってるか？　疑ぐるだら疑ぐるとはっきり言え」

「いや、もういいですよ」

　と小水が言った。

「あやまれ、馬鹿！」

　と兄が弟の頭を後から前へがくんと突いた。弟はふりかえりざま兄の胸を突いて、押すなよう、と言った。

「あやまれったら謝まれ」と兄はまた弟の頭を突いた。義三は急に涙声になって、

「みんなして俺一人を痛めねくたてえかべしゃみんなして！」と訴える様にわめいた。彼は今は逆に自分が不忠の罪を負わされたような変に悲しいものを感じていた。

　建物の中で夕飯を知らす銅鑼《どら》が鳴っていた。孫市は頭を下げて監督に礼を言った。

「何とも、御迷惑かけで——」

「なあに、いいですよ。はははは、これからは仲良くね、元気にやりましょう。ね、さ、飯を食いに行きましょうよ。一緒に」と小水は言った。そしてすっかり気を良くして先に立って階段を下りた。四階まで来ると孫市は九号室へ飛び込んで行って姉を連れて来た。そして監督

さんがよく話してくれたからまた行くようになった事を知らせてから、

「監督さんさ御礼言ってけれ」と言った。

小水はそれを聞くと何とも言えない妙な気持になって、なあにいいですよ、と言って無理に朗らかに笑った。お夏は真赤になってただ黙って頭を下げた。

食堂のテーブルに並んで坐ると孫市は、

「お、姉しゃん、監督さんさ御飯ついであげてけれ」と言った。小水は孫市に苛《いじ》められている様に思った。そして姉も亦弟に苛められている様に思った。

食事の後で又長い階段を上りながら小水は孫市に掴《つか》まっていた。彼は孫市を烟《けむ》たく思ったが孫市は純真な気持で信頼していた。そしてブラジルへ行ったら直ぐに勝治の籍から姉を切り離す事が出来るかどうかを訊《たず》ねた。然し小水もそれは確かに出来るかどうかを知らなかった。明日になれば移民会社から移民監督が来るから訊いて見てあげると答えた。

夜が来ると麦原さんの女房は桃色の出来あい洋服を買って来て、赤い襦袢《じゅばん》の上に着て見てげらげらと笑った。

「何とまあ派手だこと！　若返ったみてえだねは。帯がねえから裸で居る様な気持だ。どうだね大泉さん。似合ったべ」

娘のお常もお夏も、そして大泉さんの女房も洋服になった。門馬さんの婆さんは息子が註文して作った黒地の襟に白のレースをつけた服が淋しくて、膝の前にひろげて見たままただ漠然と眺めていた。母さんも着てみれ、と勝治が言っても、眼をあげて夜の港の船の灯を遠く眺めて歎息するばかりであった。

此の室がみな眠って了うまで小水は帰って来なかった、彼は三階の勝田さんの室に逃避していた。彼は今更ながら孫市を避けたくなっていた。一度は手なずけて親しもうと試みたが、今は再び彼から離れたくなっていた。彼のいじけた狐鼠々々《こそこそ》とした性格は孫市の善良さに圧倒され、面と向って対する事が出来なかった。彼は晩《おそ》くまで勝田さんやその息子達と遊んでいた。この室では歌留多《かるた》が始まっていた。彼等は歌留多まで持ってブラジルへ行こうというのだ。堀内さんが外出して中々帰らなかったので話し相手の無い勝田さんが読み手になった。捕縛された中津井一家のベッドがすっかり空いているのでそこで南北に対峙《たいじ》して勝負をやった。ところがこの前の注射が左手で今朝の種痘が右手である。連中は右手が動かされないので左手でばたばたと叩きまわった。近所の室から加入申込みをする若い衆などもあって、消燈まで賑やかな歌留多会であった。

小水が九号室へ寝に帰って見るとお夏はやはり元のベッドに眠っていた。

翌朝、移民取扱いの海外興業会社から派遣された村松移民輸送監督が東京からやって来た。彼は収容所員に案内されて三階の勝田さんの室の中津井一家のあとのベッドにスーツケースを抛《ほう》り出した。気の強い軍人上りの九州人で、軍隊に居た時酒に酔って銃を振りあげて上官を擲《なぐ》った為に軍法会議に廻された事のある男であった。勝田さんは一目でこの人は移民ではない事を知ったので慇懃《いんぎん》に訊ねた。

「失礼ですが、監督さんではありませんか？」

「え！」と彼は大きな声で言った。「今度あ一つ、皆さんの御世話をさせて貰いますよ」

彼は移民に対してこう砕けて出ることによって信望が得られるものと考えていた。それは結局彼が移民を軽蔑している事を証明するものではあったが確かに有効な術《て》でもあった。勝田さん夫婦はベッドの上に手をついて、どうぞ宜しく、と名を告げて挨拶した。

朝の中は又ブラジル語の講習があった。有難うがオブリガードで左様ならがアテローグだと言う。教えられれば教えられるほど混雑して分らなくなる。

午後はパスポートの調査と現金を托送《たくそう》する者の為の事務があった。村松監督と小水助監督は所員を助けて事務に当った。勝田さんは五百円を懐中に残して二千五百円を托送する手続きをした。そして托送しようにも金のない移民達は自室で遊んでいた。帰る旅費がない為に不合格が合格になった九州の黒川さんは医務室に居た。そこには毎日午後のトラホーム治療の患者が五六十人も団《かた》まっていて、この人だかりの奥からは吼《ほ》える様に泣き喚《わめ》く子供の声が聞えて、患者達が背伸びをして固唾《かたず》を呑んでいた。それは黒川さんの娘であった。医者がこの子の頭の膿《うみ》が流れている腫物《はれもの》を切開し、虱《しらみ》の巣喰っている髪を臭さをこらえて短く切ってやろうとしたところが、それが痛いと言って喚くのみか医療器具函《ばこ》を引っくりかえし果は医者の手を引っ掻《か》いたりするのだ。医者は父親に押えつけて居ろと言うが、父親は馬鹿な大きな獣の様にただ漠然と佇《たたず》んでいて、時折思い出したように小娘の頰を引っぱたく。すると娘はまた喚くという工合であった。医者は歎息して手を控え、眼鏡の下からつくづくと眺めて、まるで気違いじゃないか！　と吐き棄てるように言った。そしてこの子の母親は、死線を彷徨《ほうこう》している例の栄養不良の嬰児を抱いて、朝から晩まで唯うつらうつらと居眠りをしている。

三階の二十一号室の肺炎の子供は良くなかった。熱は四十度を上下し、小さな胸は一面に芥子《からし》に痛められて赤くなっていた。医者が時折出かけて行き、看護婦は時間が来ると芥子を貼《は》りかえに行った。子供は熱の高さに頰が美しく紅潮して、母親は顔に乱れかかる髪のうるささも忘れて絶えず病児の寝息を数えていた。だが頑是《がんぜ》ない同室の子供達は枕元で毬《まり》をつき歌をうたっていた。

病気はそればかりでなく、流行感冒《はやりかぜ》は次第に患者を増して行った。歌のうまい三浦さんが喉《のど》を痛めて昨夜から唄わず、再渡航の堀内さんは風邪から耳下腺炎《じかせんえん》になりかけていた。門馬さんの婆さんは遂に朝から寝たっきり起きなくて、夕方には医者に来て貰った。医者はざっと診察して単純な感冒だから心配しなくてもいいと言ったが、自分の病気をそう簡単に扱われたのさえも婆さんは癪《しゃく》にさわるらしかった。そのくせ時折むくりと起き上ってかちかちと煙管《きせる》を叩くうす気味悪いしぐさだけはやめないのだった。

変らぬ元気を見せているのは大泉さんであった。彼はカーキ色の労働服を着込むとその堂々たる体格と言い日に焼けた丸い健康な顔と言い、白髪の少し見える丸刈りの頭と言い、率直な話しぶりまでも、まるで将軍のように立派であった。この夜も欠かさずに四合瓶を膝の前に置いてベッドの上にどっかりと胡坐《あぐら》を組むと、赤い顔をやや緊張させて言った。

「ブラジルさ行くからには俺あ、死んだ気ンなって働らぐつもりだ。……なあ麦原さん」

「ンだなし」と彼は皺《しわ》の寄った黒い顔をあげて答えた。「どうせ日本に居だとて、何ともなんねで、飢え死ぬもんなら。……なしゃ！」

「ンだンだ」と相手は応じた。「誰もな、楽に食べられる者だら、移民にゃあなんね。なあ」

彼等はこうした諦めを持っていた。諦めと混った希望をもっていた。彼等のみならず殆んど全部の移民が希望をもっていた。それは貧乏と苦闘とに疲れた後の少しく棄鉢《すてばち》な色を帯びた、それだけに向う見ずな希望であった。最初この収容所に集まって来た時には、追わるる者、敗残者、堀内さんの言うように風の吹き溜りにかさかさと散り集まって来た落葉の様な淋しさや不安に沈黙していたけれども、かくも多勢の同志を得、日を逐《お》うて親しくなり心強くなって行くにつれて、落葉の身を忘れて、今では移民募集ポスターの宣伝文にあるように、海外雄飛の先駆者、無限の沃土《よくど》の開拓者のように自分達を幻想する事が出来るようになったのである。彼等がここへ来た時には、まだ日本を去るための充分な心の準備が出来ていなかった。不安と逡巡《しゅんじゅん》と孤独と郷愁とに悩まされていた。しかし今は心の準備もすっかり出来上ったように見えた。この分ならばあと三日に迫った解纜《かいらん》の日にも涙一つ流さずに、外国遊覧に行く財産家のように泰然としてデッキに立つ事が出来るかも知れない。

紡績の女工監督の堀川さんから又手紙が来た。前には都合よく誰にも知られずに受取ったが、今度は室の入口で孫市が所員の手から受取って了った。

「姉しゃん手紙だ。堀川って誰だ？」弟は皆の居る前で大きな声でそう言ってしまった。

「紡績の人だ」と姉は率直に答えたが、封は切らずにそのまま襟の間にかくした。それを見ると弟は、是は姉の秘密なのだと思った。そして姉がそうした秘密を持っていることを、仄《ほの》かにも美しいもののように思った。弟は何故《なぜ》か嬉しく微笑ましい気がした。そして迂濶《うかつ》にもこうした姉をブラジルまで引っぱって行く事の惨酷《ざんこく》さについては考え及ばなかった。

手紙はまだ返事を見ないうちに書いたもので、前の怨みごとを繰りかえしてあったが、最後に紡績の近況を記して、或《あるい》は来月あたりには工場が閉鎖するかも知れない、そんな事でもあれば自分も移民になって了いたいと言うような事が書いてあった。

それはその工場のみならず、時はあたかも小さな紡績全般の苦闘の時代であった。一九二七年昭和二年の金融恐慌で大阪の近江《おうみ》銀行が破綻《はたん》し、その為に起った中小紡績の激しい金融難に苦しめられ、それが現在に至って傷痍《しょうい》未だ癒《い》えざるに印度の関税引上げがあり、その余波を受けて中小工場の操業短縮率増加を決行する事になった。それは大紡績の自衛策であり、防禦《ぼうぎょ》の武器を持たない小工場は潰滅《かいめつ》に瀕《ひん》していた。堀川さんは失業しようとしている。そして多勢の仲間の女工達も。お夏は今夜も亦大泉さんの荒い鼾《いびき》に眠りを妨げられながら、どこまでもちぐはぐになって行く運命を思った。堀川さんと一緒に移民になる事が出来るならば、門馬さん達とは縁を結ばなくとも弟と三人で立派な移民家族になれるのだ。たとえ堀川さんもあとから移民になるにしても、又ブラジルで会えるものやら会えぬものやら。

隣りに小水は居なかった。彼は監督が来たことを口実にして勝田さんの室へ引越して行った。彼は荷物を持って行く時に孫市に弁解がましく言った。

「僕あね、監督さんとね、色々な打合せやね、仕事が沢山あるんでね、はははは」

「ンだば又遊びに行きます」と孫市は追っかける様に言った。小水は狼狽ててふり向くと、反ッ歯を見せて笑いながら、どうぞ、どうぞ、と言って扉を閉めて行ってしまった。

仕事もあるには有った。彼は引越しを終ると村松に誘われて外出した。

「僕あどうも収容所は苦手だよ。息が詰る様だ」村松は外に出るとすぐに言った。

「晩飯なんか君、食えなかったぞ。何だか汚いような気がしてなあ。それにあの勝田って親仁《おやじ》なあ、君は知ってるんだろう？　嫌な奴だなあ」

「ど、どうしてですか？」と小水は自分が嫌われた様におどおどして言った。

「理窟《りくつ》ばかり言やがってなあ。珈琲《コーヒー》園の賃銀が下ってどうだこうだって文句言やがって、うるさい奴だよ。虫が好かん」

二人はレストランに入った。村松が食事をする間小水は茶を飲みながら話した。

「とても僕あ心配してるんですがね、この前のね、ヴェノス丸のね、あの事件を若し誰かに訊かれたら何と返事したらよいでしょうねえ」

「知るもんか誰も」監督はにべもなく言った。「知っていても構う事あない」

「だってねえ、訊かれたら困りますよ僕あ」

「なあに、何とか誤魔化《ごまか》しておくさ。あれは風説であったと言うんだよ」彼はそう言って顔に血色を見せて笑った。

その事件と言うのは二カ月前に出発したヴェノス・アイレス丸がケエプタウンに寄港した時の事であった。恰度《ちょうど》帰航中のマニラ丸がブラジルから入港して、乗っていた帰国途中の移民がヴェノス丸に遊びに行ったのである。そしてサン・パウロ州では労働賃銀が低下した為に邦人移民は食って行けなくなった。我々もそれ故に帰国するのだと言う話をした。移民達はそれを聞くと、元来漠然とした希望をあてにして渡航する者ばかりの事とてたちまち希望を失って了い、時一時と不安が募り、翌朝船がリオ・デ・ジャネイロに向って大西洋横断の航路に上った頃には船中大評定が開かれ、遂に全移民一千名が大挙して船を日本に戻せと船長に要求したと言う事件であった。然し村松監督が今移民を誤魔化そうというのは定見の無い考えでもなかった。彼は会社に在って調査課につとめ、ブラジルの何たるかも知り移民の何たるかも知っていた。彼は移民を誤魔化す事を不徳義とは思わず、却ってそれを好意ある手段と考えていた。同じ貧乏をするならばブラジルで貧乏する方が移民の為だ、何となればブラジルの農民には国民としての義務が無いにも等しい。法律も税制も徴兵も、要するに整備した国家組織が個人に与える重圧が無いから、同じ貧乏でも暢気《のんき》な貧乏をする事が出来ると信じていた。だから彼は小水の心配などには一片の関心も与えずに、腹が満ちるとさっさと戻って来て、ベッドの上に移民名簿をひろげた。これから船内生活の準備である。先ず輸送監督日誌をつける事を小水に一任し、次に移民の中から役員を選抜するのである。船内新聞係、風紀衛生係、運動係、連絡係、食事世話係、青年会長、婦人会長、等々。是等に色分けした腕章を与えて船内生活の整備をやろうというのである。

三月十三日、収容所生活の第六日目。出発は明後日に迫って、昨日までの遊んで食って寝るばかりの空気も少しく緊張して来たように思われた。午前中は第二回目の腸チブス予防注射が、今度は背中に行われた。この注射を受けなくて済んだ者、栄養不良の嬰児《えいじ》、肺炎の子供、耳下腺《じかせん》炎になった再渡航の堀内さん、腎臓《じんぞう》炎の妊娠女一人、他に感冒で発熱している者等、総計三十六人もあった。

午後は大方買物に費やされた。準備も今明日に迫っているので買物もあわただしく、殊に明日は荷物検査と荷造りとに時間を取られる予定になっているので一切の買物は今日一杯に済ませなければならなかった。どの室でも買物の数々を紙切れに書いていては前の廉売店に出かけて行き、戻る匆々《そうそう》に又思い出しては買い込みにかけつけるという風であった。

変って来たのは廊下の風景である。男達は皆カーキ色の労働服であり女達も半分は簡単服になった。靴下のずり落ちた女房、ダブダブの上着の青年、詰襟《つめえり》が窮屈で首を伸ばして歩く中老人、父と同じ労働服を玩具《おもちゃ》のように着ている子供、移民としての外観はこれでどうにか出来上って来た。

こうした労働服の三人連れが昼食の後で三階に村松監督を訪問した。各々新兵の様に正装し、彼の前に形の悪い不動の姿勢をとって立った。控えようとするがどうしてもかくし切れない大阪訛《なま》りのアクセントで三人を代表した一人が口を切った。

「監督さんに一つ、そのう、お願いが有りますんで、何です、そのブラジルになあ、わての村の者が行とりますんで、それで一つ同じ所へ行けるように計ろうて頂けたら思うて参じましてん。井田五郎言いましてなあ、去年の春行きよりましてん」

監督と助監督とは昨夜の続きの役員選抜をやっている所であった。監督は、ははあと長ったらしい返事をしながら向き直った。

「君達あ何処ですか」

「大阪でござんすんで、三人とも」

「大阪ならば、ええと、誰だったかなああすこの業務代理人……岡島、でしたかねえ」

「へえ、岡島さんに御たのみしましてん」

「岡島君に今のことを相談して見ましたか？」

「へえ、岡島さんは井田五郎をよう御存じでして」

「岡島さんは何て言いました？　今の、井田さんの所へ行けるって言いましたか」

「それがなああんたはん、そう行かんかも知れん言やはりましてん」

「そうですよ。中々君達の思う様には行かないんでね。それも一人や二人の事なら希望通りにも出来るんですが、多勢でしょう。皆がそう言い出したらきりがないしね」

「へへへ、御尤《もっと》もさまで」と言ってこの男は恭々《うやうや》しく頭を下げた。

マンドリンを抱えて見物していた勝田さんの息子はこの時急に勢いよく流行小唄（宵闇《よいやみ》迫れば悩みは果てなし）を弾きはじめた。その為に一寸話の途切れた後で監督が続けた。

「早い話がね、井田君とかの居る耕地の耕主《パトロン》がね、その耕地に移民をもっと入れる気ならば良いが、若しももう移民は入れないと言ったらどうします。雇わないというのにどうしても雇えという訳には行かんでしょう」

「御尤もさまで」と新兵は又頭を下げた。すると傍から小水がすぐ口を出した。

「どこへ行っても同じですよ。ねえ、誰だって皆知らない耕地へ行くんですからね。向うに知りあいのない者の方が多いんですもの。ねえ、村松さん、ははははは。大丈夫ですよ。ね、心配いりませんよ」

「ですが、そこんとこを何とか、あんじょう行きまへんやろか」今一人の新兵が愛嬌を作って首をかしげて言った。すると監督ははッはッと顔を赤くして笑った。相手もてれて微笑しながら、揉《も》み手までして「何とかあんじょう……」と繰り返した。すると監督はこの男に甘く見られたように感じた。情にからんで俺を籠絡《ろうらく》するつもりだなと思った。彼の尊大な自負心がむっと頭を抬《もた》げた。彼は急に厳格な口調になって正面からこの男を見つめながら言った。

「配耕は絶対に公平なんです。誰も目分の好きなところへは行けません」そしてぶるンと顔を左右に振った。

「あんた方ばかりじゃないです。誰でもだ。その事について僕あ君達に一切責任ある返事は出来ません」

三人の新兵は一斉に頭を下げた。そして身を固くして伏目になった。それから改めて失礼を詫びて鞠躬如《きつきゅうじょ》として立ち去った。村松は笑って小水をかえりみて言った。

「これからぼつぼつ来るぞ」

「ええ、船の中でも来ますよ。ねえ、殊にサントスへ近くなるとね。はははは」

小水の意味のない笑いの止まぬ中に不意に横から勝田さんが口を出した。

「知りあいの居る所に配耕するというと何か弊害があると言う訳ですかな？」

「いや、そんなものあ無いです」と監督はきっぱりと言った。虫の好かないこの男がまた文句を言い出したので村松は既に心に戦闘準備をしていた。

「ふむ。……それでは移民の望む所へどうしてやれんのです？　お互いに力になれてそれはもう大変いい。なるべくそう言う風にすべきだと、こう私等は思いますがな」

村松はスーツケースの奥から小さな手帳を深し出すと、頁を開いて黙って勝田さんに見せた。それは「移民輸送監督心得」と言う小冊子で、その中の一箇条には（一、輸送監督ハ移民ノ希望スル耕地ニ配耕スヘキ事ヲ約束スルヘカラス）と明記してあった。勝田さんは、ははあ！と一応感歎し、一寸押し頂く様にして押し返してから言った。

「そうすると是あ、海外興業会社が不親切なんですわい。……さっきの御話では行きたくても向うの耕主《パトロン》が雇うかどうか分らんと仰言《おっしゃ》るが、会社のサン・パウロ支店の方では耕主《パトロン》から移民の註文を受けているんだから、分らなくはない、分っとる事ですなあ。そうでしょう。それを公平という名目で面倒臭がっとる。いや、今監督さんに文句を言うんじゃないんですよ。唯ね、道理というものがね、理窟《かん》がそうなる訳ですわい」

言うに従って又声が甲高くなって、くどくどと念入りになって来るのを、言うままに言わせて村松は聞きもせずに又移民名簿から役員を探し始めた。唯一度、事務としては手数もかかり、弊害も生じてやり難《にく》い事だと言っただけであった。しまいには頭中に繃帯《ほうたい》している堀内さんさえもたしなめる様に口をはさんで、やれそうに思えてやり難い事でしょうなあ、と言った。それは独りごとに近いつぶやきではあったが、本当のブラジルを体験した唯一人の再渡航者としての威厳があった。さすがの勝田さんも是にはちょっと黙った。

「どっちにしても勝田さんは配耕される移民ではないからいいですなあ」と監督が皮肉に言った。

すると相手は突然に又言い出した。

「そうとられては困る。私はただ誰の事というのではなくて、その本当の理窟のあるところを言ってるんで……」

「ああ！　分って居ます。よく分ってますよ」監督は手を振って言った。「僕に文句がある人は、僕の監督なんか受けんがいいです。会社に文句のある人は、会社の世話なんか断って了いなさい。え？　そうでしょう。そうしたらどうです？」

それは結局移民をやめろという事であった。勝田さんは少なからず狼狽《ろうばい》して、そう御怒りになっては困るが……と言った。彼の息子は窓の方を向いて、マンドリンを弾きもならずやめるもおかしくて、身を固くして、音階をあわせるように唯ピンピンと爪で弾いていた。

門馬兄弟は昼時分から所持金が足りなくなったと言って青くなっていた。この室の四家族は組みになって買物をすれば安く買えると言うので後で清算するようにしていた。所が今日清算して見ると門馬一家は所持金よりも沢山の買物をしている。十円余の不足だ。

「何とする気だ？」と孫市に言われて、勝治はしょんぼりとし、義三は俺は知らんという風であり、母親は恥と怒りとに額に青筋を浮べてじりじりする心を押えて坐っている。

「貯金だばあるけんどなしゃ」と勝治がつぶやいた。孫市が、

「ンだば引出して来べし」と言うと、

「判コ無えもん、何ともなんね」と答えた。

その判コは と言うと郷里の叔父《おじ》さんに預けて来たと言う。是には大泉さんも麦原さんも呆れて了った。判コもない通帳を持ってブラジルへ行くのだ。現在高は三十円だという。

「ばアかだなあ！」と孫市は言って了った。「電報ぶて電報を。な、手紙では間に合わね」

「何といってぶつ？」と勝治が言う。

「叔父さんは通帳に三十円ある事を知ってだか？」

「ああ知ってだ。――なあ母さん」

「ええか、通帳を送るから三十円電報為替《かわせ》で直ぐに送ってけれって打て。分ったか？ 叔父さんが信用してくれねばそれでおしめえだ。そして今直ぐ通帳を書留で出せ」

孫市が麦原さんと相談して電文を作ってやった。勝治がそれを読みながら首をひねっていると後から義三が口を出した。

「早く行かねば今度の汽車ン間に合わね」

これは大笑いであった。彼は今でも電報が汽車で運ばれると思っていた。兄の方が皆に恥かしくなって、

「馬鹿ア。電報は汽車で行くんでねえぞ」と言うと、弟の方は笑われたのに、カッとして、

「汽車で行かねくて何で行く！ 飛行機か？」と言って了った。

勝治が又思い直したように、母さんの外套《がいとう》を買ったのを返そうかと言い出した。それは冬物でブラジルではどうも要りそうにも無いのに、二十五円出してこしらえたものであった。

「返すってもあれは註文でねえか？」と孫市に言われると、

「ああ註文だ」と情けなさそうに答えた。

「註文したものが返せっか？　店さ持って行って見れ、うんと文句言われっから」

きめつけられると気の弱い勝治はもう何とも言わずに、ぽっそりとして電報を打ちに行った。

夕食の後、窓が暗くなって来ると港の灯が見え始めた。南風が海から吹き上げて来て、空気の澄んだ良い夜であった。大泉さんは四合瓶を出し麦原さんの女房は寝そべってお常に足を揉《も》ませ、そしてお夏は明日の荷物検査の為に行李《こうり》の中を整理していた。

「向うの室は静かだな」と大泉さんが麦原さんに言った。すると彼の女房が横から、

「向うの唄コ唄う人はなしゃ、風邪引いて喉コさ手拭巻いでいだし」と言った。

「ほう。何と風邪流行《はや》ンな。見舞に行くかな」と良人が言った。麦原さんが、

「ンだな、唄い手がなくて酒あうまくねえ」と言うと両方が夫婦づれで明るく笑った。

「さあ出来た出来た」と孫市は姉の片づけた行李に細引をかけて言った。「いつ何ン時でも出かけられッぞ」

「早えな。俺あの方は明日だ」と麦原さんが言った。「二人きりだばええな。子供なくて。子供ある者あうるせくてなしゃ」

「まさかなあ」と孫市が笑った。「姉弟で子供出来ッかよ。なあ姉しゃん」

姉は赤くなってうつ向いた。弟は面白がってからかった。

「それとも出来ッかな？　え、姉しゃん、出来ッか出来ねえか、どっちだ？」

「佐藤さん達あお父さんやお母さんは無しか？」大泉さんが鯣《するめ》を毟《むし》りながら言った。

「ああ。俺達あ二人っきりだし。親も兄弟もなくて、天下の二人ぼっちだし」

「ふむ。仲良くてなあ……。なあ麦原さん、羨《うらや》ましいもんだ」

「ンだねは！」と麦原さんの女房が答えた。「ほんと羨ましもんだ。俺あにも孫さんみてえな弟あったらえかべなあ！」

「佐藤さん、お前達気い付けれ。おかみさん気があるらしいぞ」と大泉さんが言うと、室中がどっと笑った。孫市は身振り面白く、

「何と俺あ嬉しくてなあ！　ンだどもしゃ、麦原さんやきもちするべなあ」

これで又どっと笑った。笑いに混って麦原さんが、二人とも殺してくれッから、と言った。

「そればかりゃ勘弁してけれ、姉しゃんが泣くからな」と孫市が言うと、大泉さんはふとその真情に打たれて真実の表情に返って言った。

「ンだンだ。そりゃほんとだ！」

「ンだどもしゃ」と孫市も釣られて改まって言った。「俺あ今度ばりゃあ姉しゃんさ何ぼか泣かした。な、姉しゃん。俺あな、姉を犠牲にしてブラジルさ行くんす。ンだべし！　姉しゃんはもうお嫁入する年でなしゃ、俺の為わざわざついで行ぐ訳だものなし、俺あ姉しゃんさ誓ってなし、一年たったらきっと姉しゃんを連れて戻って、ええ婿さん探してやっからってなしゃ！」

お夏は手持ち無沙汰《ぶさた》になって、自分の事を話題にされるのに赤くなって、そっと窓に倚《よ》って夜の街を見下した。街の底からは号外の鈴の音が遠く近く絶え絶えに聞えていた。大泉さんは鰑の足をねちねちと噛《か》みながらしきりに独りで首肯《うなず》いていた。

「一年で帰れッかな？」麦原さんが言った。孫市は縛りあげた行李に腰をかけて煙草を咥《くわ》えながら答えた。

「一年は農園さ居らねばなんねどもなし、一年たったらあとは勝手だべし？」

「ンだどもしゃ、帰りの船賃が二人で五百円だべ。佐藤さんが又行くのに二百円で、七百円一年で働かねばなんねべ。無理でねか？」

孫市はどきっとするほど愕《おどろ》いた。迂闊《うかつ》にも彼は、そこまで計算してはいなかったのだ。

「その上にな、始めの年あ色んな買物もあっぺ。仕事にも馴れてねべ？　信用もねえべ？　な、食って行けるばりでもええ方でねかべか？」彼は諄々《じゅんじゅん》として親切な口調で、背を撫《な》でてやるようにやさしく言った。

「それもなし、今うんと金有れば又別だどもしゃ。若しンでねばなあ、一年でも無理二年でも無理でねかべか？　順調にいって三年……だべなあ大泉さん」

「ンだかも知んなあ」

「俺あ借金してもなし」と孫市は決然と言った。「借金しても実行しるつもりだ！　二年も三年も俺あ待たれねして。ほりゃあんまり姉しゃんが可哀そうだ」

「ンだなあ」と麦原さんは低く答えた。「貸して貰えるだけの信用出来ればええどもなあ。殊に佐藤さんも帰るとなると、まあ証人でも立てでなしゃ、……出来ればええども」

麦原さんにはそれ以上は言えなかった。青年の希望を粉々に砕くことの気の毒さに耐えなかった。そして自然みなが沈黙勝ちになってしまった。

「一つ俺あ監督さんにも訊いて見るべな」と孫市は最後につぶやいた。麦原さんに言う様に、そして心では姉を慰めるために。姉は始終硝子《ガラス》越しに窓の外を眺めていた。絶え絶えな号外の鈴を聞いていた。そして砕けてゆく夢の破片に、胸を痛められていた。三年帰れないものならば、自分は堀川さんに嘘の手紙を出した。堀川さんは自分を待たないで他のお嫁さんを貰って了うだろう。弟のために、たった一人の弟の為に自分の一生を犠牲にすることを残念だとは思わないけれども、本当のことを言えば――堀川さんと三人で移民になりたかった。

姉の物静かな様子から、弟は姉の苦しみを察することが出来た。それだけに姉に何も言うことが出来なかった。彼は今初めて姉に来た男からの手紙の意味の重大さに気がついた。弟は後悔した。彼は姉の顔を見るのも辛くなって姉に背を向けて眠った。窓から高い空に細い月が見えていた。風がしきりに硝子を鳴らした。大泉さんは平和な鼾《いびき》をかいていた。門馬さんの姿さんは熱が出たと見えて唸《うな》っていた。

夜半に、収容所員が入って来て大きな声で呼んだ。「門馬くらさん居ますか?」

電報為替であった。

三月十四日。収容所生活の最後の日、朝から荷物検査が倉庫の横の庭で始められた。全部の荷物をさらけ出して係員の検査を受けるのだ。そして税金のかかる反物《たんもの》や絹物や醤油樽《だる》などは一々注意を受ける。勝田さん達は絹物を沢山持っていた。彼は女房をかえりみて囁《ささや》いた。

「なあに、上陸の時にゃあみんなして腹に巻くんだ」

然し移民になる程の者はさして金目な持物もなくて、荷造りの注意の方が大部分である。荷造りしたものは名札をつけて倉庫に預けて了う。これでブラジルに着くまでは預けっぱなしだ。一度だけ、船が赤道附近にさしかかった時に夏物を出すために返してくれるのだという。このどさくさが夕方までかかった。

その間に医務室では主任の医師が船医に宛てての報告を書いていた。

一、トラホーム患者百八十二名（中殆ンド全快セル者七十二名）。

一、肺炎患者一名。

一、栄養不良一名。

一、腎臓炎一名。

一、耳下腺炎二名。

一、インフルエンザ三十一名。

一、妊娠中の婦人十六名。——等々。

村松監督は自分の会社の神戸支店へ行って船室の具合を聞き、それから監督用荷物の積込みの様子を聞いていた。船中運動会、学芸会、相撲《すもう》大会、新聞発行などの用品やら賞品やらがうんとあった。

助監督は荷物整理の手伝いを終ったところで孫市に掴まっていた。一年経ったら姉を送って帰る事が出来るかどうかというのである。

「駄目でしょうな、そりゃあ」

と彼は言った。もう孫市とは話をしたくなかったし、一緒に航海するだけでも憂鬱なのだ。なるべく話を短くして了うように彼はあっさりとこう言った。

「二三年は大抵ちっとも残らないでしょう」

孫市は胴巻に二百円は持っていたが、それだけでは何とも仕様がない。今更ながらブラジルの夢が淡くぼやけて行く様な淋しさに、行李を縛る腕に力も入らなかった。

そして姉はやはり昨夜のまま静かな様子をして居る。それが一層弟には苦しかった。

夕食の後、最後の買物を終り最後の外出から帰って来ると、これは日本に於ける最後の夜である。この夜を充分に楽しませる為に、消燈は特に十一時まで延ばされた。

早くから三浦さんの唄声が聞えて来た。彼は昨日一日で風邪を治《なお》して了ったのだ。彼の歌が始まるとそのあたり五六室が陽気に明るくなる様であった。その歌を聞くと元気づいた大泉さんは、さあ、今夜は愈々《いよいよ》お別れだ、と言って四合瓶を三本までも膝の前に並べた。鯣もうんと用意してあった。麦原さん、勝治、孫市も冷酒の相手をさせられた。

「こっちも一つ唄うべ。な、佐藤さん」

大泉さんからこう言われても孫市は唄う心になれなかった。姉が窓際に坐っている。静かに月と港とを眺めている。背に結んだモスリンの帯に蝶《ちょう》がパッと赤くて、白足袋《たび》の裏の真新しさにも明日の船出が思われる。

麦原さんの娘は小さい弟と二人で静かに糸取りをして遊んでいる。大泉さんの息子はにこやかな母の肩を揉んでいる。

「うちの人はなし」と麦原さんの女房が言った。「酔えば追分け唄うって、きかねえんし」

「ほ！　こりゃあ何としても聞かねばなんね。さ、早く酔って聞がへでたもれ」そして、大泉さんは相手のアルミニュームのコップになみなみと酒をついだ。

遠い室からハモニカの合奏が聞えて来た。勝田さんの室では監督や助監督まで加わり近処の若い衆も集めて歌留多《かるた》が始まり、マンドリンも鳴っていた。どこかの室ではやッはッと懸け声をかけてしきりに拳《けん》を打っていた。都々逸《どどいつ》をうたって廊下を歩く男、窓に腰かけて口笛を吹く青年、蕩然《とうぜん》とした歓楽の夜であるように見えた。

けれども既に出船の迫った落ちつかないものがどこかの隅にひそんでいた。唄っている連中でも酔っている青年でも、室から一歩廊下に出ると、ふと妙にしんとしたものを心に感じ、思わずも歌をやめて我身をふりかえって見る、すると（吹き溜《だま》りに落ちた枯葉）の寂寞が、意外に冷やかに胸にしみるのである。すると、その時に限って他人の唄声がむしろ耐え難くしらじらしいものに思われるのであった。

けれども歓楽は尽きなかった。落莫としたものを感じれば感ずるほど却って酒を求め、哀愁が深ければ深いほど猶《なお》お互いに酔ってみたかった。これは弱い心であった。孤独の淋しさに耐え得ずに、友達と酒にこと寄せて手を握りたい、いわば少しく自棄《やけ》じみた酒であった。それ故に歓楽はともすれば乱調子な興奮状態に向って進んで行った。三浦さんはどうしても、八木節を踊るんだと言ってふらふらと踊り出すと忽ち廊下の窓硝子を叩き壊して了った。どこかの室では若者が廊下に飛び出して相撲をとると、行司になる器用な酔漢もあって見物が近処の室からどやどやと出て来たりした。

中にはこうした乱脈の哀愁も何も感じない男も居た。黒川さん等はそれであった。栄養不良の子が死にかけているのもよそに、皆と一緒に騒ぐのが嬉しくて碌々《ろくろく》残っていない財布をはたいて酒をのんだ。孫市は廊下のはずれに姉と二人で立っていた。窓の下からハモニカが聞えて来て、トア・ホテルの尖塔《せんとう》に明るい灯がついているのが見えた。弟は姉の方に顔を近寄せて、ひどく酔った酒臭い息をしながらもつれる舌で言った。

「一年たっても帰れねかったら何としたらええべ？……姉しゃんは早く帰らねばなんねもんなあ」

弟の方が丈が高くて、姉は他のことでも考えている様にうっとりと外の闇を眺めていた。

「御免してけれな」と弟は声をふるわせて言った。「姉しゃんは、俺にだまされたも同じだ」

近処の室から（ここは御国の何百里）の合唱が起った。通りかかった酔っ払いが二人の前にぬっと突っ立って不意に（命短かし恋せよ乙女《おとめ》）と歌い出した。どの室もどの廊下も酔いと歌とで混沌《こんとん》として来た。

その酒臭い廊下を白い診察着の医者が看護婦を連れて、三階の二十一号室へ入って行った。肺炎の子が良くないのだ。

孫市は姉に詫び姉を口説いて、結局は泣き上戸のように涎《よだれ》を流しながら「おりゃもう、これ以上わがままする気ンなれね。姉しゃんのえ様にしてけれ、姉しゃんのいう通りにすッから俺に命令してけれ」などと言っていた。

姉の方はやはり何の表情も見せずに「お前のええ様にせばええ」と言った。それは郷里の村で、雪の夕方の井戸端で弟に最後の決心を迫られた時と同じ様子のお夏であった。頬の赤い、二十三の紡績女工であった。

「御免してけれ！　その代りおりゃ、死に身んなって働くから、きっと、一日も早く帰るからな」

巡査のような制服の所員が階段を上って来て、消燈ですよう、と言いながら、まだ唄っている酒宴の室々のスイッチを切って歩いた。

暗くされた室の中では誰もかれもが一様に、さあ、いよいよ明日だ！　と思った。最後の夜が終ったのだ。

散々に姉を口説いた孫市は酔ったままで他愛もなく眠って了った。室中が眠って了った。お夏は独り、ほっと吐息をついて眼を開いた。それから寝台の上に腹ばいになって、廊下からの電灯のほの明るさを頼りに、今一度堀川さんに手紙を書き始めた。

三月十五日、最後の日。うす曇りして北風の吹きすさぶ朝であった。

眼をさますとすぐ、まだ床の中に横になったままで麦原さんの女房が言った。

「ああ！　いつまンでも此処さ居られたらえかべなあ」

これは余りにも率直な、真実な感想であった。だから聞いた者はみな一様にどっと笑った。しかしその言葉はそのままみんなの心でもあった。

食事の間すらももはやあわただしかった。食後は手廻りの荷物だけをまとめて、いつでも出かけられる用意をととのえた。

午前九時、廊下で銅鑼《どら》が鳴った。最後に聞く銅鑼である。それを合図に全部の移民が講堂に集まった。

講堂では先ず一同に船のベッドの番号札が渡された。そして船中生活の大要と注意とが話された。次に村松監督と小水助監督が紹介され、さらに船の事務長が紹介されて挨拶《あいさつ》した。最後に白い美しい髭《ひげ》を胸まで垂れた収容所長が登壇して、移民達の海外発展の「壮図」について一場の祝辞と訓辞を述べ、一同の起立を求め、皺《しわ》の寄った両手を頭の上にふりかざして叫んだ。

「海外渡航発展移住者諸君、万歳！」

　するとそれに釣られて九百余の移民が万歳を唱える。二度、三度くりかえして叫ぶ。それは実に勇ましい万歳であった。そしてこの勇ましい万歳のどよめきに送られて二十一号室の肺炎の子供は死んだ。南への道を誤って西方浄土へ行って了った。父と母とは両方から死んだ子の手をしっかりと握って、この分りかねる（星廻り）の下に呆然と坐ったまま、勇ましい万歳の移民達が講堂からどかどかと降りて来る足音を聞いていた。それはもはや移民の群とは余りにもかけ離れた心であった。

　出発。青年達は靴の紐《ひも》を結び直し、女達は鬢《びん》のほつれを直し、棚の荷物を下し、それを肩に担《かつ》ぎ上げる。そして身のまわりを見廻す。

「ええと、忘れものは、無いか？」

「無かったら出かけましょう。一緒に」

　思い思いの一団になってぞろぞろと室々から廊下に流れ出る。それらの流れは階段で落合って、一杯になって、玄関にあふれ出る。すると裏の倉庫から彼等が預けた大荷物を満載したトラックがごうごうとエンジンを鳴らして走り出し、坂道を下りて行く。彼等はこのトラックに何度も追い越されながら荷物の重みに腰をかがめた群になって歩いて行く。

　門馬兄弟も大泉さん達も、カーキ色の労働服の胸に鉛色のカトリックのメダルを光らせて、女房達や娘達は穿《は》き馴れない靴をはき悩みながら、この室は一団になって収容所を出た。外には北風が吹きすさんでいて、買物に歩き馴れた赤土の坂道の両側からは、顔馴染《なじ》みになった廉売店の主人が笑顔をして店先まで見送りに出て来るのであった。

　最後まで残っていた村松監督と小水助監督とは、雇った自動車が来るまで収容所の前に立って待っていた。村松は五階建てのビルディングを下から上まで見上げながら言った。

「こんな大きな収容所を建てなけりゃならんと言うのは、やっぱり百姓が困っているからだろうなあ」

「そうですよ。そりゃそうですよ」と小水が迎合して同じように建物を見上げた。

　見上げる高い室々では雇女達がもう掃除を始めたのが見られた。悲しい家族と一個の死体とのある二十一号室を残して、もう二時間もたてば収容所はすっかり、清潔になり、室々の扉には錠が下され窓は閉じられる。収容所の前の廉売店はまるっきり客が無くなってしまい、半ばは大戸を下した。閑散になった。ガランとしてしまった。

　こうして九百余人の百姓達の始末はついた。然しもう十日もたてばこの全部の窓は新しい移民一千名によって再び一斉に開かれるのだ。

　自動車が来ると二人の監督はスーツケースを持って乗り込んだ。トラックの列はまだ続いていた。彼等の車も同じ列に入って坂道をかけ降りて行った。この車の列を横切って今日も又号外の鈴の音がりんりんと鳴っていた。

「何の号外だろう。ロンドン会議かねえ」と村松が言った。

「そうでしょうね。今朝の新聞見ましたか？　アメリカが補助艦問題で譲歩していますよ」

「ふむ。何にしてもうるさい世の中だな。僕あ嫌だ。軍縮なんかには興味がないよ」

「昨日鶴見《つるみ》祐輔《ゆうすけ》が引っぱられましたね、大阪で。知っています？」

「ほう何で？」

「明政会事件ですよ。それから佐竹三吾も引っぱられましたよ。ね、一昨日かしら」

「ああ、みんな引っぱられりゃいいさ。かまうもんか」と村松は自棄糞《やけくそ》の様に言った。「その中僕も何か悪い事をしてやるから」そしてはッはッと笑った。「そうだよ君、ねえ、少々悪い事をしても金を儲《もう》けた奴の方が結局悧巧《りこう》だよ、今の世では」

　小水も一緒になって笑った。笑った彼の顔の前を、緑色の洋服を着たお夏の横顔がすっと後へ流れて行った。

「神戸なんてつまらない所だなあ」と村松が言った。「収容所もつまらなかった」

「そうですねえ」と小水はうわの空で答えた。あの女の横顔は北風に吹かれて赤くなっていた、と思った。車は三ノ宮駅のガードを潜《くぐ》った。ゴッと頭の上を汽車が響きを立てて過ぎた。

　お夏は同室の一群に混って歩いていた。風呂敷包みを持った手がかじかんで、帽子が無いので風に乱される後《おく》れ毛がしきりに頰に流れた。堀川さんに宛てた手紙をポケットに入れていた。途中で出そうと思っていた。けれども人の目が多かった。同室の人達が前後にいた。そして弟がちっとも離れてくれない。（三年たったら帰ります。それまでどうか待ってたもれ）けれどもその後にこう書いた（三年たっても帰らなければほかの人をお嫁に貰って下さい。私はあきらめます）お夏にはそれがせい一杯の言葉であった。トラックがまた追い抜けて行った。孫市が笑いながら姉に言った。

「見れ姉しゃん、あの自動車。俺達の行李あったぞ。な！」

お夏は段々伏目になって行った。そして心の底から滔々《とうとう》として湧《わ》き上る里の村の懐《なつか》しさに眼もくらむような気持であった。心無い麦原さんの女房がいつの間にか横に並んで来て声をかけた。

「下駄の方が何ぼか歩くにええなしゃ、かかとが擦《す》れて、歩かれたもんでねえ」

又、赤いポストの傍を通り過ぎてしまった。お夏は段々に、手紙を出す気が無くなって行った。諦めが、溜息と共にこの女の心を満たして行った。

第三突堤は風である。飄々《ひょうひょう》と吹く浅春の風である。

この冷たい海風の中に黄色いマストを立てて、マストからマストへ万国旗のはためく上に、大阪商船の「大」の字の旗と黄と緑のブラジル共和国旗と、もう一つ青い色の出帆旗とが真横に吹かれている。

白い帯線を巻いた黒い船腹をがっしりと水の上に浮べたこの大汽船の船首には、日字と英字とでこう書いてある。

〔ら・ぷらた丸〕“La Plata Maru”

ウインチのアームが風を切って、突堤からデッキへ移民達の大荷物を釣り上げる。その下を潜って移民達はタラップのあたりに集まり、簡単なパスポートの査定をして貰う。突堤の上は身動きもならない程の人数で、果物、サイダー、テープ等を売る男達がその群の間を縫うて走り廻っている。査定を終った移民は、もう船を下りてはならないと言われて次々とタラップを上ってデッキに立つ。もう日本の土を踏む事が出来なくなったのだ。次の碇泊《ていはく》地はホンコンである。

船に入った移民達は手荷物を担いでデッキを暫く迷った後に、やっと降り口を見つけて与えられた室への階段を下りる。すると広大な室の中にカーボン・ランプが五つ六つ点《つ》いていて、室の周囲に添うて鳥籠のような鉄格子がびっしりと二段に幾列にもしつらえてある。是がベッドである。室は四つに分れていて、一室百八十人乃至《ないし》二百人分である。

室とは言うがメン・デッキの下の船艙《せんそう》で、上下左右は鉄板張りで、両舷《げん》の丸窓が五つずつ。室の中央はもう一段下にある船艙の艙口《ハッチ》で、このハッチの蓋の上が移民達の食堂でもあり娯楽室でもあり喫煙室ともなる。

この室の中に入って来るなり大泉さんは、

「ほう、こりゃ、まるで倉庫だ」と言った。

けれども始めて見る巨船の内部の奇怪さに圧倒されて、幻惑されて、これから先の四十五日間をここで寝起きするのだという明確な認識が出て来ない。ふとそれを言い出す者があっても、収容所の食事と同じように、天皇陛下のお金で旅行することの有難さに気がついて直ぐに沈黙してしまう。

ところで、今度は自分の番号のベッドを探しだすのが大変だ。何しろ二百の中から探すのだ。だが幸にも大泉さん達同室の連中はひと所に塊《かた》まっていた。

ベッドが見つかると手廻りの物をその辺に片づけて、ほっとしてとなり近所をかえり見る。それから階段や廊下を行き来して船の住心地を考えてみる。

勝田さん達の一家は中央部の特別三等の小室で、再渡航の堀内さんと同居であった。

これは企業移民の別扱いである。そして小水助監督も同じような隣室に納まった。これらの室は船の動揺も少ないし、ベッドも鉄格子ではなく木の枠《わく》がある。そして村松監督は船尾に向いた見晴らしの良い一等室で、洋服箪笥《だんす》もあれば鏡付きの洗面台もある真白い室で、ベルを押せば室付きのボーイが御用を伺いにかけつける。彼は会社関係や友人やの見送り人七八人のために紅茶を取り寄せてお別れの言葉を浴びたり握手したりしていた。

栄養不良の嬰児《えいじ》は船に乗ると同時に船尾の病室に収容された。船医は一目見るなり呆《あき》れるよりも腹を立ててしまった。そしてぷんぷんして室を出ると、一等船客のアメリカ婦人に何かお愛想を喋舌《しゃべ》っている事務長《パーサー》に向ってその事を報告して言った。

「僕はあの子供の命だけは保証出来ませんからな。こんなべらぼうな話あない！」

「困るなあ」と事務長は苦笑した。子供に困るよりも怒っている船医に困ったようであった。

第一の銅鑼が鳴った。午後三時半である。

銅鑼を聞くと室に居た移民達はどやどやとデッキに上って来た。一本の赤いテープが誰かの手から突堤に向ってするすると伸びる。それを合図に我も我もと、無数のテープが紫に黄に縦横に乱れ飛んだ。海風はひょうひょうと船に突き当り、テープの網目をさっと煽《あお》り上げる。

突堤には見送りの小学生が三、四百人も整列していた。彼等は港にちかい学校の生徒たちで、移民船が出る度毎に交替で見送りに来るのであった。

子供達は大きな船が出て行くのを見るのが嬉しさに、移民の投げるテープを先を争って拾った。大抵の移民には親戚《しんせき》知己の見送りというものは殆んどないのだ。

お夏は混雑にまぎれて弟から離れると、突堤とは反対側のデッキに独りで歩いて行った。ここには廊下に迷った移民が時折来るほかは、白服のボーイが忙しそうにするすると辷《すべ》るように過ぎて行くばかりである。ランチが烟《けむり》の輪を吐いて走っている。鷗《かもめ》がひらひらと紙屑《くず》の様に水の上を飛んでいる。ランチの通ったあとには白い一筋の道が水の上に残っている。この船の横腹には大きな穴があいていて水が滝の様にどうどうと落ちている。

お夏はポケットから堀川さんへの手紙を取りだした。遂々《とうとう》出さなかった手紙、そして今ではもう出しても何にもならないと思う手紙である。一年たったらきっと帰ると、嘘の約束をしたままで行って了おう。どうせ三年も待って貰える筈もないのだから……。向うのデッキのどよめきが手に取るように聞えて来る。袖に金筋の飾りをつけた海軍士官のような人が通り過ぎた。

お夏は手紙を封筒のまま、破りもせずに欄干から投げた。手紙は北風にあおられて青くひらりと舞って油の浮いた水に落ちた。堀川栄治様、佐藤なつより、左様なら。帽子がないので鬢《びん》の後れ毛が風になぶられてはらはらと頰を流れた。

ごおんごおんと第二の銅鑼が鳴りはじめた。それは廊下を廻りながらこっちへも近づいて来た。彼女は銅鑼に追われながら皆の方へ戻って行った。

そこのデッキはもう通る事もできないほど人で一杯になっていた。白服のボーイが群をかき分けながら叫んで行く、「見送りの方は下りて下さあい、早く下りて下さあい！」

万歳の合唱が起る。怒濤《どとう》のような万歳である。何を叫んでいるとも分らないような叫びである。舷側《げんそく》と突堤との間のテープの網は刻々に細かい網目になって行った。

門馬さんの婆さんは息子達に守られて立っていた。勝治が一本のテープを母に持たせたけれども母は一向に浮き立たなかった。勝田さんの息子達はなるべくテープを遠くへ投げようと言うので、ヤッヤッと叫んでは競争で投げていた。

楽隊が鳴り始めた。すると突堤にびっしりと並んだ小学生達が、今まで巻いていた小旗を一斉に開いた。日章旗であった。それを打ち振り打ち振り楽隊に合せて歌い出した。

行けや同胞海越えて
南の国やブラジルの……
未開の富を拓《ひら》くべき

これぞ雄々しき開拓者……

飄々《ひょうひょう》と鳴る海風の中を、歌声は美しい大きなどよめきとなって鉄の船腹を上って来る。すると移民たちは一斉に万歳を叫びだす。ただ無茶苦茶に叫びだす。その耳を聾《ろう》する叫びの中に混ってお夏は弟の呼び声を聞いた。

「姉しゃん。此処さ、ここさ来え」

そして弟は姉を人波を押し分けてずっと前へ押しだしてくれた。弟は興奮して、姉の耳元で大きな声で言った。

「姉しゃんこれ投げれ」

そう言って真赤なテープを渡してくれる。然し姉はためらって投げようとしない。弟がまた、投げれ、投げれ、と催促する。

「どこさ投げる？」とお夏は小声で言った。

「どこさも糞《くそ》もねえ、あっちの方さ投げればええんだ。どこでもええ、日本さ投げれ日本さ！」

弟ははッはッと笑った。お夏は投げた。投げたけれどもテープの網目の間に落ちからまって、その先を誰が拾ってくれたかも見えはしない。

ボーイ達か四五人でタラップを外して了った。そしてガチャンと舷門を閉じた。

「まんだある、これも投げれ」弟は紫色のテープをくれる。お夏はそれも投げた。左様なら、堀川さん！

第三銅鑼が鳴った。午後四時。

突堤につながれていた太いロープが解かれた。船は自由になった。スクリューが廻り始めた。船尾に白い泡《あわ》が一杯に浮きはじめた。小学生達は今は力一杯に歌っている。デッキは発狂した様な万歳である。テープの網は今では一枚の板の様に堅く編まれてしまって、自分のテープの行方《ゆくえ》も分らない。理窟《りくつ》屋の勝田さんも両手をあげて幾度か万歳を叫んだ。その息子たちはもう声が涸《か》れていた。頭一杯にまだ繃帯《ほうたい》をした堀内さんがよく動かない顎《あご》を動かして勝田さんに言った。

「もうこれで日本へ帰らあでもええ思やあ、わしはのびのびしますわい。本当ぞな。どうも日本は、ずど息が詰るようなとお見んせえ！」

隣りに居る孫市はちらりとこの繃帯の男を見た。日本を嫌っている男、怪しからぬ男と思う。と、不意に、検査を逃げて行く自分を思う。いや俺は決して逃げて行くのではないと思う。けれどもどうしても不忠なように思われて苦しくなって来る。

気がつくと、突堤と船とのあいだが開いて来たような気がした。そこにどろりと油の浮いた水面がひろがり始めた。

（何だ！　もう動いてるのか！）と誰かが叫ぶ。すると万歳が今では狂躁《きょうそう》の調子を帯びて来る。テープが風に吹かれながら延びはじめる。延び切ったものから次々と切れて行く。網目が引裂かれて行く。北風に弧を画いて、あまりにも頼り無く切れてしまう。最後のテープが切れた時、船はもう二十間ばかりも離れていた。間が遠くなると万歳は声を限りに叫ばれる。喉《のど》自慢の三浦さんが声を涸らして叫んでいた。喜びでもなく、祝福でもなく、ただ感動を絶叫する万歳であった。そして頬には幾筋も涙が流れていた。

船は岸を離れると方角をかえはじめた。すると移民たちはそれにつれてデッキを船尾の方に廻りながら叫び続けた。岸の日章旗は紅白の波のようにうねり、歌はまだ大きな響きになって水を渡って来た。そのうちに移民達の心のなかで、万歳は次第に悲痛の調子を帯びて甲高《かん》くなって来た。

すると一層涙が流れはじめた。見送りのランチが二隻走って来た。船尾の空で鷗が舞いはじめた。足許のデッキにエンジンの響きがだだッだだッと響きはじめた。

自分の叫ぶ万歳の悲痛な調子にふと気がついて大泉さんが叫びをやめた。すると隣りの麦原さんも沈黙して、そっと眼頭を拭った。そして次々に万歳の声がさびれはじめた。手の中には誰もがテープの切れ端を握っている。

万才を叫びやめた孫市はほっと大きな吐息をついた。心からの大きな吐息であった。もうこれでつかまることはない。兵隊に行かなくても済むのだ。彼はほっと安心して身のまわりを見廻した。姉が居なかった。伸び上ってその辺を探したが姉はやはり居なかった。

彼は人混みを分けて歩き出した。男達の半分はまだ万歳を叫んでいた。彼は先ず大泉さんを見つけた。

「姉しゃん見ねかったしか？」

「知んねなし」と彼は言った。

彼はまた人混みを分けて行った。そして今度は小水君が村松監督と話して居るのを見た。

「監督さん、姉しゃん見ねかったですか？」

「さあ、僕は今まで上の、一等に居たんでね、見ませんでしたよ」と小水は言った。

孫市は気がかりになって来た。そして、姉しゃん、と呼んで見た。遠くなった突堤からは風の様な歌声がこっちの万歳の絶え間絶え間に聞えてきた。不意に船全体をびりびりと震わせて汽笛が鳴りわたった。鳴り止むと遠くからぼうと木魂《こだま》が返ってきた。

「義ン三さん姉しゃん見ねかったか？」

門馬義三は胸のカトリックのメダルを光らせて孫市をふり向いた。

「知んね。さっきお前の傍さ居たべ」

彼は駈け足になった。人混みを抜けて廊下の突きあたりまで行くと一足とびに階段をかけ降りた。

「姉しゃん！」

室の中にはカーボン・ランプが赤々とついていていて人気《ひとけ》はなかった。がらんとした室の四方に鳥籠のような鉄格子のベッドが冷やかに重なっているばかりであった。

「姉しゃん！」

彼は自分等に宛てられたベッドに駈け寄って見た。お夏はそこのベッドの蔭に、半ば床に倒れ、上半身を行李の上に倒して、おいおいと声をあげて泣いていた。

「姉しゃん！」弟ははらわたを吐き出すように叫んで姉の肩をぐっと掴んだ。無性に腹立たしくて悲しかった。涙がどっと溢《あふ》れて来た。

床の鉄板を震わせてエンジンの音がだだッだだッと響いて来た。丸窓の外の舷側に砕ける波の音がざッざッと高く聞えてきた。速力が加わったのだ。

第二部

南海航路

見送りのランチが二隻と、見おくりの鷗《かもめ》が船尾の空に六七羽と。それらもあきらめて引きかえしてしまうと、日本よさらばだ。

船は波止場のはしを廻って港外に出た。船尾にひと筋の白い跡を水のうえに残して、五色のテープの切れはしを欄干にひらひらと藻《も》のようになびかせながら、南々西南、紀淡海峡にむかって走った。次のとまりはホンコンである。早春のまだ寒い海のうえは黄昏《たそがれ》が早くて、波は暗くなりはじめた。六甲の連峯《れんぽう》がうす黒く空の下に消えてゆき、神戸の灯も刻々に小さく遠くまたたくばかりであった。移民たちが日本への最後の愛情をこめて欄干につないだテープのきれはしを、船のボーイが一つひとつ解いては北風の海のうえに投げすてた。すると船はたちまち日本から解放された身軽な姿になって速力をはやめた。風が強いので船は揺れていた。

一番まえの舳《へさき》にある三角に尖《とが》った室がA・F。ここには北海道の移民たちが三十人ばかりいた。次がA室。青森から秋田、岩手あたりの二百人がいる。その次がB室。ここには福島から新潟、長野、金沢などの二百四十人がいた。船の中央部にある企業移民たちの小室が七つ。これをまとめてCとした。一室に五人から十人位である。次のD室は滋賀、兵庫、岡山、広島の二百三十人がおり、最後の室には九州の二百人あまりがいた。

A・Fと最後のEとは船の両端になっているので揺れ方が一番はげしく、走りだすとすぐにみんな船酔いで倒れてしまった。中央のCは汽罐《きかん》室がちかいのでエンジンの響きが枕をふるわせた。

午後五時、どの室でも最初の食事がはじまっていた。室の中央にはハッチの大きな穴があり、この穴に板で蓋をしてある。蓋のうえにテーブルをならべ木のベンチをおいて、これが食堂であった。一室の全人員を三組にわけて三度に食事をする。一切れの塩魚、一塊《かたま》りのほうれん草、麦飯。上甲板の鋲《びょう》を打った鉄板が頭のうえに低く光って、カーボン・ランプがぎらぎらと食卓のうえを照らしていたが、室のまわりに無数の鳥籠をつみかさねたようなベッドの奥の方は、暗くしめっぽくて、船酔いの喉《のど》を鳴らす音が不気味にきこえた。

「姉しゃん、飯食わねか」

鉄格子のベッドに横たわっているお夏の肩に手を置いて孫市が言った。姉はかすかに頭を振った。毛布を頬までかぶって、そのうえに見えている額が蒼《あお》ざめていた。

「食べた方がええ。食わねば余計苦しいぞ」

お夏はもう何も答えなかった。彼女は船出のときにこの室へ逃げこんでひとり泣いていたときから、まだひとことも物を言わなかった。彼女のうえのベッドには門馬さんの婆さんがいて、これも船に乗ったときからまだ物も言わず、船酔いに唸《うな》っていた。

孫市は姉の傍《そば》をはなれて食卓についた。そこでは門馬義三や勝治などが船酔いもせずにがつと食っていた。魚にむけた箸《はし》が船の傾いた拍子にほうれん草の方へ行く。

「わあ！　箸の的がはずれッぞ」

「この魚、何としても捕《つか》まンね。まンだ生きてだかな」

二三人のボーイがシャツ一枚になって室と炊事場のあいだを走りまわっていた。

同じ室の大泉さんが麦原さんをさそって、二人で四合瓶《びん》の冷酒をのんでいた。

「船酔いだば酒コ一番ええ薬だ。酒に酔ってれば船に酔わね。酔いと酔いとで帳消しだ」

「酔いと酔いとで二倍にならねか」

「ンでね、帳消しだ。これに限る。なおったべ麦原さん」

「ああ、何ぼかえぐなったして。だどもしゃ、ブラジルさつくまで四十五日、酒コ飲み通しだばたまったもんでね」

「なあに、俺あ歓迎だ。大歓迎だ。あはははは」

特別三等のC室にいる企業移民の食堂は上甲板にあって、丸窓が一列にならんだむこうに四国の灯がちらちらと見える。ここでは多少上品な食事がはじまっていた。金持ちの勝田一家の隣りには、小水助監督がうすく生えてきた鼻髭《ひげ》を動かしてもくもくと麦飯を食っていた。その隣りでは耳下腺炎の堀内さんと、同じ再渡航の鹿沼一家とが食事をしていた。鹿沼覚太郎はブラジルで相当の土地をもつ地主で、いわゆる成功者のひとりであった。そこで山陰の田舎でまだ百姓をしている両親をブラジルに連れて行って孝行をしたいというわけで、女房をつれて日本に帰り、この船で親子四人が海をわたって行くのであった。老父母を連れて日本を去る気持は、ブラジルの土に根をおろしてしまうつもりであった。彼が珈琲《コーヒー》で成功しても両親が日本で生きているあいだは、彼の日本に執着する感情はなぐさまなかった。両親を日本から連れ去ったのちには、もはやブラジルこそ彼の郷土になるであろう。いわばこの航海は、彼にとっては日本の土への離別である。こうして移民は植民地にふかく根をおろして住みついてしまう。老父母を連れて行く移民は一番決心の堅い家族であった。しかし鹿沼清兵衛は左の眼からいつも涙が流れていた。神戸の医者はトラホームだと思って心配したが、調べて見るとガラスの義眼がはまっているのであった。

鹿沼清兵衛はもう七十ちかい老人であるが、丈《たけ》が高く骨ぐみがしっかりしていて、まだ充分に働ける百姓であった。カーキ色の労働服を着ているのに、彼の姿からは紺絣《こんがすり》の野良着をつけている様子が想像された。それほどに土のしみついたからだつきをしていた。彼はただ皿と茶碗《ちゃわん》のなかばかりを見つめて黙々と食事をしていた。息子の覚太郎が何か話しかけてもろくに返事をしなかった。彼はもう耳が少し遠くなっていた。

この連中は下の移民たちよりは多少金まわりの良い連中であったが、料理は同じ一切れの塩魚と一塊りのほうれん草とであった。そして一番うえの一等食堂では真白い布をかけたテーブルが幾つも静まりかえっていて、天井には虹《にじ》を反射するシャンデリヤがあって、拓務省から南米へ派遣される富田君と宮井君とが、ホンコンに派遣される海軍少佐の某氏と卓をかこんで、フライド・ロブスタアやビーフステーキ・カントリタイプなどを上品に食っていると、船長テーブルでは村松移民監督が、なにか焦立《いらだ》たしげにパンにバタをなすりつけてはむしむしと食っていた。

食事がすむと二人の監督は事務長《パーサー》の室へ挨拶《あいさつ》に行った。事務長《パーサー》は三十四五の円転滑脱な男で、欧洲大戦後にドイツあたりへ行った船乗りの例に洩れず、散々に放蕩《ほうとう》をしつくしたあとのふてぶてしい自信を頬にたたえて、二人にウイスキー紅茶を出して話しこんだ。

それから医務室の隣りに監督事務室という四畳半ほどの室をもらい、早速これから仕事にとりかかる事になった。

午後八時、特三食堂に全家族の家長を集合させた。しかし二百九家族から集まったものは五十三人にすぎなかった。あとは船酔いと神戸以来の風邪《かぜ》とでまいっている。ここで船長以下の高級船員の挨拶があり、ドクターは明朝からコレラの予防注射をすることを告げ、事務員は船内生活の注意を述べた。清水節約、入浴の順序、便所の使用法、洗濯の場所と時間。

そのあとで村松監督からＡＢＤＥ四室について、室長一名、副室長二名ずつを指名し、監督と連絡をとって仕事を手伝ってもらうように頼んだ。

航海の最初の夜がふけて、丸窓の外には暗い海がひろがっていた。水平線が銀色に光って、月が浮いたところであった。月を左舷《さげん》船尾に見るからには、紀淡海峡をぬけて四国の南にむかおうとするところであろう。ディーゼルエンジンの響きが枕につたわってきて、移民たちには寝苦しい夜であった。A室の暗い隅では大泉さんが船酔いもしらずに高い鼾《いびき》をたてていた。

孫市は眠られぬままに枕の下からバットを出して火をつけた。隣りにお夏がいて、眼の上には門馬一家の寝ている鉄格子の底が、頭のつかえるように低いところにある。これは決して神戸の移民収容所よりも寝心地のいいベッドではなかった。

「もうなんぼか来たべな」とお夏が言った。やはり眠れないでいたのだ。日本よさらば！　神戸はどのくらい離れたろうか。送別の歌を無心にうたってくれた港の小学生たちの姿が眼にうかぶ。縁もゆかりもない子供たちがあんなにして送ってくれたことに、外国へ去ってもう帰らない人々の悲しみがある。世界のひろさが思われてならない。

「ンだな、五六十里も来たべか」

弟の若い心では、姉の言葉のなかにかくされている哀愁の色を、見抜くこともできなかった。彼は船出のときに姉に泣かれてから、急にお夏という存在が負担に思われはじめていた。それまではともかくも孫市の要求を素直にとおしてくれたし、どんな無理もきいてくれる姉であった。彼は姉思いの弟でありながら、実は姉の寛容さに甘えている弟であった。勝治の嫁の名義をこしらえて彼を入籍したことも、ブラジルへ行くという話も、堀川さんを思い諦《あきら》めたことも、姉は一切弟のために譲歩していたのであった。弟は自分の我儘《わがまま》に気がついていなかった。しかし神戸で泣かれたときはじめて、お夏がどれほどの思いで日本を出てきたかを知らねばならなかった。弟は償い難き負債を姉に負うていることを覚《さと》り、償いの方法にも窮し、姉を負担に思いはじめた。すると素直な気持で今まで通りの我儘が言えなくなってしまった。むしろ姉から言われる何でもない言葉さえも、今では責められているような気がしてならなかった。

「今度つく港は、日本だか、外国だか？」

お夏は間をおいて低くきいた。日本の港であったにしても、その知らない港では何の楽しみがある訳でもないが、もう一度日本に別れをおしむことができるかもしれないと思った。しかし孫市は期待を裏切ってこう言った。

「外国だ。二十日につくと」

お夏は毛布をぴったりと襟《えり》にまきつけ、狭いベッドの中で小さく足をちぢめて、身のまわりを吹きすぎる寒い風を感じた。こんど着くのが外国の港であろうとなかろうと、彼女にとってはいわば何の変りもない筈であった。彼女ばかりではなく、この船の全部の移民たちにとって、航海の四十五日はほとんど生涯のブランクな頁《ページ》であった。彼等の目的はブラジルの耕地であり、そこへ着くまでの船中生活は無意味なものにすぎなかった。ただ丈夫で向うへつきさえすればいい、退屈な期間であった。波の音と船酔いとの浅いきれぎれな眠りも、眠っているあいだにいくらかでも目的地にちかづくと思えば、希望をもつこともできた。

翌《あく》る朝、起きあがるとすぐに彼等は、寝ぐるしいベッドにこわばった肩や胸をのばしながら言うのであった。

「さあ、あと四十四日だ」


朝食のテーブルはほとんど半数もいないくらいのばらばらであった。馴れない生活がすっかり彼等の食欲をなくしてしまった。

九時からコレラの予防注射が行われた。移民船が出るごとに神戸からホンコンまで注射のために乗りこむ医者は、二人の看護婦を従えてA・Fの室から順序に九百四十九人の注射をやることになった。船酔いだろうが風邪だろうがおかまいなしにぴしぴしと針をつき刺してゆく。麦原さんの女房はむりに起されると忽ち床のうえに嘔吐《おうと》をしてしまった。注射は午後二時までに完了した。

午後からは忙しくなった。青年会を結成してその発会式をあげ、夜は婦人会を結成してその発会式をあげた。村松監督がその指揮にあたり、青年会には船中の整備のために種々な役員が指命された。風紀衛生部、運動部、学芸部、連絡部。勝田さんの長男は学芸部長になり、その妹の婿名義になっている百野君が学芸部員であった。孫市は風紀衛生部員にさせられて桃色の腕章を左腕にまきつけた。

役員がきまると学芸部ではすぐに監督事務室の謄写版で船中新聞「ら・ぷらた時報」の印刷にかかった。これには出発を祝う監督の挨拶と船中生活の注意とが書いてあった。

婦人会の会長に任命されたのは信州の女工出の松本さんという三十すぎたばかりの女で、子供がひとりある男の後妻になって渡航するのであった。会長の下に幹事が十二人指名され、お夏もそのなかに入れられた。この会が終ると幹事たちは、ちり取りと箒《ほうき》とをもって各室の掃除をはじめた。おいおいには種々な講習会をひらいて、今後の生活に必要な知識をあたえることになっていた。先ずパンを造ること。これは船のベーカーに講習をしてもらう。それから簡単服のつくり方。これは移民のなかに子供洋服などのできる男がいて、ミシンも一台もっていたから、この人に講習をしてもらうことになっていた。

婦人会の結成で急に元気づいたのは小水助監督であった。彼はしかつめらしい顔をして挨拶めいた事を言った。

「ちかいうちに整体術の講習をはじめますから、有志の方は是非ならっておいて下さい。ブラジルのような医者の少いところでは、整体術をおぼえておくと応急の役にたって大変に便利ですよ。僕は二年間勉強して免状をもっていますから、誰にでも教えます」

この自己宣伝は監督の気に入らなかった。

「君、その整体術って何だね」と彼は事務室でからかい半分な問い方をした。

「整体術ですよ。知らんですか」

「知らんね。按摩《あんま》みたいなもんかね」

「按摩と違いますよ、あんなもんじゃないですよ。神経系統をもむんですよ」

「そんなら按摩じゃないか」

「いいえ、按摩は筋肉を揉《も》むんですよ」

「神経系統だってもむさ。まあいい、とにかくね、君が勝手にいろんな講習をやらないで僕に一応ことわってからにしてくれたまえ」

「ええ、だけどこれは是非とも教えておかないと、入植してからみんな困りますよ」

「困りゃせんよ」と言いすてて監督は赤くなって笑った。

一日の仕事がおわり船内生活の整備がようやくつきかけると、二人の監督はもうくたびれきっていた。村松は最後に医務室へ行って今日の衛生状態を聞いて手帖《てちょう》に書きとめた。
一、トラホーム（治療を要する者）百二十三名
一、栄養不良嬰児　一名
一、腎臓炎　一名
一、耳下腺炎　二名
一、インフルエンザ　三十三名
一、妊娠中の婦人　十六名
病室には栄養不良の黒川さんの子供と腎臓炎の山下という男とが入っていた。脚気《かっけ》はブラジ

ルでは伝染病と同じ扱いをうけて絶対に入国禁止であるから、この患者も実は脚気であるが腎臓炎という名目で扱っているのだ、と医者は説明してくれた。

村松は今日の監督日誌を書くために室へ帰って行った。青年会と婦人会との模様、船内整備の完全な様子を誇張して書かなくてはならない。衛生状態は今のところむしろ悪く書いて、日が経つに従ってどんどん恢復《かいふく》してゆくように書く方がいい。これは彼の会社では重要な参考資料となって、昇給や賞与に影響するのであった。

十一時ちかく、小水が監督事務室で学芸部員の謄写版を刷る手伝いをしていると、衛生部員の腕章をつけた横井という青年がとびこんできた。

「監督さん、ちょっと来てください」

「何ですか」

「ベッドのない者がいます」

「ベッドのない者？　はてな、ベッドは人数をかぞえてあてがってあるんだが、どこの室だね」

「特三の食堂のところで寝ています」

小水は唇を反《そ》らしてあたふたと出て行ってみた。

特三食堂の堅いベンチのうえに、毛布にくるまった十歳くらいの少年がひとりきょとんとして坐っており、そのまわりを五六人の移民たちが黙ってとりまいていた。

「君かね、君の室はどこだね」と小水はせっかちに言った。少年はとぼけたようにかすれた声で答えた。

「おまへんのや」

取りまいていた連中はその関西弁をくすくすと笑った。

「おまへんはひどいね」と小水が言うと、連中はどっと笑いどよめいた。

「お父さんやお母さんはどの室にいるんだね」

すると少年はまぶしげに小水を見あげて、興味のないうつろな返事をした。

「わて一人だんね」

これには笑ってた連中も愕《おどろ》いた。十歳くらいの少年では単独渡航にしてもひどすぎる。

「何処から乗ったんだね」

「神戸だんね」

「どこへ行くんだね」

「ブラジルに伯父《おじ》さんがおまんのや」

「ほほう。誰か君の世話をしてくれる人でもいるのかね」

「ここの売店の人があんじょうしてくれまんね」

そう言われてみると小水はちょっと鼻をあかされたような気持であった。何か要らないお世話だとでも言いたげな、妙に安心しきった自信ありげな返事である。散髪をしてまもないらしく青青とした大きな頭の形が不気味に不具な感じで、煮えきらない顔つきが、彼自身の孤独を一向にかなしんでいるとも見えなかった。

あんじょうしてくれるという売店がかりのボーイに訊《き》いてみて事情が判った。これは密航少年であった。昨夜、Cのところの空室になっている産室のベッドに安らかな寝心地をたのしんでいるところをボーイに発見されたのである。

大阪に住んでいたが肉親が死に絶えてしまったので、ブラジルに伯父さんがいるそうだという話だけを頼りにブラジル行きの船へするりと乗ってしまったのである。ボーイはホンコンから送り還《かえ》すのだと笑って説明をしてくれた。

彼の間のぬけたような顔と大阪弁とが小水の頭のなかになにか憂鬱であった。で、彼は静かな歩調でまた事務室へ引きかえし、丸窓から首をつき出して海の風を吸った。

昨夜は左舷のやや船尾よりに昇った月が、今夜はもうすっかりうしろにまわっていた。舷下にくだける白い波の泡《あわ》のなかで、夜光虫が光りながら流れていた。そしてあまり遠くないところを貨物船らしい燈火の少い船がすれ違って行った。

西南西、十五ノット半の速力で、船は九州の南端と奄美《あまみ》大島との間をねらって走っていた。

船は夜のうちに九州の南端を通過した。そして今日は朝から南風が吹いて気温が高まってきた。

午前九時、朝食が終るとまもなく特三食堂で役員会がひらかれた。室長、副室長、青年会役員と婦人会役員。これは用事の有無にかかわらず毎朝集まって事務上のうち合せをすることにきまった。村松監督と小水助手とが必要事項を伝えることになっていた。

この朝は入浴と洗濯とについての通知があった。風呂は一週二回沸かす。午前九時から午後五時までを五つにわけて各室別に入浴するように。また洗濯は毎朝八時から午後四時までのあいだを五つにわけて、船尾の洗濯場ですること。それ以外の時間は清水を出さないから洗濯はできません。……監督は衣食住の世話ばかりか、衛生、入浴、洗濯、便所の世話までも焼かなければならなかった。

次に、日本へ電報をうちたい人は今日一杯はうけつける。明日からは直接無電が利《き》かなくなる。今日のうちならば一音信八十銭で扱うという通知。それから青年会の運動部員にむかっての通知。デッキで運動をしたい者には船にある柔道着と畳と剣道の道具とを貸す。各自随時に使ってかまわない。道具は運動部長岡田君の責任保管とするから、希望者は岡田君の許可によって使用すること。船中生活は運動不足になり勝ちだから大いに利用してもらいたい。

航海の数日に退屈していた青年たちは、ひる頃からさっそく後甲板四番ハッチの横に畳を敷いてどたばたと柔道をやりはじめた。する事がなくて困っている移民たちがぐるりととり巻いて見物していた。青く晴れわたった空と紺碧《こんぺき》の海とが見えるかぎりのものであるこの大海のなかで、二人の青年がからみあって柔道をしている姿はなにか異様であった。

ずっと船首の方では、気候が温くなったので一番ハッチの上に日向《ひなた》ぼっこをしている者が多かった。下の窖《あなぐら》のような室から藁草履《わらぞうり》をつっかけてのそりとデッキに出てきては、日光の強さに眼を細くして日向に坐りこむ親子づれの移民たちは、春をむかえて冬ごもりの穴から出る獣のようであった。

「ほら！　飛んだ飛んだ。何とよく飛ぶもんだなし。三十間も飛んだべ」

麦原さんは舷側に胸をつき出して、凪《な》ぎわたった海面から飛びあがる飛魚《とびうお》の美しさに感歎して叫んだ。

「おう、姉しゃん、来て見れ、飛魚だ」と孫市が呼ぶと、換気筒にもたれて日向ぼっこをしていたお夏は弟のそばへ寄って、「んだな」と言った。

「な！　とっても飛ぶべ。ほら、ほら！　游《およ》ぐ力で飛び上るだべな」と孫市がいくら愕《おどろ》いた声をだしても、お夏はただ「んだな」と答えるばかりであった。いつでも何かしら他に気をとられているような女であった。

医務室は大多忙であった。神戸の収容所から「航海中に治療を要するトラホーム患者」として船のドクターに通告された者が百何十名、それが一日中勝手な時間に来ては、かわるがわる泣き顔になって戻ってゆく。また神戸からもって来た風邪が船中でかなり流行していて、熱が出たとか喉《のど》がいたむとか訴えてくる者も多い。治療費がいらないというので、移民たちはこの時とばかり医務室へ何でも持ちこんだ。

ドクターも忙しかったが二人の看護婦も大変であった。夜になって少し暇になると彼女等はかわるがわる小水に訴えるのであった。

「そりゃ陸の患者と違いますよ。ドクターの言う通りにちっともしないんですからね。神戸を出てから診察した人数が毎日三百人ですよ。そのほかに予防注射があったし。……こんな風邪の多い船ははじめてだわ。もう痩《や》せたような気がするわ。わたしこの船で四航海目ですけど、サントスまでに一貫五百匁減りますのよ。いつの航海でもね、日本へ帰るあいだにまた恢復するの。私は肥っているから目立たないけど、芝田さんなんか、カマスの乾物《ひもの》みたいになって、可哀相よ」

喋《しゃべ》りながらこの二人は制服のポケットから売店で買った塩豆を出して、ぽりぽりと齧《かじ》っていた。

船の食事は麦飯であった。神戸の収容所へはいったときには、国費をもって養われるということに感謝する気持もあって、文句を言われた義理ではないと思っていた移民たちも、段々に贅沢《ぜいたく》な不平をこぼすようになっていた。

そこで、船の肥った事務員が監督事務室へ出かけて註文をした。

「ああ小水さん、一つねえ、頼みたい事があるんですよ」

「何ですか」

「麦飯のことですがなあ、いつの航海でもどうも麦飯のことで不平が出てこまるんですよ。ひとつ新聞の中に書いておいてくれませんかなあ」

「ああ、それですね、僕も書こうと思っていたんですよ。麦飯は絶対必要ですからな。今日の新聞で早速やりましょう」

小水助手は例の早のみこみで引きうけると、学芸部員に命じてプリントにかかった。

――麦飯について。

船ではいま麦飯を皆さんに出しておりますが、うまくないと不平を言わないようにして下さい。これは絶対必要なことです。

長い航海のあいだにはどの船でもきっと運動不足から脚気になる人が多数あります。ブラジルではトラホームと同じように伝染病としての取扱いをうけていますから、上陸禁止になります。

この恐るべき脚気予防には、常に麦飯を食べることが必要であります。この点をよく御承知になって、麦飯に対して不平を言わないようにして頂きたいと存じます。

それと同時に、天気のよい日にはデッキに出て運動せられん事を望みます。云々《うんぬん》。

これは全くこの通りであったが、この話と同時に妙な流言があった。

「船の食事というものは司厨《しちゅう》長の請負い仕事で、予算よりも安くあがれば、それだけは彼ひとりが儲《もう》かるのだ。だから大切な一等客には上等の食事を出しても、人数は少いから大きな損失はない。移民の方は多人数だから一人の食事を一銭安くすれば九百人で九円、一日三度で二十七円、サントスまで四十五日とすれば、千二百十五円。これが司厨長のふところに入る。だから船の司厨長になるためには大枚の金を出して運動するが、さて司厨長になって二三年もたった者なら、みな相当の財産をのこしている。だから船中の食事は彼の財産と反比例して悪くなるのだ」

これは少し専門的な話で、移民たちがこんな事を知っているわけはない。三等のボーイたちが暇つぶしに移民たちに話したことがひろがったに違いない。この船の司厨長は九州男児の硬骨漢で、五十すぎのややたるんだ唇にウエストミンスターの香り高い煙草を絶え間なしに咥《くわ》えていた。

高級船員たちは夜になると大方は事務長《パーサー》の室へ集まった。時には村松監督も一座に加わった。まず司厨長が来る。事務員の岡松が肥えた大きな肩をそびやかして入ってくる。次には機関長《チーフエンジン》が一風呂あびて油を洗いおとしたさっぱりした顔になって、ナイトガウンの前を掻《か》きあわせながら来る。すると事務長はウイスキーを出し、司厨長はボーイに言いつけて酒の肴《さかな》にハムとか乾物の魚とかを持って来させる。

やがて二等運転士が、船橋《ブリッジ》の立番が交替になってのそりと入って来る。

「おう！　定例夜間会議、もう始まっとるな。今夜は珍客も居られますね。今夜の猥談《わいだん》は誰の番だったかなあ。事務長《パーサー》だったね」

そして賑《にぎ》やかな酒宴がひらかれるのであった。みな別々の船で世界中を歩いて来た男連のことして、猥談も世界じゅうにひろがっていた。

こういう時間になって船長はやはり船長室で、一等の客のなかから訪問客があった。それに一等運転士《チーフメート》を加えての小宴が張られていた。

船医《ドクター》だけはひとり別になって、医務室のとなりにある自分の室から大きな腹をかかえ浴衣《ゆかた》がけになって廊下へ話し相手をさがしに出て来た。患者が順番を待つあいだ腰かけているベンチが廊下においてある。そこでドクターは看護婦たちと世間ばなしをするのが例になっていた。

この廊下はちょうど前と後との間の通路になっているので、夜の暇つぶしに酒を飲んだ移民たちがしきりに通った。子供たちが駆けまわっていた。

急に芝田看護婦が愕いた声とともに立ちあがった。B室へ降りる階段を、男の肩にかつがれてひょろひょろと上ってくる女を見たのである。

「どうなすったの?」

担《かつ》いでいる労働服の男が息を切らしながら、

「ちょっと、診てやって下さい。どうも工合が悪いんで」と言いながら医務室へつれこんでベッドに寝かした。

これはB室の室長藤木良雄君の弟とその妻であった。良人《おっと》の方はまだ二十二歳にしかならない。妻も同年くらいである。

ドクターが家鴨《あひる》料理のおくびを出しながら診察した結果によると、彼女は妊娠三カ月半ぐらいで、つわりである。

「船へ乗ってから一度も飯を食いません」と、若い良人は女というものの不思議さに蒼くなって心配していた。

「ふむ。何を食べていたね」

「林檎《りんご》やミルクを少しずつ。——それから蜜柑《みかん》ぐらいのものです」

患者はつゝ、わりと船酔いとで内臓がどうにもならなくなっていたらしい。流行の断髪にしているところを見ると外国へ行くというので外国流のお洒落《しゃれ》をしたのであろうが、その髪は乱れみだれて、顔は青ぶくれて生色がなく、見る影もなくしおれてベッドの上で唸ったり溜息《ためいき》をついたりしているのであった。

診察した計算ではそんなに心配な兆候はすこしもないのに、患者は滅茶滅茶に苦しむのである。

「どうしたんでしょう」と看護婦が訊くと、ドクターはのそりと浴衣がけのまま突っ立って、

「これは少し我儘《わがまま》だね、我慢気がないんだ」と言った。

ともかくも投薬して連れ帰らすことにした。

「妊娠のひとは皆と一緒では少し可哀相ですわね」と、芝田看護婦は女同士だけに同情があった。

「そうだね。……様子が心配なようなら病室へ入れてもいいな。君、今のひとにちょっとそう言って来たまえ」

看護婦はすぐに走って階段を降りていった。

事務長の室での定例夜間会議から自室へもどった村松監督は、自分の会社へおくる「移民輸送報告書」を複写紙に鉄筆で書きはじめていた。下のデッキでは移民たちが歌う流行歌が夜更《ふ》けた海のうえに消えて行き、月の出るらしい明るさが船尾の方の海面を黄色くしていた。

三月十八日
午前九時、定例集会。

室長等ノ提議ニテ、食事ノトキニボーイノ人数不足ノタメ多忙ヲ極ムル故ニ、交代ニテ五人ズツ手伝イシテハ如何《イカガ》ト。

小職ソノ議ヲ可トシ、事務長、司厨長ニ諮《ハカ》リテ賛成ヲ得タレバ、明朝ヨリ実行スル事トセリ。コノ一事ヲ以テモ知ラルルガ如ク、今日マデノ成績概ネカクノ如ク良好ナルハ、専《モッパ》ラ先輩諸氏ノ小職ヘノ御忠告ノ結果、且《カ》ツ社長ノ御教導ノ然ラシムルトコロニシテ、感謝ニタエズ。午前十時、同船ノ拓務《タクム》省書記生富田氏並ビニ宮井氏ヲ訪問、今後ノ船中小学校及ビブラジル語学校開始ニツキ、ソノ教師タラン事ヲ依頼ス。両氏トモコノ事ノ意義フカキヲ察シ快諾セラル。ホンコン出発後直チニ開講ノ予定ナリ。

午前十一時、船内巡視異状ナシ。

婦人会幹事等協力シテ掃除ニツトメ、室内極メテ清潔ナルハ船長以下異口同音ニ賞讃セラルルトコロニシテ、移民輸送ニ当リテヨリカクノ如ク清潔ナリシ事ナシト一等運転士ハ小職ニ言ワレタリ。コハ、婦人会長ヲハジメトシテ、会員ニ人ヲ得タル事ノ結果ナランカト思ワル。

午後四時、新聞発行。

脚気予防ニツイテノ注意ト、運動ノ奨励トヲ通知ス。運動ハデッキニ於テ柔剣道マスマス盛ニシテ、青年ノ元気旺盛《オウセイ》植民地開拓ノ勇士トシテ頼モシキ極ミナリ。

衛生状態変リナシ。流行感冒、ヤヤオサマリ発熱患者減少シツツアリ。

願ワクハコノ航海ニ於テ一名ノ落伍者《ラクゴ》モナク希望ノ天地ニ上陸サセタキモノナリ。季候次第ニ温暖ヲ加ウ。ヤガテ暑熱至ルベシ。小職ノ任務マスマス重キヲ加ウ。思ウテ心ココニ至レバ独リ輾転《テンテン》トシテ眠ル能ワザルナリ。

輸送成績の報告は村松監督の会社における将来の地位にも関係することであったから、彼は頭をしぼって名文を書いていた。

夜空に冴《さ》えた音を立ててかんかんと鐘が鳴った。六点鐘。十一時である。

三月十九日、朝から南風が吹いて気温は高かった。船員はみな白のズボンに穿《は》きかえた。村松監督は冬服をぬいで明るい色の合服を着た。

午後、ら・ぷらた時報第三号が刷り上った。日本に出す手紙はまとめて送る方が便利だから監督事務室へ出すこと。手紙は九銭であること。ホンコンは疫病の流行地であるからあるいは上陸できないかもしれないこと。ホンコンは外国の港であるから明日は全部洋服を着ること。子供をおんぶすると外人は猿だと言って笑うから、碇泊《ていはく》中はおんぶしないこと、等々を通知し、日本からの無電ニュースをも書き加えた。首相が鎌倉へ保養に行ったこと。臨時議会が近づいたので政党が緊張してきたこと。ロンドンの軍縮会議が暗礁にのりあげ、若槻《わかつき》全権が請訓してきたこと、等々。しかしこういう最近の日本のニュースも移民船の中ではまるで縁遠い話のように思われて何の話題にもならなかった。

移民たちは夕方から監督室へ手紙をもって来はじめた。ところがこれがまた妙な間違いをやっていた。神戸の収容所附近の売店では、ブラジルから日本へ出す手紙の封筒を売っていた。それにはJAPON VIA NEW-YORKと印刷してある。移民たちはこの封筒でホンコンから日本へ手紙を出そうというのだ。すると手紙はホンコンからニュウ・ヨークへ行ってまた日本へ戻るということになる。これなら大丈夫三カ月かかる。監督は一々この英語を消してやらねばならなかった。

監督は事務長と上陸の打合せをしに行った。事務長の方ではホンコンの天然痘《てんねんとう》は目下大した流行もしていないから上陸させるならさせてもよろしいという意見であった。しかし村松は上陸させることの面倒を思って、上陸は許可しないが止《や》むを得ぬ買物とか、ホンコンに親戚知人のいる者とかに限って上陸を許可するということに決定した。

すると小水助監督が村松の室へ困った顔をしてやって来た。

「あのね、青年会役員と室長とだけはね、慰労という意味で上陸を許可してやった方がよくないですかなあ。みんな非常に上りたがっているんですよ。はじめて見る外国ですからな、無理もないですよ、それにこれから先の長い航海ですから、一つ慰労しておいた方がよく言うことを聞いて働いてくれるかとも思うんですよ。どうでしょうな」

彼の熱心な提案は、実は彼自身が上陸して見たい為でもあったが、それと同時に例の調子で誰かれをつかまえては、「大丈夫です、何とかして上陸させてあげますよ、特別にね。大丈夫ですよ」と約束をして歩いたあと始末のためでもあった。彼はそうして移民たちの中に自分の信望をつくり上げていた。というのが彼が自分に自信をもてなかった為でもあった。

村松監督はこの提議に依って、室長、副室長、青年会役員だけには上陸許可を与えることにした。

こういう規定が各室に通知されるとすぐに、事務室には上陸許可をもらいに来る移民たちが殺到し、廊下は一杯になった。

「時計のガラスが壊れましたから街で修繕して来たいんです」

「神戸で毛布を買うのを忘れて大変に不便をしていますから是非買いたいのです」

これらは許可になった。

「煙草がなくなりましたから」というと、

「煙草は船へ沢山売りに来ます」と答えられて、駄目になった。

「友達が居ります」

「何という名ですか」

「河野一郎と言うて、同じ村の者です」

「何町の何番地に住んでいますか」

ホンコンの町の名は見当がつかなくて、これは嘘であることがわかった。

そのうちに不平が起ってきた。こういう許可規則では、うまく嘘をついた者が得をして正直者が損をする。というのは、中にはわざと時計のガラスを叩きこわして許可になった者もあるという事であった。道理で時計の修繕ばかりが三四十人も申し出があった。しかし今さら許可方針の変更もできない工合になり、監督はむり押しに押し切ってしまった。

下の室へ降りて見ると、どこへ行っても不平がぶつぶつとくすぶっていた。しかしこうした人人の間の不平はいつまでも煙を上げているばかりで纏《まとま》った意見は出来あがらず、監督に交渉するという実力手段もなかなか行われるものではなかった。彼等は力を合せて、塊りになって不平を叩きつけるという方法を知らないようであった。英語も支那《シナ》語もわからない人ばかりが一時間や二時間上陸してみても、碌《ろく》な見物も買物もできる筈はないが、誰か一人でも上れるとなると忽ち不公平という叫びが起きるのであった。

一番はげしく反抗の口吻《こうふん》を洩らしていたのはC室の黒肥地《くろひじ》であった。まだ二十五六歳の血気あふれるばかりな九州男児で、肩の肉などはもりもりと瘤《こぶ》のように逞《たくま》しい立派な体格の青年であった。彼はベッドの上に胡坐《あぐら》をかき「はぎ」の五匁袋から煙草をつめては吠《ほ》えるように誰にともなく叫んでいた。

「伝染病があるなら一人だって上げるな。役員ならばコレラにかからんていう道理は無かろう。嘘つきを養成するような規則はやめてしまえ！」

しかし彼もまた直接この不平を監督にむかって叩きつけるだけの意識はもたなかった。彼等は農村に在っていつもこういう不平を抱きながら、しかも誰に叩きつけてよいかもわからないで親子代々をすごしてきた。不平は不平だけで終り、満足な状態にむかって積極的に努力するということは常に不逞《ふてい》なことと考えられて来た。それは永いあいだの政治の悪が馴致《じゅんち》した憫《あわ》れむべき習慣であり習性であったかもしれない。「政道に対して口をさしはさむ」者は刑に処せられる時代が永く彼等を文配していた。船のなかの不平は不平のままで夜のふけるとともに消えて行った。黒肥地は酒を買って飲んで寝た。そうすることによって自分の不平を消すことができるのを彼は知っていた。

眼がさめたときには船は小島のあいだを縫うて、ホンコン市街の見える岬《みさき》まできていた。移民たちは争って寝巻のままでデッキにかけ上った。

すると、彼等の眼の前には見たことのない風景があった。それが「外国」であった。あらためて日本に別れてきたことが考えられ一種の不安が感じられた。日本人がいないということ、言葉が通じないということ、簡単には帰れないのだということ。それらの混雑した感情が漠然とした不安になって胸を重くしていた。彼等はハッチの上に胡坐をかき、膝《ひざ》を抱いて、近づいて来る「外国」を見まもっていた。それは新緑の山であった。日本はまだ早春の草も萠《も》えはじめたにすぎないが、この山々は燃えるような緑の色に掩《おお》われ、赤い屋根や黄色い壁がそのあいだに花のように美しく明るかった。褐《かっ》色の蝙蝠《こうもり》のような帆をあげたジャンクが何隻も流れていた。近づくにつれてホンコン島と九竜《きゅうりゅう》とのあいだを往復する連絡《れんらく》船が、一杯に人を積んで行き来しているのも見えた。ら・ぷらた丸は市街を対岸に見ながら九竜の桟橋についた。

舷門をひらきタラップをおろすと、第一番に港の警察官が上ってきた。中老の英国人であった。彼のあとから印度人の巡査が来て舷門の見張りに立ち、半裸体の支那人の労働者たちが背や肩をてらてらと光らせながらどっと押しあがって来た。すぐにハッチの蓋がめくられ、ウインチが唸《うな》り、積荷をおろしにかかった。

そのあいだに船はすっかり小さな支那船にとりかこまれていた。それはバナナやオレンジや煙草を積んだ小舟で、長い竿《さお》の先に竹籠をつけて高々と突き出してくる。移民たちが籠に金を入れてやるとバナナの一房を入れて戻してよこすのであった。

間もなくデッキの至るところに支那人たちの店ができた。象牙《ぞうげ》細工、鼈甲《べっこう》細工、タバコ、パイプ、果物、小さな織物などの店である。支那人は通じない支那語をさかんにしゃべり立て、移民たちは遠くからとりまいて、品物よりも人間を眺めていた。

和服を着たままの女がいるし子供を背負った者もいるから取締ってくれと船の岡松事務員か

ら小水に註文がきた。小水はすぐに青年会の風紀衛生部員である佐藤孫市にそれを伝えた。孫市は飛んで帰って先ずお夏に洋服を着せ、門馬さんの婆さんに洋服をきせるように頼みこんで、それから船中をはしり廻って注意して歩いた。

一等客の富田氏と宮井氏とはまあたらしい合服を着て、膝をまっすぐに伸ばした姿勢になって船を降りて行った。そのあとから村松監督も降りて行った。上陸許可を与えられた移民たちがそれからぞろぞろと船をおりた。みなカーキ色の労働服を着て、股《また》をひろげたような歩き方をしていた。大泉さんも麦原さんも出られなかった。門馬一家も留守だった。孫市だけは正午すぎてから皆の郵便を出しに行く小水の手伝いという名目で、勝田さんの長男や百野君と一緒に出かけた。

船の昼飯は荷上げの仕事に邪魔されていつもの食卓がつかえなくなり、頭のつかえるベッドの上で埃《ほこり》をあびながら食わなくてはならなかった。まっしろに塩を吹いた鯖《さば》の一切れと煮豆と臭い沢庵《たくあん》とであった。

上陸した移民たちは何とかフェリイに乗ってホンコン島にわたったが、さてどっちへ行ってよいかもわからず、英語で道を訊《たず》ねることも知らない。すると自然にみなが一塊りになって、帰り道に迷わぬために海岸の大通りをまっすぐに行って、まっすぐに帰ってきた。一軒の店に一人がパンを買いに入ると、二十人ばかりもぞろぞろと入って店の主人を面喰わせた。そして解放されてから二時間も経つとみな船に戻ってしまった。

ビーチロードには郵船会社や商船会社の事務室があって、日章旗がひらめいていた。それを見ると移民たちは日本のなつかしさにはっと立ちすくむ思いであった。

「この家の中には日本人がいるんだぞ」

そんな事が重大な感想であった。

夜が来ると対岸に見えるホンコンは遥《はる》かに美しい風景になった。後の高い山の中腹までも上った市街が一斉に灯をともして、すると海岸から高い中空までつづく灯の列が黒い波に映じて、何とも言えない美しい夜景であった。積荷のウインチが夜通し軋《きし》って寝苦しくむし暑い夜であった。


村松監督がまだ寝ているうちに小水がドアをノックして入ってきた。

「や、失敬しました。遅いですね、はははは。あのね今日は三月二十一日で春季皇霊祭ですからね、ら・ぷらた時報の記念号を出して、それから夕方の国民体操の時間に君が代の合唱をやらせようと思うんですよ。そして遥拝《ようはい》しましょう。ね、そうしましょうよ」

「ああ」と監督は白いベッドに深々と横たわったままで言った。

「君、ちょっとそこのタバコとマッチを頼む。……有難う。その君が代や遥拝は、小水君がやらせてくれるね?」

「ええ、やりますよ。ええ」

「じゃあ頼みます」

これで簡単に追っ払ってしまった。小水は物足りなそうな顔つきで忙しそうに息をはずませながら、

「今朝の会には出られますね？」などと当り前な事を言って帰って行った。

明るくて温い、日本で言えば五月というほどの気候であった。さすがの門馬さんの婆さんも羽織をぬいで、荷役のすんだハッチの蓋の上にぺたりと坐り、例の煙管《きせる》を叩きながら朝の陽光を背にあびて至極あたたかであった。勝治は母の隣りで、昨日支那人から買ったドラゴンという竜のついたタバコをしみじみと味わっていた。別に感慨もなかったが、

「母さん、喫ってみな、支那人のタバコだとよ」と言った。婆さんはふンと言った風に横をむいただけであった。しかしホンコンの新緑の景色はこの老女の眼にも飽きない美しさであった。

出帆の銅鑼《どら》がしきりに鳴っていた。孫市が脇《わき》の下にドラゴンの箱を二十もかかえて廊下から出てくると、

「タバコ買ってきた。安いぞ門馬さん」と言って腰をおろした。

「十五銭だべ」

「十五銭？　ばアか言って。七銭だ。二十で一円四十銭だ」

すると勝治が口を尖《とが》らして怒りだした。昨日彼は一個十五銭で十個を一円五十銭で買ったというのである。孫市が笑った。

「大泉さんはな、今朝十箱買ってな、一つ十銭だ。十で一円よ。船が出るときになれば安くなるんだよ」

「俺あ損した、畜生！　あのタバコ屋、まだいだか？」

「居ね。いま鎖をつたわって降りて行った」

「欺《だま》された。支那人てお前、油断もすきもなんねえな！」

この話は門馬さんの婆さんにはたまらないほどの腹立たしいものであった。勝治はどこの国へ行ってもタバコの値段は一定した専売局の値段だと思っていただけに、口惜《くや》しがって唇を噛《か》んだ。

彼等の隣りでは鳥取県の移住組合で土地を買って入植する難波さんという男が、綺麗《きれい》に生えそろった鼻髭《ひげ》をなでながら、八木節のうまい三浦さんにブラジル事情を話してきかせていた。

「わし等の行く所はな、アリアンサ植民地という所でな、日本人が地主になっとるところですよ。もう出来てから五六年になるんじゃが、とても立派な成績でな」

「マラリヤはどうです。怕《こわ》いですかなあ」

「マラリヤはあんた、怕がることはないんじゃ。ブラジルにはな、ユーカリプトという木があってな、これはまた実に良い木で、役に立つ木で、植えておくとどんどん伸びる。土地がいいから君、六年目には六丈ぐらいにも伸びる」

「な、なんという木です？」

「ユーカリプト。そしてな、大変にどうもいい材木になる。それと同時にな、臭い！」

「臭い！」

「ああ臭い、大変にどうも臭い。生えている傍を通っても臭い」

「いやな木だなあ」

「いいやいいやでない。そのユーカリプトをあんた、アリアンサ植民地では部落のまわりにぐるっと植えた。すると翌年からあんた、どうもマラリヤがもうぱたッ！……」拍子をつけてマッチをすり煙草をすいつけて、

「と無くなった。不思議でなあ。……つまりそのマラリヤの蚊というのがどうもユーカリプトの臭いのが非常にどうも嫌いでね」

しかし難波さんはまだブラジルも知らずユーカリプトの木も見たことはないのであった。

気がつくと船はもう桟橋をはなれていた。下のA室ではお夏がお常と二人で鉄格子のベッドに横になって、退屈だから塩豆をかじっていた。ときどきお常の母親が上のベッドから下に手をのばしては娘の塩豆をひと掴《つか》みずつつかんで行った。この女は風紀衛生部員から「甲板へ出るときは洋服をきて靴下をはいて下さい」と言われたので、昨日から一歩もデッキへ出ないで、寝ころんでいるのであった。彼女はただ丸窓からちらとホンコンを眺めただけであった。そうしていまこの港が遠ざかって行くというのにも何の感興をももってはいなかった。小島のあいだを抜け、岬のはなを廻ると、ホンコンもそのあたりの風景も、四国をはるかに見たときと何

の変ったものでもなかった。はじめて見た外国も、結局移民たちには大して変ったものでもなかった。それだけにブラジルに懸ける期待もなくなったかもしれないが、恐怖をそそるようなものもなかった。ただ、言って見れば外国の山も海も、日本と大して変ったものではないことが解っただけだ。しかしこれは大きな発見であったかも知れない。「外国」というものに対して抱いていた、ほとんど化け物にでも対するような気持から、正当なまたは親しみのある印象を感ずることができたのである。

陸は急速度で見えなくなって行った。一時間も経つともう外国の島は外国という特色を全く失っただけの島影であった。二時間もたつと澎湖島《ほうことう》が見えたときと同じであった。そして三時間もたつともう船はどこにいるのか見当もつかなかった。また、視野の全部が水と空とになってしまった。ホンコンは、ふと幻に浮いた陸の影ではなかったか。ことに上陸しなかった者にとっては、ホンコンを記憶すべき何の手がかりもなかった。このようにして彼等の航海は神戸のとなりにホンコンがあり、その隣りにシンガポールがありコロンボがありブラジルがあるに違いない。ひろい海の上に港だけが点々として浮いていると思われるかも知れない。

ひるすぎ、ボーイたちが倉庫から司厨《しちゅう》室へ大豆の袋をうんと担《かつ》ぎあげたのを見た。細川というおどけたボーイがメリケン粉の袋をかついで背も肩も真白くなっているのを見た。

すると夕飯にはうどんが出た。うどんの上には油あげが乗っていて、奴《やっこ》豆腐が皿に並んでいた。

「やあ！」と巡査のようにぴんとした立派な髭を生やした牛島君が叫んだ。「豆腐だぞ！」「んだな！」と隣りで大泉さんが感歎した。「まるで陸とおんなじだ。奴豆腐だば一杯やらねばなんね」

「ホンコンで買って来たべか」と孫市がいうと、お夏がさっき台所でこしらえているのを見たと答えた。

そこで、日本を思い出す夕食がはじまった。船は都会のようなものであった。東京のような、大阪のようなものであった。そこではあらゆる不便がとりのけられあらゆる便利が考案され、そしてどんな製造工業でも行われているけれども、ただ一つの原料も出来はしない。このうどんと豆腐とで郷里にいた頃のような腹工合になった彼等が、おくびまじりの都々逸《どどいつ》で草履《ぞうり》を鳴らして上のデッキに出て行くと、もうそこには小水助監督が例の白いユニホームを着て、夏の運動帽をかぶって待っていた。

「国民体操をやりますからDハッチのところに集まって下さい。みんな早く集まって！」

しかし中年の女たちは一向に体操をしようとはしなかった。麦原さんの女房に至っては、「やれやれ、久しぶりの豆腐で、はッは……」と笑うとまたごろりと横になってしまった。

小水君は例によってハッチの上に立ち、一同にむかって訓辞をのべた。今日がお彼岸の中日であること、先祖の霊をまつる日であること。

「皆さんは今日はお寺詣《まい》りも出来ませんから、ここで唯今から三分間の黙祷《もくとう》をいたしましょう」

黙祷を終ると前から交渉してあった山田君のハモニカを合図にして国歌二回合唱。それから体操にはいった。すると上の一等デッキで見ていた一等運転士《チーフメート》が降りてきて体操の群に加わったので、青年たちは急に元気づいた。波のはるかの果に夕陽が沈んで行き、夕焼けが海面をまっ赤に塗りつぶした。燃え立つ雲の色と朱を流した水の色とが美しくて、凪《な》ぎわたった海であった。もう随分と日が長いようであった。気温は一日ごとに高まり、体操の群は汗をかいていた。今夜は毛布なしでも眠れそうであった。

移民船の航程はホンコンをもって第一段階としていた。というのは移民たちがそろそろ船中生活にも馴れ、外国行きのあわただしかった感情も和《なご》んできているし、外国という所もとにかく見るだけは見たし、あとは四十日の経過をぶらぶらと待っているだけでよいという状態になった。いわば動揺した感情の時代をへて退屈しはじめる時期であった。

移民輸送監督は航海中のいろいろな仕事の予定にこれから手をつけるのである。船中に学校をひらくこと、料理や洋裁の簡単な講習会をやること、運動会や演芸会の催し、ブラジル語の講習、等々。

小水助監督はこういう事の世話をするのが大好きであった。世話をすることによって彼への信頼を迎えられるような気がするのである。殊に彼は婦人会を手なずけようとしていた。そういう事にはまた一種の才能があって簡単に婦人連中との親しみを造りあげる男であった。

ホンコンを出て二日目、彼は料理の講習をやることに村松監督と相談をきめた。船のベーカーの方の都合で、ディナのあとは料理場があいているから午後七時半からやるということになった。

彼は夕食のあとの国民体操の号令をかけ終ると、走って自分の室へ帰り、運動服を背広に着かえタオルで顔を拭きクリームを塗り髪をときつけて、あたふたと特三食堂へ出て行った。すると婦人会連中が二十人ばかり塊《かた》まって彼の出を待っていた。

「やあ！　お待たせしました。国民体操で忙しくってね、はははは。松本さん、もうこれだけですか？」

婦人会長は鄭重《ていちょう》にしかしおどおどとして答えた。

「はあ、もう少し見えられる筈《はず》ですけれど……」

彼女は信州の女工を永年していた人であった。女工風情《ふぜい》を会長にしたのが不平で副会長の永井夫人は出席していなかった。永井夫人の良人は滋賀県の土木技手をしていた男で、彼女は女学校出の誇り高い態度をした三十ちかい女であった。

やがて船のベーカーが特三食堂へ白いエプロンのままやってきた。婦人連中はノートと鉛筆とを用意して待った。今日は先ず最も大事なパンの製法である。

しかし婦人会員が最初にぶつかった困難は外国語であった。どうかするとメリケン粉すらも、うどん粉と飜訳《ほんやく》しなくては分らなかった。その次にはベーキングパウダであった。

「何ですか？」とすぐに質問が出た。

「ベーキングパウダです」とベーカーは細面の油焼けのした顔をふりむけた。「これだけの粉について三十グラム、八匁《もんめ》ですな」

そこで皆は懸命に「ベーキング……」とまでノートに書いたが、あとを忘れた。

「あの……今のをもう一度おっしゃって下さい」

「ベーキングパウダ。つまりふくらし粉です」

そこで彼女たちは鉛筆を舐《な》めてベーキングをごしごしと消し、その下へ「ふくらし粉八匁」と書いた。ベーカーは退屈して白墨をいじっていた。

こんな話が四十分もあって、小水君は退屈しながらも忠実に傍についていた。それからぞろぞろと司厨室へ案内された。ところがまたここで彼女等は困難にぶつかった。フライパンでありシチュー鍋《なべ》である。単語のわからない料理の方はそっちのけにして、船の竈《かまど》が上等であることや、明日の朝食の米が洗いあげてある笊《ざる》の、米の量に愕《おどろ》いたり、鍋の大きさに愕いたり、庖丁《ほうちょう》が沢山光っているのに愕いたりしたばかりで、一時間も経つと何となく出来上ったパンを食わせられて、今日の講習を終った。しかし村松監督の報告日誌によると、「パンの製法を会得し欣然《きんぜん》として散会せり」という事になっていた。

翌朝はやく、洗面所掃除のボーイがぷんぷんして岡松事務員を追っかけてきた。

「岡松さん、どだい無茶だんね！」

「何がァ？」

「何がってことがありまっか。わたいも永年ボーイをしてますが、こんな移民はん見たことおまへんな」

「どうしたい」

「どうしたじゃおまへんや。神戸を出てから今日までに洗面所のパイプを幾つ詰めたと思いなはる？　二十九だっせ。それに今朝三つ。三十二だっせ。一日平均四つ以上もパイプを詰める移民は見たことおまへんな、畜生！」

「よし、今度詰める奴を見つけたら引きずって来たまえ、怒鳴っちまうから」

「見つけたら、わいかて怒鳴っちまいまっさ。今まで一人も見つかりまへんでな、畜生！」

そこで岡松は早速監督事務室へおしかけて小水に厳重抗議に及んだ。

「今度パイプを詰らしたら、その室の者は犯人がわかるまで一切洗面所を使わせんことにでもして貰わんと困りますなあ。一体あんな細いパイプは詰ったらそれっきりですからな。まあ廻って見なさい、全部で五十三の洗面器のうち完全に駄目なのが十九もある！」

恐縮した小水君は早速百野君が書いているら・ぷらた時報にこの一件をつけ加えさせた。

そこで朝の定例会議だ。室長と青年会役員と監督とが集合。格別言うこともなかった。安東室長がA室から三人ずつ毎日交替で司厨室の手伝いに出ているという報告をしたばかりである。

「勿論《もちろん》自発的にこっちから申し出たんです。遊んでいると却って身体《からだ》工合が悪いと皆が言うし、司厨部も忙しいようですから……」

それで会議がすむと特三食堂では小学校がひらかれた。学芸部員総出で子供たちを駆り集めると四十人ほど見つかった。一等船客の宮井氏を先生に頼んで、それから子供たちに因果をふくめて、お前たちはブラジルへ行くのであることから説きおこし、ブラジルの人種とか国語とかの相違を説明し、余興的に唱歌を二つばかり歌って小学校開校式を終った。

特三食堂はすべての集会所であった。小学校を終り昼食が済むと午後二時から今度は洋裁の講習である。B室に、日本にいたときは婦人子供服をやっていたという男がいて手ミシンを一台もっていた。これが講師である。まだ三十ばかりの丈の低いおどおどとした人であった。始めて人を、殊に女たちを教えるというので彼はすっかり固くなっていた。

婦人会のメンバーというのはいつの会合でもひどく生《き》まじめな顔をしていながら、実は他の事ばかりに気をとられているような連中であった。こうして三十人ばかりの女たちがかねて用意してあったほどき物と鋏《はさみ》とノートとを持って講習会に集まってきた。新銘仙《めいせん》、新モス、古浴衣の色とりどりなもの。これで洋服をこしらえて着ようというのだ。通称あっぱっぱという簡単服に、靴下は神戸で一足買ったきりだからそれははかずに草履をつっかけて、赤道直下を越そうというのだ。

「もうこれから先は着物は一枚も要らないんですからな、船中でみな縫い直しておいた方がいいです」と、今日だけはきちんとネクタイを結んだ講師の序文ではじまった講習会は、先ず最初にセンチメートルという長さの単位で跌《つまず》いてしまった。彼女等はノートをとると手を休めてそぞろに遠い故郷を思い出したのである。会長松本さんは信州の紡績工場を、勝田さんの娘は畑にかこまれた堂々たる我家を、佐藤夏は女工監督の堀川さんと亡くなった父とを——。そして麦原さんの女房は、亭主が司厨室の手伝いで、ジャガ芋の皮を追分けの節まわしで剝《む》いているのに、講習会にも出席しないでベッドにころがり、お常もお夏も居ないから話し相手がなくて、向うの二階のベッドに上っている門馬さんの婆さんを見上げて言った。

「何と暑くなったなあ。なんぼか南さ来ただべなあ」

「ああ」と婆さんは素気ない。

「これで、もっと暑くなるべかなあ」

「なんぼか暑くなっぺ」

「やんだねはあ。おりゃあ今日は襦袢《じゅばん》一枚きりだになあ」

暑くなったからというので船艙《ハッチ》の蓋は今日からすっかり外して、この暗い船室にも珍しく美しい日光がさしこみ、デッキから門馬勝治が下をのぞいて、

「母さん、上って見な。ここだば暑くねえ。風うんとあるもんな」と声をかけたが、婆さんは二階のベッドから降りるだけでも大変だから便所へ行くのも我慢している次第であった。

洋服の講習が終ったころ、B室の藤木君の弟が監督室へやってきて、村松にむかってつわり、

の女房がどうもこのままではいけないように思うとおろおろと訴えた。そこでまたドクターに交渉し、芝田看護婦の同情を得て早速船尾の一段高い病室へ収容することにした。病室はともかくも多少清潔で、高いだけに風通しもよく日光もはいるが、船のはしの方になっているだけに揺れるときは相当はげしい筈であった。

断髪がすっかり伸びてぼやぼやになったつわりの女房は、赤い縞のタオルの寝巻の裾を引きずり、若い頼りない良人の肩につかまってよたよたと階段を上った。それから久しぶりの日光を満身にうけながら病室までよろけて行った。

船尾では移民たちのシャツや襁褓《おむつ》や越中褌《ふんどし》などの乾《ほ》し物がひらひらと海風になびいていて、スピードメーターの長いロープが泡立つ水のずっと遠い方まで引きずられながらくるくると廻っていた。波の上を辷《すべ》って鷹《たか》のような鳥がぐんぐん飛んで行くのが見えた。

病室ではつわりの女房は黒川の栄養不良の嬰児《えいじ》や腎臓炎の山下君と一緒であった。またそのとなりには肋膜《ろくまく》で唸っている婆さんがあった。ときどきこれらの病人の家族がやってきた。またときおり看護婦が様子を見に来た。しかし誰も見舞に来ていないとき、この室は陰惨な相《そう》貌《ぼう》を呈していた。死に近い四つの命の喘《あえ》ぎが、熱のある呼吸が、一種の臭気を伴って室に充ち、疫癘《えきれい》のもとに崩壊しようとする人間の弱さというような凄惨《せいさん》なものが感じられた。消毒用の洗面器が入口においてあり、赤い昇汞《しょうこう》水の表面にエンジンの波動がぴりぴりと漂うていた。健康な子供たちがデッキで騒ぐ声が丸窓から聞えていた。それが遠い国の物音のように縁遠く感じられるのであった。この部屋には、はるばるとブラジルまで移民してゆくことの容易ならざるもの、この事の深刻な意味が象徴せられているようにも思われた。

しかし、ともかくも航海は平和で無事であった。船はもう明日はサイゴンに入ることになっており、ここではコレラや腸チブスが流行しているので、一人も上陸させないことに規定されていたが、何の不平もなかった。もう外国はホンコンだけで沢山なようでもあった。殊に大洋を航海しているあいだは移民たちは長閑《のどか》で平和であった。

糠星《ぬかぼし》までもはっきりと見える夜の航海は、半球を描いた空が宮殿の丸天井のようにも思われ、波のしぶく船首のあたりからは飛魚が夜目にも白い腹を見せ水面をかすめて飛んでいた。気候は日々に暑くなり、もう全くの真夏であった。寝苦しい夜がつづいた。

こうして一人の監督と一人の助監督のもとに、病室の患者たちも加えて一千ちかい移民をのせた汽船は、暗い海を南にむかってひた走っていた。ブラジルまであと三十六日である。そしてこの夜、船首の方にあたって波のうえに低く南十字星《サザン・クロス》を見た。ブラジルでは毎夜頭の上に輝く神の護りの星座である。移民たちは一種の親しみと一種の祈願とを罩《こ》めてデッキに立ちつくしていた。これから先の生涯をこの星のもとに生きて行こうとする自分たちの、遠く母国を去り行く身の上があらためて考えられるのであった。

印度支那の港サイゴンにつく朝は、烈々と燃え上るような太陽をもって始まった。船は河を溯《さかのぼ》りはじめた。河は泥水の色をしてスクリューの波紋がはるかの岸までうねって行った。真白い鷺《さぎ》のような鳥が何十羽も飛んでいた。両岸は草に掩《おお》われた低い土手のように続いて、どこまでも平たく、鮮やかな緑がなまなましかった。まるで今生えて来たばかりのようであった。マストにO・S・Kの旗が上った。うしろのマストには日章旗があった。すると船というものが一人の淋しい旅人のように見えた。

移民たちはデッキの日蔭を選んで坐り、両岸の馬鹿々々しく平たい風景を眺めていた。暑いので皆シャツ一枚であった。

お夏は船尾の洗濯場へブリキの盥《たらい》を持って行った。そこではもう同室の女たちが四五人洗濯をしていた。門馬義三も混って肌着類を洗っていた。

彼女は片隅へ跣足《はだし》になって踞《うずくま》り、粉石鹸《せっけん》を水に融《と》かした。すると孫市が入ってきて、「姉しゃん、これあった、頼むべえ」と言ってシャツを一枚盥に投げこんだ。

「あのな……」とお夏は弟の顔を見ないで言った。「監督さんな、汚れもの何ぼか有るべどもしゃ、始末出来っかなあ。何だらおりゃあ今一緒に洗ってあげてもええども……」

「んだ！」と弟は叫んだ。「独《ひと》りもんだば女手無えもんな。おら訊《き》いて見てやっぺ」

弟が大きな声をするとお夏は他の女たちに聞かれはしないかと思って赧《あか》くなった。お夏はほとんど感情を表現する術《すべ》を知らないような女ではあったが、忘れているのではなかった。どんな大きな事件に直面しても顔色一つ変えないで黙ってうけ容《い》れる不思議な心の容積をもっていた。しかも決して外に吐き出さないでじっとしまっておくのであるが、消してしまうのではなかった。或《あるい》は彼女はあの時以来小水を慕うようになっていたのかも知れない。恰度《ちょうど》彼女が最初特に好きというのでもない堀川さんの腕に抱かれてしまってから、彼を好きになって行ったと同じように。彼女の性格にはそういう自在さがあった。環境に無抵抗に順応して行く素直さがあった。それは不貞というよりももっと自然な、もっと稚《おさな》い、もっと健康なものではなかったろうか。

　弟は監督室で小水を見つけると兵隊のように直立して言った。

「あの、監督さん、汚れものがあったら姉しゃんが洗わへで貰いてえと言って居りますから、一つお願えします」

　小水は眼鏡の下で光りの無い眼をぱちぱちと動かした。何かぎっくりと胸にこたえるものがあった。

「いや、いいんだよ君、有難う。僕は自分でやるからね、はははは」

　しかし孫市はくりかえして是非とも姉しゃんに洗わせてくれと頼みこんだ。小水は拒みきれなくなって自室から白い運動シャツと靴下とをとり出して渡した。

　実を言うと彼は洗濯をしてもらいたくなかった。日が経つにつれて二人の関係がうすらぎ遠ざかって行くことを願っていた。ただ彼の良心を慰める方法は、過去の中におい込んで忘れてしまうという事しかなかった。いま洗濯を頼むことによって、新しく二人の関係を生かしておくことが心苦しかった。それと同時に又彼は孫市の善良さに圧倒され、お夏の気持の善良さに打たれた。彼が今日までお夏に感じていたのはただ臆病《おくびょう》な恐れであり、それ故に彼女を避けることばかりを考えていた。しかし、いま改めて彼女のしおらしい気持を示されると、ぐっと胸をついて来る愛情があった。それは悲しいほどに素直な女の可憐《かれん》さであった。愛するというよりほかに言い様もない気持であった。小水はほのぼのとした喜びを感ずることが出来た。はっきりとした後悔を感じながら、その後悔の底の方で自分の苦しかった気持が何か一つの解決を見出したような気がするのであった。それはお夏に向って抵抗していた彼の気持の崩れに他ならなかった。彼女は彼に抵抗してはいないのだ。彼も亦《また》抵抗する必要がなくなった。それと同時に自分の過失として承認し、貧しい心になって詫《わ》びたい感情であった。

お夏は弟から小水の洗濯物をうけとると、ただ黙って丹念に洗った。こういう行為が彼女に妻の愛情を誘うかも知れなかったが、彼女には決して小水を責めて結婚を求めようとする気持などはなかった。ただこの汚れたシャツは彼女の記憶を新しく呼びさました。彼女はこの男の体臭をおぼえていた。

不意にすさまじいひびきを立てて船全体がびりびりと揺れた。錨《いかり》を投げたのであった。デッキへ出て見ると河の中流に船が止っていて、周囲はただ灰色の倉庫が二棟建っているばかりの風景であった。岸の土が真赤で、ぎらぎらと油の浮いた水が光っていた。赤いヴイがその泥水の中に浮いており、ヴイの向うに船が浮いていた。マストには日本郵船会社のマークがあり、船尾に白ペンキでりおん丸と書いてあった。日本の船がサイゴンにいた……それで移民たちは「国際関係」というものをふと考えてみた。

木船が五六隻集まってきて真黒い黒人や烏《からす》のように痩せた支那人の人夫が材木の積みこみをはじめた。これはケエプタウンまで持って行くのであった。ここの港はまるで見るものもなく、市街地は遠いので何の繁華も感じられず、風の凪《な》いだ午後は照りつける日光に船体が焼け、それに積荷の音のさわがしさに昼寝も出来ない日であった。

お夏が弟と二人で病室の下の日蔭にぼんやり坐っていると、小水監督がサイダーを二本待ってやってきた。洗濯のお礼に今まで売店の冷蔵庫で冷やしてあったのだと言った。孫市は恐縮して頭をかしげ、お夏は投げ出していた足を坐り直して赧《あか》くなっていた。

村松監督はサイゴンの見物に上陸して、午後から夜までひとり歩きまわった。有名な植物園からテアトル・イムペリアルの前の広場に廻り、コンチネンタル・パレスという一流のレストオランで食事をし、ボルドオの葡萄《ぶどう》酒を飲んだ。

日没時の匂いやかな風が熱帯樹の鉢植《はちうえ》のあいだから流れこみ、まだ明るいアヴェニュの深緑の葉のあいだに黄色い電燈がつくと、このレストオランの柱廊の軒に蝙蝠《こうもり》が飛んだ。となりのテーブルでは仏人の男女がアイスクリームの匙《さじ》の上からやさしい話を囁《ささや》きあっていた。植民地居住のフランス人たちの、今はちょうど散歩の時間であった。ビズネスを終り夕食をすませて、美しく装うた妻と子供とを連れた軽い白服の紳士が、帽子もかぶらずにぞろぞろと腕を組んで広場を散歩していた。すると街全体がこまやかな情緒をもって、ゆたかさと教養とをもって暮れて行った。そして一歩横道に入ると鳥のように痩せて汚い支那人の車夫が黄包車《ワンポウツ》を曳《ひ》いて客をあさり、汗だらけで走り廻っているのであった、劣敗の黄色人種という考えが村松をふと憤らせた。

船へ帰ってくると舷門のところに小水が立っていて、慌《あわ》ただしく言った。

「大変ですよ。見物どころじゃありませんよ、村松さん」

「何だね」と彼は脅えたように小水の顔を見つめた。上陸できなかった小水の不平が感じられた。

「とうとうマニラ丸の二の舞ですよ」

「コレラか?」と監督は叫んだ。

「赤痢が一人出来たんですよ」

村松はむっとして小水を睨《にら》んだ。彼の仰々しい言い方が気に入らなかったのである。マニラ丸の二の舞などと言わなくてもよさそうなものであった。マニラ丸は先年サイゴンでコレラを積みこみ、二十数名の死者を出し、シンガポール沖に碇泊《ていはく》したまま一カ月も動けなくなり、遂に神戸へ戻ったという大事件をおこしたのであった。当時マニラ丸はコレラ丸と称《よ》ばれたものである。しかしコレラと赤痢とでは大分違う。

ドクターは特三食堂でA室の安東室長と碁《ご》をうっていた。訊いてみると九歳の子供で病室へ隔離したが重態だという。それにしてはドクターは落ちついていた。そして明日は船中の大掃除をやるつもりだが、とりあえず衛生部員が患者の出た室附近の仮消毒をしたという話である。それから誰も患者を見舞に行かないようにという註文もあった。

その夜、監督は輸送日誌に激情的な文句を書きこんだ。

——神戸ヲ出デシヨリ既ニ十日、今日マデ大過ナクシテ過ギタルヲ、嗚呼《アア》、吾ガ行、遂ニコノ不幸ニ遭《ア》ウ。若シ彼ノ一命ヲ損《ソコノ》ウニ至ランカ、何ノ面目ヲ以テ輸送報告ヲ為《ナ》シ得ンヤ。今ハ唯死ヲ賭《ト》シテモ彼ノ看病ニ力《ツト》メントス。是レ小職ニ残サレタル最後ノ手段ノミ。悲シミ極マリテ言ウベキ言葉ヲ知ラズ……。

それからウイスキーを二三杯飲み、宮井君と三十分ばかり猥談《わいだん》をして、十一時過ぎ又真白いベッドに深々と埋まり枕許《まくらもと》の扇風機をかけ放しにして、楽々と眠った。

碇泊《ていはく》中は波の音はないが、材木の積みこみの音がさわがしく、風の通らない船室は数百人の呼吸と体温とに蒸れて悪臭を放っていた。黒人の人夫たちが寝相の悪い移民たちのベッドの脇でウインチを捲く合図の口笛を鳴らしていた。

三月二十五日、午前十時サイゴン発。

船がまた河を下りはじめたころ、こんな話が伝わっていた。

昨夜、積荷に来ていた黒人が、移民たちの寝姿を見てまわり、ある娘の乳房を掴《つか》んだ。またある女は太腿《ふともも》を抓《つね》られて黒い爪跡が残っている。ある女は接吻をされて眼がさめた。しかし誰も怖《こわ》さと恥かしさとで大声も出さなかった、というのである。

碇泊中のむし暑さに昨夜の寝相の悪かったのも事実であった。形ばかりのカアテンがついてはいるが、殆んど役には立たない。乳房を掴まれたというのはB室の十七になる田舎娘で、デッキへ出ると船員がからかった。

「あんただろう。乳を掴まれてどんな気がした？」

「うちなあ、寝ようと思うて眼をつぶっとったら急にぎゅっと乳を掴まれて、もうびっくりしたん。そしたら笑うてあっちい行てしもうたんぞな。それだけよ」

「ちょっと見せて御覧、黒くなったかい？　お医者さんに見て貰ったかね」

「へえや、見てもらやしまへん」

「そりゃいかん、早く薬をつけてもらえ。黒人にさわられるとそこが段々に黒くなって、しまいには腐るんだ」

女の子は顔色を変えて身ぶるいした。

この問題をら・ぷらた時報はまじめに取扱った。——昨夜も二三被害がありました。今後は碇泊中は十分に気をつけて、カアテンを必らず引くこと、婦人方は必らず猿股《さるまた》を着用すること。これからまだ暑くなりますから特に気をつけて……。

太腿をつねられたのは麦原さんの女房で、ベッドの上で裾をまくっては唾《つば》をつけていた。それをまた見物に来る連中もあった。

午後からは船中の大掃除がはじまった。各自のベッドの藁《わら》ぶとんをデッキへかつぎ上げて日光に晒《さら》す。烈日のデッキに二つずつ山形に立てかけて並べた。ハッチの蓋をみな外して室内に日光を入れる。婦人会連中が箒《ほうき》で室内を隅々まで掃いて廻る。すると衛生部員が噴霧器で面白がって霧をふいて歩いた。石炭酸の霧が眼にしみて誰も室に居られなかった。

二時間ばかり経ってから片づけろの命令が出た。するとハッチの穴から藁ぶとんを投げおろしたり、またその上へ跳び下りたりの大騒ぎであった。そのうちにD室で事件がおきた。はげしい子供の泣き声に、鉢巻の頭が二十ばかりもデッキから下をのぞいて見ると、親が忙しいので勝手に遊んでいた子供がハッチの穴へ落ちたのである。下は鉄板張りの床である。忽ち親たちが子供を抱いて医務室へ走って行った。そのあとで大胆な黒肥地君は笑ってこう言った。

「なあに、泣いてるうちは死なねえよ」

三十分もたつと子供は頭の繃帯《ほうたい》に少し血をにじませて、それでも歌をうたっていた。

漸くおちついて、柔かくなった藁ぶとんに胡坐《あぐら》をかき一服していると、青年会の役員が百本ずつ団扇《うちわ》をもって各室へ配って歩いた。これはブラジルで成功している農場主からの寄附であった。

そこへ室長が来て炊事当番の臨時招集をやったので、何だろうと思っていると、やがて中央の食卓に湯気の立つお汁粉が持ち出された。

「皆さん、今日はおやつがありますから、昼食の時の順番で三度に食べて下さい。一人一杯です」というおふれがあった。

これで誰もがたのしくなってぶらぶらとデッキへ出ると、その留守に水夫長《ボースン》の指揮のもとに甲板部の乗組員が各室の扇風機の工合を見てまわり電気を通じて、動くようにしてくれた。愈々《いよいよ》赤道まぢかになったのである。

次の泊りはシンガポールである。無事な航海が幾日かつづき、やがて物凄《ものすご》く暑い日がやってきた。ハッチの蓋は夜も半分はめくったままで、デッキにはテントを張って日蔭を造った。しかし船室が蒸風呂のような事には変りはなかった。移民の食慾は目に見えて減り、退屈と暑さとにぐったりとしてしまっていた。このあいだつけたばかりの扇風機は昼も夜もかけっ放しにしておくのでコイルがみな焼け切れてしまい、動くのは幾つもなかった。

烈日が後尾の病室を外から蒸し焼きにした。室の中は窓もドアも開け放していてもたまらないほどであった。しかし栄養不良の嬰児《えいじ》は汗一つかかなかった。汗を出すだけのエネルギーもない透きとおるほど青い皮膚をしていた。まだ産《うま》れてから眼をあいたこともなく、視力は完全に閉ざされていた。それでいて良くなりもせず死にもしないのであった。白痴に近いような母親は汗をかいた乳房を無理に口に押しこんだ。しかし口は節穴のように吸う力もなかった。彼女は十一人の家族をもっているので半日位も病児を見舞わない事が多かった。それを見かねて名室長と言われている佐竹君が父親を探しに行って見ると、父も亦白痴にちかいような大男で、ブラジルへ行ったら金は一文も要らないという話をどう聞いているのか、有り金をはたいて朝から売店の前でビールを飲んでいた。この十一人家族は所持金四円なにがししか残ってはいなかった。佐竹君はとうとう自分と女房とでこの病児の看病をすることにした。

同じ室にいる藤木君の女房のところへは、若い亭主が日に二回ずつ一片の西瓜《すいか》と氷片とを持って見舞にきた。彼女は小水君から容態を訊《たず》ねられると蚊の鳴くような声で、

「はい、どうも、苦しくありますので、なんにもいただけません」と言った。歌舞伎の子役の台詞《せりふ》のようであった。

肋膜《ろくまく》の婆さんはドクターから水がたまっていると宣言された。体温表の赤と青の線がはげしく交錯していた。彼女は十五になる娘に煙草の火をつけさせ、寝たままで佗《わび》しそうに喫っていた。脚気の山下君はむくんだ顔に汗をかいて眠っていた。

赤痢患者は別室であった。厳重に閉《とざ》したドアに入室厳禁の赤札が貼《は》ってあった。ドクターは中中快方にむかわないと言った。病人が多くなると航海も本筋にはいったという感じであった。

一つ上の一等船室は日ざかりにはしんかんとして人気もなく、みな日蔭の長椅子で昼寝を楽しんでいた。三時にはボーイが鳴板を叩きながらお茶の用意ができた事を知らせにデッキを廻ってきた。

村松監督はホンコンから乗ってきた支那人の邱世英氏《きゅうせいえい》と知りあいになった。邱さんはシンガポールの銀行支店詰めになって行く青年紳士で英語は素晴しく上手であった。

彼は上のデッキから焼け焦げるような下の移民デッキを見おろして、この大勢の日本人は一体どこへ何をしに行くのかと訊いた。村松は移民輸送の詳細を英語で説明して聞かせた。

すると邱さんは感歎してこう言った。

「日本は羨《うらや》ましい国です。政府が渡航費を出して移民を海外へ送るということは支那では夢にも考えられない事です。政治組織が完全にできていて、あらゆる国家施設が非常によく整っているのだ。日本の人たちは羨ましい」

邱世英氏の眼には支那四千年の悲しい歴史の跡があったに違いない。紛乱の国に生を享《う》けて、国家の不完備ということに最も多くの不幸を感じていたものであろう。ホンコンやサイゴンで村松が見てきた亡国的な支那民族の悲しみを邱さんも感じていたのであろう。

しかし村松はまた別の事を考えていた。移民に国費を与えて海外へ出してやれる事はよいが、中国は元々移民を出す必要がないのではなかろうか。国土狭小な日本ではその領土の中で養って行けないほど国民がいるから、移住の必要が出てくるのではないか。英国民には一人の外国移民もいはしない。みな自国の領土内で土地を持つことが出来るからだ。日本は尨《ぼう》大な予算をとってまでも国民を海外へ出さなくてはならない。むしろこれは国家としての不幸を象徴しているのではなかろうか。

この考えが正しいとすれば、中国人と日本人と何《いず》れがより幸福であるか、わからない気がした。

夕方、ドクターから通知がきた。

「トラホーム全快者、三十一名」

「あらら！　あらら！　ややや！　虱《しらみ》がいるぜ虱が……」という勝田君の声で小水は眼をさました。勝田君はベッドの上でワイシャツからとった一匹の虱を家族全部にひと通り見せてまわってから丁寧《ていねい》にぶつんと潰《つぶ》した。

「まあお前大変だよ。嫌だねえ、どこかで貰って来たんでしょう」と母親が当惑して顔をしかめた。この裕福な夫人はまだ絹の和服を着ていた。

小水が起き上って靴下をはこうとすると、靴下の上を一匹の虱が、忍びこんで見つけられた泥棒のようにこそこそと這《は》っていた。

「南京虫《なんきん》もいるらしいよ」と百野君がけしかけた。「僕ね、おととい、Bの室でとっつかれたよ。あいつ、潰すと臭えんだ」

彼の女房名義である勝田さんの娘は地獄へでも陥《お》ちたように大仰に悲しんだ。

九時にけたたましく銅鑼が鳴った。移民たちは盛装してデッキへ出た。勝田夫人も洋服に着かえなくてはならなかった。

上へ出てみると、シンガポール港が眼の前に迫っている。白いランチが走ってきて検疫官がタラップを上ってきた。監督と青年役員とは汗だくになって人員を調べた。大分人数が足りない。青年たちが室へかけこんで見ると、がらんとした室のあちこちに子供を抱いた女房どもが寝そべっていた。ある者は悠々とズロースを穿きながら、ちょっと待って下さいなと言った。こういう時に一番手こずらせるのは子供をもった三十すぎの女房たちであった。まるで団体行動のできない、自分勝手な気持でいるのだ。子供と自分とだけが全世界でその他のことには一切無関心という女たちであった。講習会には出ないし国民体操はしないし整列する事もいやだし、何一つ言うことをきかない連中であった。

漸くこういう女たちを駆り立ててデッキへ整列させると、検疫官は横着ものでドクターの示した書類を見ただけでパスした。移民たちは並んだだけ損という事になり、大汗をかいて女たちを駆り出した役員たちは馬鹿な目にあった。

そのあいだに船は長い長い桟橋の中ほどにロープを投げていた。

船内は大した騒ぎであった。ここでは誰でも自由に上陸が許された。労働服に盛装した連中は廊下を歩きまわってはしゃいでいた。大部分の者にとっては日本を出て以来十幾日ぶりではじめて土を踏めるのであった。

大泉さん、孫市、門馬勝治と義三、麦原さんの五人は昼食を終えてから船を降りた。女たちは誰も行きたがらなかった。外国人の中を歩くのが怖《こわ》いというのである。男たちは多勢をたのんで降りた。

すると桟橋には印度人の両替屋が赤い弁慶格子のスカアトに背広の上着をつけ、両手で銀貨をじゃらつかせながらのそりのそりと歩きまわっていた。両替すると無言のままで緑色の紙幣や英語のついた銀貨をくれた。貨幣制度は前日のら・ぷらた時報で換算率を知らせてあったが、移民たちには理解できなかった。

桟橋の倉庫を出ぬける。何もない。赤土の淋しい大きな道ばかりである。店もなく家もまばらだ。皆が行く方へ歩いて行く。恐ろしく暑い日であった。五丁も行くと電車があった。然し乗ったが最後まようにきまっているし、迷ったら最後言葉が通じないのだから夢にも乗りたいとは思わない。そしてカーキ色の労働服の前をかき合せかき合せながら、出来るだけ直線に歩いて行った。直線にさえ行けば間違いはない筈である。

道は段々に賑《にぎ》やかになり、大きな石の建物が海の岸に建っていた。支那人が焼けてとけているアスファルトの道を平然と跣足《はだし》で歩いているのに感心した。こうして勇敢にも半里ばかりまっすぐに歩いた。ビーチロードは右手が海だから帰りに途《みち》に迷う心配がなくて一番安心であった。そのうちにひょっこりと日本人の旅館の前へ出た。しかも一階が食堂風になっていた。文句なしに彼等ははいって行った。

それから近処のバナナを買ってもらい、パインアプルの罐詰《かんづめ》を買いこみ、牛乳を飲み食パンを食って、それが終るとまた元の道をまっすぐに戻って来た。夕方船へつくまでには彼等はシンガポールの「通」になっていた。——ここは暑くて長い海岸の街で石の建物があって、日本人の旅館のあるところだ。それが彼等の結論であった。

同じ気持の移民たちの歩く道はきまっていた。その道だけにはみなうろうろしているが横丁へはいるともう一人もいないのである。

村松監督は小水君と勝田百野の二人と一緒に二百何十通の移民たちの日本への郵便物をもって上陸した。それからデパートの買物などをして日本人街へ行き「春乃屋」というのれんのかかった家へ入ってみた。親子丼《どんぶり》、寿司《すし》、うどんなどがあった。女将《おかみ》は名古屋の女で郷里におい て来た子供が今年から中学へはいるなどと言っていた。こういう他国の都市でお国ぶりの商売をやっている者も一応はなつかしいけれども、却って一種の不幸が感じられた。むしろその土地に同化している人たちの方が羨ましい気持であった。

埼玉県の男で多少英語の出来る塩谷というC室の男が、仲間と三人で春乃屋へはいってきてビールを飲みだしたが、やがて「何と監督さん」と近づいてくると、船の中の不平をくどくどと並べ立てた。麦飯は困るから何とかなりませんかとか、飯のおかずがひどすぎるとか、船中の規律が乱れていて風紀も怪しいもんだとか、やがては、

「青年会役員と称する奴等が俺たちに命令しやがる。俺たちは監督さんの御命令はきくけれど、あいつらに命令される覚えはねえ」

という文句になってきた。永い航海の憂鬱と退屈とがかなりたまって来たのである。それはこの塩谷ばかりでなく、船全体の空気がそうなっていたのである。いつの航海でも、シンガポー

ルを過ぎる頃からこの種のうるさい文句が出るのであった。そこで監督はこれから先は運動会とか相撲《すもう》大会とかを開いて、過剰のエネルギーを発散させてやる事になっていた。船ではサイゴンの不始末に鑑《かんが》みて、青年役員を三部に分け、三交代十人ずつの不寝番を立てることになっていた。三人は舷門に立ち他の七人は積荷の黒人や支那人に不都合のないように、皆の寝室を夜通し廻るのである。

下船した移民の門限は正十二時であった。十二時十分前に桟橋に自動車が止り、先ず降りた男は浴衣がけに靴をはいていた。これはパーサーであった。それに続いてぞろぞろと夜の港に花が咲いたように、日本人の芸妓《げいぎ》が車から降りた。彼女等はこの地に在って珍しくも高島田に結いあげ、華々《はなばな》しい和服をきていた。それがパーサーの洋服を風呂敷に包んで持っている。パーサーを先頭にしてタラップを上ってくると、羨望《せんぼう》にたえない立番の青年役員たちはワッと歓声をあげて迎えた。

監督に文句をならべた塩谷とその友人は門限を十三分ほど遅れて帰ってきた。村松は許しておかなかった。

「塩谷君、船中の規律が乱れているとか言っていたが、規律を乱したのは誰だ。君じゃないか」

これには一言の文句もなくて、散々抗弁したのちに、酔ってふらふらする手つきで始末書を書かせられた。

マストの突端の日章旗が星空を拭うようにはためいていて、船艙《せんそう》には徹夜の積荷がつづけられていた。村松は不寝番の青年たちにビールとサイダーとを寄贈して元気づけてやった。

とうとう事件が勃発《ぼっぱつ》した。シンガポールを出た翌日の午後であった。いつの航海でもこのあたりまで来ると何かはじまると言われていた通りであった。

小水君が監督室へ戻ってくると机の上にE室の風紀衛生部員二名の連袂《れんべい》辞職届がのせられてあった。理由は不健康その任にたえずというのであった。どうして突然に辞職するのかを問い糺《ただ》そうと思いながら忙しさにまぎれていると、夕食前になってE室の名室長と言われている佐竹君と副室長とが一等室の村松監督を訪ねてきて辞任願いを申し出た。どういう訳ですかと村松がたずねて見ると、佐竹君は分別のありそうな四十がらみのまじめな顔を傾けて語りはじめた。

この日の朝、D室のある者が洗面所にいると、E室のある男がまた例の細いパイプに何かを流して詰らせてしまったという、それが事の起りであった。発見者のD室の男が御せっかいにも岡松事務員のところに行って、E室の者がいまパイプを詰らせたと報告した。すると岡松は度々のことに腹を立てて、「詰めた者は誰だね」と問うと、相手の名前は知りませんと答えた。岡松は向う見ずにも、

「宜しい、犯人がわかるまでE室の者は一切洗面所を使わせんことにする。洗濯場で顔を洗うんだ！」と言ってしまった。

これを聞いて真先に憤激したのが勇敢な青年黒肥地であった。元来E室というのは大部分が九州人で気が荒く、乱暴で一番手のつけられない連中がそろっていた。そこでこの騒ぎが忽ち同志を求めて大きくなった。

「詰めた者を探し出せというなら話がわかる。E室全部に何の罪があるんだ。俺たちが捲きぞえを喰う法はないぞ。大体詰めた者がE室の者かどうか分らんじゃないか。その密告したD室のやつを連れて来い……」

「第一その岡松とかいう事務員が生意気だ。引っぱって来て謝罪させろ」

こういう形勢に愕《おどろ》いた若い衛生部員は、自分たちの責任だと思いこんで早速辞表を出したのであった。それから佐竹室長たちは種々となだめすかして見たが、問題は明日の朝どうして顔を洗うかという事に迫っているので、今日のうちに解決しろと青年どもがいきり立ってどうにも手がつけられない。E室の統制上、これは室長の不明の致すところとして佐竹君が辞任を申し出た。と、こういう次第であった。

村松はそれを聞くと佐竹の眼の前で声をたてて笑った。すると室長も笑って、

「全く事の起りは馬鹿々々しい話なんです、しかしああいう風にもつれて来るとどうも笑って済ませる訳にも行きません」と悲しそうに首を振った。

一応辞任は保留しておくことにして帰らせたが、村松は自分が出て行く気にはなれなかった。大体話がくだらなさすぎる。これも航海の憂さ晴しであろうから二三時間もほったらかしてお

けば自然に静まるだろうと、着がえをして大食堂へ出て行った。船はマラッカ海峡に入って進路を北西に転じつつあった。久しぶりで赤い入日が左舷《さげん》に見え、夕焼けが炎々と水平線を燃えあがらせていた。ディナのあいだに、下で早く食事を済ませた移民たちの国民体操のかけ声がきこえていた。

しかしこの日の国民体操はさびしかった。終ってからどうもおかしいと思って小水君がデッキからE室の上のハッチをのぞいて見ると、彼は愕然《がくぜん》として蒼くなってしまった。E室の家長たちと若い青年たちと合計三十五六人が室の中央に円陣を造って坐りこみ、椅子に胡坐《あぐら》をかき、煙管《きせる》をはたき唾《つば》をとばしながら、差別待遇をしやがる！　とか、密告者を引きずり出せ！　とか、激越な文句を叫びあっていた。その円陣をとりまいて女房たちが添乳をしながら見物し、息子たちが輪になって垣を造っていた。幾つかのカーボン・ランプが四方からぎらぎらとこの群を照らし、一種の凄壮《せいそう》な空気が緊張していた。

小心な小水君は肝をつぶして一等室へかけ上ると、満腹して爪楊枝《つまようじ》をつかっている村松にむかってこう言った。

「村松さん、大変ですよ、E室が暴動をおこすかもしれませんよ。いま室長会議をひらいて騒いでいますよ。ほっておいたら大変なことになりますよ」

こうなると村松も知らん顔をしてはいられなかった。急な階段をメン・デッキに降りてみると、E室の上のハッチの穴から他の室の連中がのぞきこんで見物していた。八木節の三浦や麦原さんや運動部長の岡田君や勝田のおやじさんも混っていた。

もう一つの階段を下りてE室へはいって見ると、成程物々しい風景であった。まわりの灰色の鉄格子から女房たちの顔がのぞき、ドラゴンの煙をもうもうとさせた中に凡《およ》そ四十何人もが恐ろしく緊張した顔をしていきまいていた。佐竹君が手をつかねてその傍に立っていた。

村松は人々をかきわけて円陣のなかへはいった。しかし連中は監督には目もくれずに叫びつづけた。黒肥地が煙管をふりまわしながらこう言った。

「岡松を引っぱり出して謝罪させるんだ。あいつが謝罪しないうちは承知ならねえ」

もう一人同じ位の年齢の男で非常に激した口吻《こうふん》をする男がいた。その男は全部をリードするようにこう叫んだ。

「そうだ！　まさかの時には我々の中から一人の犠牲者を出せばいいんだ。そうとも、一人の犠牲者だ」

この意味は村松にはちょっとわかり兼ねたが、考えて見ると一人が犠牲になって岡松をやっつけるという風に解釈された。この青年はよほど古風な義理人情の世界で生活してきたものらしく思われた。彼の言うことは賭博者《とばく》の台詞《せりふ》に似ていた。あるいは九州あたり一般に残っている封建的な感情であったかも知れない。いずれにしても移民たちはどんな文句を言い出すときにも、それが団体行動をとり又は実行運動にはならないものと、村松は見越しをつけていたのであるが、事態がこうなってくるとほって置けなかった。

「しかしね！」と彼はつとめて穏やかに言った。「謝罪させるというのも角が立つし、また実際洗面所を使わせないつもりではなくて、唯のおどかしだと思うが……」

「そんな事は問題じゃない」と例の男が答えた。「誰が犯人だか判りもしないのに、あんまり俺達をなめていやがる」

「密告した奴を探すんだ。そうすれば犯人がどの室の者だかわかる」

監督が来たので見物は一層緊張して集まって来た。女房どもも坐りなおし嬰児も泣きはしない。暑い室の中で汗をふきながら力みかえっている図は牢屋《ろうや》の暴動のようであった。佐竹はしきりになだめたが誰も耳をかさず、小水は隅の方に悄然《しょうぜん》として立っていた。

「どうですか」と村松は微笑を含んで言った。「僕にまかせてくれませんかねえ」

「一任したら岡松に謝罪させてくれますか」と黒肥地が言った。

「そんな角立った事は監督としては出来ません」と彼は突っぱねた。

「それでは詰めた奴を探し出して謝罪を……」

「いいやそれも出来ません！」

村松の癇癪《かんしゃく》が起りそうであった。この短気な男は愚劣きわまる洗面所騒動にもうとっくに業《ごう》を煮やしていたのである。

「それじゃ何もならん！」と今一人の青年が言った。「俺達はあくまでも岡松を引っぱり出そう」

「代表を出せ。代表五名で交渉に行こう」

ここまで聞いて村松はつかつかと黒肥地の前へ進むと、いきなり彼の胸ぐらを掴《つか》んで引き倒し、拳《こぶし》をかためて叱《ど》りながら叫んだ。

「君は、どこまでも、反抗するというんだな！　やる気だな。よし、俺が相手になる。来い！」

室内は急に蒼ざめてひたと静まった。さすがに黒肥地は反抗しようとはしなかった。村松の顔が赤く燃えるように輝いていた。まだ一打ちもうち下さないのに彼の拳は血にぬれているような気がした。

佐竹君が泣きそうな顔をして二人の間に押し入って引きわけ、さすがに年齢の穏やかさをもって一同を見渡した。

「みなさん、監督さんがこうまで言われるんですから、このことはもうすっかりお任せして解決して頂いた方がいいと思いますが、どうですか」

誰も物を言わなかった。黒肥地は起き上ってもじもじと腰かけた。

「君たちが僕に任せるのが嫌ならば、僕も今後君たちの世話は一切せん。勝手にどこへでも行きたまえ。大体君たちは何の為にこの船へ乗っているんだ。ブラジルへ行って新しく生活を築く為じゃないか。その重大な目的をもった者が洗面所一つの事で、このざまは何だ。一人当り二百何十円も政府から補助をしてもらって渡航することの意味を考えてみたまえ。くだらない事で船中の秩序を乱すやつは僕がいつでも相手になる！」

佐竹君が監督の演説をおしとどめて更に言った。

「どうですか皆さん、一つお任せしようではありませんか」

異議なしという声が二つ三つ聞えた。佐竹室長はなおも念を押して全員異議なしという返答を得た。

こうなるともう連中は意気地がなかった。

「監督さん、お聞きの通り、皆でお任せしたいと申しますから。どうぞ宜しくお願いします」

と佐竹はずっと自分より年下の村松にへり下った挨拶をした。

「そうですか、ではもう是《これ》以上騒がないで下さい。責任をもって解決します。……それから洗面所は今まで通り使ってかまいません。僕から岡松さんに交渉しておきます」

それっきりであった。村松は小水を引き連れてどんどん帰って行った。するとその後を追うようにしてD室の的場室長がやって来て、あの時に監督さんが黒肥地の胸ぐらを取った態度は実によかった、あれでなくてはいけません。僕は胸がすっとしましたと褒《ほ》め立てた。

翌日からE室は元通り洗面所を使った。村松は岡松事務員に何の交渉もせず何の報告もしなかった。彼はあの様にして一度消えてしまったからには、もう何もしなくてもよい事を知っていた。E室はもう例の事件を忘れたように誰も口にしなかった。しかし村松は青年たちの「無聊《ぶりょう》」がどんな風な働きをするものであるかを痛感し、これから大いに催し物をやることにした。

この事件について、監督はその報告日誌の中に一行も記しはしなかった。

マラッカ海峡を北にぬけると、北緯七度の沸き立つ紺碧《こんぺき》の印度洋をまっすぐに西に向ってひた走った。炎のような太陽が船尾から昇って、マストからマストへ張ったアンテナの二本の針金の間を通り、まっすぐに船首の海に沈んだ。その炎の太陽が、突然水平線のくっきりと青い空に浮び出た泥のような黒雲に掩《おお》われたと思うと、突風と一緒になってスコールが襲ってきた。ハッチの蓋をしめる暇もなく、船は水の中にくぐったようになって、小川ほどの水がデッキを流れた。船が三十分ほど雲の下をくぐって走りぬけると、元の炎天にもどってじりじりと焼かれた。

あせもが流行しはじめた。子供という子供が顔一杯頭一杯に小さな膿《うみ》をもった腫物《はれもの》で、見られた姿ではなかった。やがてそれが母親に伝染した。顔じゅうに綳帯をまいた子供がどのデッキにもどの室にも三四人はいた。医務室はこれらの患者で充満した。ドクターは膿疱疹《のうほうしん》と診断して、白い膏薬《こうやく》を朝晩二回ずつ二人の看護婦に練らせた。三等室全部はどこもここも道化役者の楽屋みたいに変な人相ばかりになった。

黒川の幼い子供が夜更けるとひいひいと泣いた。佐竹室長が見かねて往診を求めると、これはもうとっくに肋膜炎になっていて、重態であった。白痴めいた母親は愕いた顔もしなかった。これも亦病室へ隔離されて、瀕死《ひんし》の栄養不良の弟と並んで寝かせられた。まるでこの船は病院船のようになり、看護婦は予定どおり日に日に痩《や》せて行った。しかし村松監督は平然としていつの航海もこんならしいよと小水に語った。

シンガポールから乗りこんだアメリカ人の女が、ある日事務長《パーサー》を呼びつけて談判した。毎日ディナに出ようとすると三等の日本人がデッキで体操をするのでベビイが起きてしまう。あの体操をやめさせろというのである。

「誠に恐縮に存じます。しかし三等は一等とは室の様子も違いまして、運動をしないと健康が保てませんので……」と鄭重《ていちょう》にパーサーは詫びた。

「おお！　こんな船へ乗るんじゃなかった。私はケエプタウンまでこの苦しみに耐えなくてはならないのですか」と夫人は叫び立てた。

結局彼女は移民のなかから女中をひとり雇って子守をさせたいと言い出した。司厨次長《セケンシチョウ》が村松にこの事を言いに来た。村松は多少侮辱を感じたが一応承知した。そして翌日B室の藤木君の推薦してきた娘を一等室へ連れて来た。

その夜は一等のヴェランダ・カフェに蓄音器をもち出して、外人たち十人ばかりがダンスを始めた。夫人は大喜びで子供を女中まかせにして踊り狂った。それが舳《へさき》のウインチ・デッキからまる見えであった。漸く涼しくなった夜、涼みに出た移民たちが面白がって押し寄せた。シャツと褌《ふんどし》の大男、襦袢と腰まきの女房、サルマタ一枚の子供、寝巻に帯もしめない青年、そういう連中が百人ほども上を見上げて見物し、時おり弥次《やじ》をとばし、拍手をし、笑いさわいだ。パーサーが困惑して村松に交渉し、村松は笑いながら静めに行ったがどうにもならない。第一村松自身がこういう外人たちに反感をもっているので本気で叱る気がなかった。さすがの外人たちも降参して中止してしまった。

例の夫人はぷんぷんに腹を立てて室へ帰ってみると、子供はわあわあと泣いているのに、雇い入れたばかりの女中は様子がわからないので手がつけられない。ドレスも片づけてないし洗濯物の下着類も椅子の上へ出したままで片づけてもくれないし、という訳だ。夫人はヒステリーを起してべらべらと甲高く叫び立て、はては擲《なぐ》りつけるかと思うほどのゼスチュアを示した。小娘は気も転倒し真蒼《まっさお》になって室を逃げ出し、泣きながらB室へ帰って、もう決してあんな外人の所へなど行きませんと泣いて悲しんだ。推薦した藤木君は監督のところへ来て、外人という奴はけしからんと言って怒った。

こういう雑多な事件が次から次へともち上り、移民たちは暇でたまらないが、監督はそれを鎮めて廻らねばならないので、つまらない事に忙しくてたまらなかった。

D室の片隅ではまた馬鹿々々しい話がもち上っていた。

「そうじゃ、みんなそう言いおる。ホンコンとシンガポールとはえろう遠い所じゃねえ。それに九銭のものが十五銭になる訳がどこにあるや?」と一人が言えば、

「ほんならやっぱり監督が誤魔化したんじゃ。毎晩酒をのみよるそうな」と一人が答える。

ホンコンでは九銭で出せた手紙をシンガポールでは十五銭ずつ取ったのが怪しいというのである。そこへ流言蜚語《ひご》が加わった。本当は十一銭であったのを、四銭ずつ上前をはねて二人の監督が山分けして毎晩酒をのんでいるというのだ。それでむかむかした連中がデッキへ涼みに

出た時に村松に向って、何と監督さん！　と文句をつけてきた。村松は呆れて物が言えなかった。このわからず屋達にはどんな誠意もどんな真実もそのままでは受けとられないで、妙な理窟《りくつ》をつけて馬鹿を発揮したりどさくさをひき起したりするのだと思った。為替《かわせ》の工合で郵便料金の違うのは止むを得ない事である。しかしこんな疑問の解決は何でもなかった。上陸して自分勝手に手紙を出した者を探して聞いてみればすぐ判る事であった。するとこの馬鹿者たちは、「ははあ、そうですか。それで判りました。ええ」と済ましたもので、気抜けがして都々逸など唄いながら引きあげて行くのであった。

こういうごたごたした船の中ではどこで何が行われているのか見当がつかなかった。夜更けに病室の脇の高いところで肩をよせあって話しこんでいる青年と娘があったという話、又は救命ボートの中へこっそりもぐりこんだ男女を見かけたという話、アメリカ夫人の所へ女中に行った娘が三等のボーイと親しくなっているという噂、岡松事務員の室へ勝田さんの娘がしげしげと遊びに行くらしいという話。どれが本当とも嘘《うそ》ともわからなかった。

佐藤夏はある夜デッキの暗がりで門馬勝治に言い寄られた。

「お夏ちゃ。お前やっぱり二三年たったら日本さ帰るつもりだが」と勝治は浴衣の前をかき合せながら言った。波がとろりと油のように淀《よど》んで、船首の方の水には星が静かに映っていた。

「行って見ねば何ともわかんね」とお夏は答えた。

勝治は暫くのあいだ思い沈んだようにぼんやりとしていたが、やがて独りごとのようにこう言った。

「向うさ行ったら籍返す約束だどもな、お前さええかったら、俺あ何も返さんでもええべと思ってだ。そうした方が万事好都合でねかべかなあ」

勝治にとっては万事好都合でもお夏の方ではそうとも限らなかった。彼女は黙って横顔を向けていた。

「まあ考えて見でけれなあ」と言い残して勝治は彼女の傍をはなれて行った。

日本へ帰ることについては、お夏はほとんど諦《あきら》めていた。もしもブラジルに幸福があるならば……。それは行って見なくては分らない。新しい運命の展開を待たなくてはならない。彼女は自分で新しい運命を切りひらこうと積極的に思うことはなかった。ただ自然のなり行きが彼女に何を与えてくれるか、それを待ってから勝治への返事をきめればいいと思っていた。

ら・ぷらた時報が一日おきに発行された。それには四月一日に運動会を催すことと、清水節約の標語懸賞募集とが記されていた。

それで青年会役員や婦人会連中は忙しくなった。船から寄贈してくれる賞品や監督が持ってきた賞品を倉庫から持ち出し、運動用具の準備やプログラムを造ることでごたついた。こうなると暇で困っていた連中も活気づいた。競技の参加申込みは多すぎるほどあった。それを小水が整理した。

一方では勝田君が清水節約標語の選をやって、最後に事務長《パーサー》と監督とが入選を決定した。そして特三食堂で当選発表会と賞品授与が行われた。

一等はタオル三枚とノート一冊。これは十四歳の子供名義であった。

「銭出す思いで水を出せ」

これは一等運転士《チーフメート》の激賞するところとなった。実に端的に痛切に言っているというのである。しかしあまり品のよい言葉ではなかった。二等は水夫長《ボースン》が当選した。

「船に井戸なし泉なし」

水夫長は岩のように大きな肩で笑いながらタオル一枚とノート二冊をもらった。

その夜は平和でたのしかった。涼しい風が秋のように気持よくて、三浦さんは涼みがてらのデッキで尺八を吹き、麦原さんが秋田おばこや追分けを唄った。この一日を炊事の手伝いに疲れた大泉さんは大きな肩をゆるがして喝采《かっさい》しながら、売店で買った二合瓶に赤貝の罐詰で冷酒をやっていた。彼はいいおじさんとしていつも仲間から親しまれた。彼のおとなしい女房はいつもにこにこと良人《おっと》の傍に坐っていて、ひどい東北訛《なま》りの言葉で他の女房たちと雑談をした。こういうグループがデッキのあちこちに見られた。売店のボーイは倉庫から清酒月桂冠《げっけいかん》の二合瓶をどんどんとり出した。運動部長の岡田君は勝田の息子や百野君の仲間でビールを飲み、勝田のおやじさんは船室で娘や女房を相手に何とかして酒の燗《かん》をする方法はないかと言っていた。すると娘が仲のよいボーイに頼んで二合瓶のまま炊事場で温めて貰った。そして娘たちはシンガポールのチョコレートを齧《かじ》りながら讃美歌をうたっていた。またあちこちの室の隅では支那煙草ドラゴンを一本ずつ賭《か》けて花札をやっている仲間もあった。

門馬さんの婆さんはやはり憂鬱であった。悪いことには彼女もまた膿疱疹《のうほうしん》が出て、額に白い膏薬をぬられていた。それに彼女は日本の刻み煙草がなくなってしまったのである。ドラゴンを勝治から貰って喫ってはみたが気に入らず、二階のベッドから下界の愉快な酒のみ達を眺めては唇を歪《ゆが》めていた。その下のベッドでは孫市が、しぼりの浴衣の似合うお夏と二人でサイダアをのみ、ベッドにころがって塩豆をかじっていた。

デッキの大泉さんは酒がまわると話がはずんで、今日の司厨《しちゅう》室の話をしてきかせていた。

「何とおりゃあたまげだなあ。今日夕方冷蔵庫さへって見せで貰ったばな、その冷蔵庫がお前、八畳の間三つぶりもあんべ！　両側に棚《たな》コ釣ってな、こっちゃ見れば青物のぴんぴんした新しいのがびっしり。またこっちゃ見れば何と毛むしって、いンま料理しるばかりの鶏がよ、百羽、もっとある。百五六十羽、山のようだ。その隣りには、カメだ！　亀《かめ》！　すっぽんみたいな亀が、こう積んである。その奥に牛の大きな塊《かたま》りが、まるで牛肉屋を四五軒も合せだ程だ。おれたち補助移民とは一緒にゃあなんねども、しゃ、いいいい、じぇえたくなもんだ！　たとえばな、葱《ねぎ》にしてもだ、一番ええとこは一等、その次が船の人、おれたちあその何とあとだ。全く、人間でねな！」

「仕方もねえべ、ロハだもんな」と一人が言うと、「んだ！」と大泉さんは大きく顔をがくんと伏せた。

船の生活はもう二十日以上になる。郷里にいれば何も考えない善良な百姓であったが、船に入り司厨室の手伝いをしてみて「階級」というものを見せられたのだ。神戸では、いや今でもあれほど穏良な大泉さんが、一等客と自分とを比較することを知った。そしてそればかりではない。港で船が買い入れる大量のオレンジやバナナも見た。毎日三時にはボーイが高級船員と一等客とにおやつを運ぶのも知っている。船の洗濯屋が上等のドレスや洋服にアイロンをかけるのも見ている。ヴェランダ・カフェでは外人たちが毎夜ウイスキーをのみレコードをかけて遊ぶのも知っている。

大泉さんはしかし心の底から善良な男であった。彼はこういう比較をすることによって自分が不幸になるにすぎない事を感じていた。出来ることならば贅沢《ぜいたく》な生活を見たくないとさえも思った。それで彼は酔った顔を仰むけて麦原さんに言うのであった。

「おれだちは早くブラジルの農園さ入った方がええな。早え方がええ」

麦原さんは飲みつくした二合瓶を星の光る暗い波のうえ遠く投げすてて、さあ、寝るべし寝るべしと大泉さんを促した。

明日はセイロンの港コロンボに着くという日、船中大運動会がひらかれた。ながい退屈につかれていた移民たちは、何日も前からこの日を待っていた。

その日は朝から大変な騒ぎであった。

勝田君はマンドリンを持ってきた。太鼓を叩くのは百野君である。六人のハモニカバンドが組織された。運動部長岡田君はこの日の花形役者で、会場取締と一緒にヴァイオリンも弾《ひ》いた。

この音楽隊が一段高いウインチデッキに陣取って早朝から景気をつけた。そして朝食が済むと間もなく、全員整列の君が代合唱と村松監督の訓辞とをもって、熱帯の海のまん中に於ける運動会が始まった。

グランドはDハッチとEハッチの横で、幅三間に長さ二十五間ほどのデッキである。最初はまず小学生のランニングとか旗とり競争とかが二三番つづき、その次に青年たちのパン喰い競走であった。これは岡松事務員が悪智慧《ぢえ》を出して、餡《あん》パンにはうどん粉を水で練ったどろどろの液をぬりつけてあった。一口で咥《くわ》えそこなった男たちは顔じゅうをべたべたに白く塗られて、決勝点に飛びこむと眉をしかめて笑い合った。婦人会の提灯《ちょうちん》競走はデッキの風で火がつかなかった。ダルマ競争の子供たちは船が傾くたびにばたばたと倒れた。

賞品渡し所に落ちついた村松監督は泰然とかまえて小学校の教頭という風采《ふうさい》であった。彼は賞品の菓子袋を女の子に手渡しながら思った。……この菓子は大箱に入れて彼の会社から持って来たものであるが、紙袋が用意していないために船から会社のマーク入りの小袋をもらって使っている。これでは貰った移民は船からの寄附だと思うに違いない。これは報告日誌に書いて注意する必要がある。

どんどんと太鼓が鳴りつづけた。煙も見えず雲もなくをやり、ここは御国を何百里をやる。かんかんと照りつけるデッキは鉄板が焼けて融けそうだ。真白い膏薬をつけた膿疱疹の子供たちが二人三脚でよろめいて、一人はデッキに転んで瘤《こぶ》をこしらえた。衛生部員の佐藤孫市たちは腕に赤十字のマークをつけて仰々しくこの子をかついで行くと、芝田看護婦は手っとり早くヨジウム丁幾《チンキ》をぬりたくった。

洗面所事件で顔を知られた黒肥地青年は彼等仲間のチャンピオンであった。障害物競走で長い四つのカンバスの袋の入口へ四人一緒に殺到した。デッキの上へ横に寝せられた直径二尺あまりの四間もあるトンネルである。トンネルは蠕動《ぜんどう》を起してしばらくはもくもくと動いた、と見ると忽《たちま》ち向うの口から黒肥地が飛び出して、一等の小旗を握った。トンネルの中でどこかへ引っかけたと見え、肱《ひじ》から血が流れていた。また衛生係りだ。その白い繃帯をした手ですぐに四つ足競争に出た。獣のように四つ足になって走るのだ。彼はまるで大きな熊のように物凄い速力で器用に走ったが、目標の旗を廻ったとたんに二等の男と正面衝突した。鼻血が出た。血の赤い線でデッキに波形を描きながら彼はゴールに飛びこんだ。そしてまた衛生係りだ。血の滲《にじ》んだ脱脂綿を鼻の穴におしこんだ彼は一等の賞品を三つも四つもかかえこんだ。呼出係りの小水がほほう！　と愛想笑いをした。

「随分もらったねえ君」

「はあ！」と黒肥地は流れる汗を手の甲で拭った。疲れを知らないという風であった。今になって見ると、黒肥地の洗面所事件というのも、まるで他愛のないことであった。

百野君は太鼓を叩きつづけて手に豆をこしらえていた。マンドリンもハモニカも風に消されて聞えはしなかった。岡松事務員が応援に出て、守るも攻むるもをクラリネットで吹き鳴らした。

村松監督が引っぱり出されて新婚競走というのをやった。花嫁が向うに後向きに立っている。村松は走って行ってボール紙を拾った。裏に「清十郎」と書いてある。向うの娘たちの中で「お夏」の札を下げていたのは百野君の女房であった。彼女は監督さんに手を曳《ひ》かれながら喝采《かっさい》を浴びて三等に入賞した。その次には小水が婿取り競走に出された。これは前のと逆に、女たちが走って行くのである。小水は「助六」であった。ばたばたと後に女たちの足音がして、不意に六人の娘たちが胸に札を下げて現われた。小水はその中から「揚巻」の二字を探してさッと手を取った。佐藤夏であった。彼は走った。途中で孫市がコースへ飛び出して叫んだ。

「よう姉しゃん！　ええぞええぞ」

お夏は真赤になり足ばかり見て走った。四等で鉛筆を一本ずつ貰った。

愉快でさえあれば、エネルギーのはけ口さえ有れば、彼等は平和であった。夕方になって万歳を三唱して閉会した。万事うまく行った……と監督たちは思っていた。

ところが実はそうでもなかった。元気すぎる青年たち、例の洗面所事件の片棒をかついだ連中が、運動会の真最中に、忙しく働いている婦人会長の松本さんを、南瓜《かぼちゃ》だとか尻が大きいとか、愛嬌《あいきょう》があるとか無いとかお多福だとか、口々に批評した。それを聞くと松本さんはふりかえって彼等を見た。そこで「畜生！　俺たちを睨《にら》んだぞ」という事に衆議一決した。勇敢な一人が「話がある」と言って、彼女を物かげに呼び入れ、五六人が詰め寄った。

「何だって睨むんだ。俺達は睨まれるような覚えは無いんだぞ。訳を言え訳を。返答次第によっては考えがある」

松本さんはちょうど居合せた副会長の永井女史に応援を求めたところが、証人永井女史は却って青年たちの肩をもって、松本さんはたしかに睨んだという証言をしたのである。前から松本会長を快よく思っていない副会長であったのだ。

その場は小水が見つけて仲に入り、青年たちの方をなだめて終りにしたが、夜になってから彼女は村松監督に訴えて出た。

「私は何も会長だと言われたくはありません。主人も始めから不賛成でしたから、済みませんがやめさせて頂きとう御座います。永井さん達にそれほど信用が無いようでしたら、とても会長など出来ませんから」

村松も相当なだめて見たが駄目であった。それに彼女は今度移民になるについて今の子供のある良人の所へ再婚したので、何か新妻としての弱い心もあるらしかった。良人の意見に叛《そむ》きたくなかったのだ。結局この日限り松本婦人会長は一会員に過ぎないことになり、会長は村松が自分でつとめる事にした。

こういうごたごたの間に船はもうコロンボの近くまで来ていた。久しぶりの運動は快く疲れたようであった。村松と小水と二人、船室で冷いビールを飲み、富田君と宮井君とが途中から加わった。

四月二日、朝の定例会議をやっている頃、船は一週間ぶりで港の防波堤をまわっていた。インド、セイロンの港コロンボ。防波堤の突端には白いスマートな小燈台が立っていて、海の紺青のなかにぽっかりと鷗《かもめ》のように浮いて見えた。九百余の移民たちは、日本に別れてから十九日目、一人の欠員も出ないで、先ず先ず無事にここまで着いた。しかしほんの着いたというだけで、誰も上陸は許されない。勝田君その他の四五人が郵便発送という名目で上陸したばかりで、船は沖に碇《いかり》をおろしたままで積荷をはじめた。

真黒な印度人たちが、大泉さんの二倍もありそうなもり上った肩でハッチの蓋をめくり、移民たちの室の下から日本産の綿糸や綿織物の箱を幾百となく積みおろした。三箱ずつロープで巻いて、口笛の合図でウインチを捲く。

一方では四角な箱が幾百となく積み込まれていた。これはリプトンの紅茶である。日本の綿糸布はコロンボへ、コロンボの紅茶はケエプタウンへ、ブラジルの珈琲《コーヒー》は北米へ、北米の棉花《めんか》は日本へ。……世界の経済がら・ぷらた丸と一緒に動いている。世界の富が波打っている。

移民たちはこの素晴しい経済の動きを、まるで月の世界でも眺めるように無関心に見ていた。女たちは今日はみな浴衣を仕立直した洋服を着ている。国家の名誉のために。……男たちは暑さに辟易《へきえき》して売店の冷しサイダーをがぶがぶと飲み、退屈して将棋をやり、煙草を賭《か》けて花札を引く。

船が止っていると風が無いので船室はたまらない暑さである。一等の村松や宮井氏などはベルを押してボーイに冷いレモンティを命じる。するとボーイがコップの曇るような冷いのに氷を入れて階段を上ってゆく。一等客への無料サービスである。しかし三等客は三拝九拝しても貰えない。金を出すと言っても駄目だ。氷が足りないというのである。氷はエンジンルームで朝から晩までぶっ続けに造っている。一等の分の一割を減じ三等へ廻してもよさそうなものだと、夏の犬のように舌を出して喘《あえ》ぎながら移民たちは思うのであった。

室の隅の扇風機はコイルが切れて、もう十日ほども半廻転もしない。四枚の翅《はね》には塵《ちり》がつもっている。

デッキでは印度人の店がひらかれていた。マンゴー、バナナ、椰子《やし》の実、象牙《ぞうげ》細工などが並んでいた。喉《のど》の乾いた移民たちは果物がほしい。ところが昨日の船内新聞で、コロンボの果物を買ってはならぬとドクターからの強い通達があった。

シンガポールで時間に遅れて始末書をとられた塩谷君がこっそりとマンゴーを十ばかり買いこんだ。それがすぐ衛生部員の眼にとまり、小水のところへ報告された。小水は衛生部員を三四人応援につれて行ってマンゴーを没収し、いとも潔よく海の中へすててしまった。塩谷は反抗しなかった。もう一枚始末書を書く気にはなれなかったのである。

上陸した勝田君たちは郵便を出してからつい近処のハシームという宝石屋をのぞいて見た。市街は汚いがショウウインドだけは輝いていた。ハシームは印度人の店だが、親日主義の店であった。黒人の番頭は英語で話しかけられると日本語で答えた。日本の船が来るごとに皆が訪ねる店で、何々子爵とか桜井肉弾大佐とかの色紙まで飾ってあった。

これに気をよくした一行は郊外の寺を見物しに出かけて見た。植物園とか博物館とかを横目で見て、寺にはいると庭には白い花が一杯に咲いて甘い匂いを放っていた。テムプル・フラワと案内人が言った。香りの高い花に充たされた堂の中には丈余の大仏がだらしなく寝そべっていた。難行苦行に疲れたと言う風であった。黒人の小坊主が釈迦《しゃか》一代記の壁画をべらべらと説明して、一人十セントずつ頂きますと言った。日本の名所案内と同じだ。どこの国でも悧巧《りこう》な者の考え出すことは同じであった。

やがて彼等は午後のスコールに会ってぬれ鼠になって船へ逃げ戻った。

日本ならば桜が満開になろうという神武《じんむ》天皇祭の四月三日、移民たちは酷熱の船室でサイダーを飲んで汗を流している。午後十時コロンボ解纜《かいらん》。これで少しは船室へも風がはいるだろうと、それだけを楽しみにする。

今日からは十一日の航海だ。南アフリカの鯨の港と言われるダーバンは十四日の入港である。そこで船のボーイたちは清水節約の標語を洗面所や浴室や洗濯場にべたべたと貼《は》りつけて、何でもこの一番長い航海を切りぬけようとした。（銭出す思いで水を出せ。船に井戸なし泉なし……）

コロンボが見えなくなって行った。しかし移民はもう馴れていた。嘗《かっ》て、もう二十日も以前に、神戸がこのようにして消えて行った。ホンコンもシンガポールも消えて行った。いままでは消えて行く陸地に心をひかれることもなくなってしまった。

コロンボが見えなくなるとともに、烈々たる真昼の日の下に、水平線がくっきりと浮び上った。すると、海が案外に狭く見えた。風が吹きだした。それで船首では波のしぶきが大きな白い花のように開いて、砕け散ると風にあおられて船室の中までしっとりと濡れた。船はローリングをはじめた。碇泊《ていはく》のあとだから船酔いが出てきた。殊に病室はよく揺れた。藤木君の断髪の妻は、若い良人が蒼くなってドクターを呼びに行ったほど物凄い唸《うな》り声をあげて苦しんだ。しかしドクターは、心配いりませんよ、少し我儘《わがまま》なんだと、大きな腹を叩いてはトラホームの赤い眼に薬を入れていた。

けれどもその日の夕方、落日が右舷で炎のように燃えはじめ、スコールを持ってくる黒雲がひろがりだした頃、断髪の我儘な女房は流産した。ドクターは泡を喰って彼女を病室から産室へ移そうとしたが、もうそんな暇はなかった。胎児は仔豚《こぶた》の形をしてうまれてしまい、落日とともに死んだ。母親はともかくも助かった。ドクターはがっかりと疲れて遅くなった夕飯の卓にむかい、海上が真暗になるのを見はからって、あの胎児を印度洋の鱶《ふか》にくれてやった。

しかしこの事件は村松監督にとっては大事件ではなかった。彼が移民会社から責任をもって引受けた移民の人数は増しも減りもしないのだ。それならそれで安心であった。鱶の餌《えさ》のお母さんは昏々《こんこん》として眠っていた。鱶の餌のお父さんは少々安心もして、女房のために船から貰った西瓜を切っていた。

この日の国民体操のとき、小水は春季皇霊祭に味をしめて、神武天皇祭の式をあげた。君が代二回、万歳三唱。それから東方のオレンジ色の雲を目あてに最敬礼をした。しかし今はもう母国があまりに遠くて、何かしら空虚な気がしないでもなかった。

翌々日はもっと空虚なものにぶつかった。それは日本からの無電ニュースであった。
一、ロンドン軍縮会議は暗礁にのりあげて云々《うんぬん》……
二、四月二日、日本全国に暴風雨がきて、桜の花はすっかり駄目になった。
三、元老西園寺公が病気で、首相は昨日興津へ見舞に行った、等々。
今は日本の桜の花など問題ではなかった。彼等にとってはブラジルの珈琲《コーヒー》の花の方がずっと切実な問題であった。そしてそれよりも切実なのは、何とかして船室をもっと涼しく風通しよくする工夫はないかという事だ。西園寺公に至っては言語道断で、神戸を出て以来、西園寺という元老が日本に居たことなど誰も思い出しはしない。日本ははるかに消えて行きつつある。

この日はまた洗濯物の忙しい日であった。婦人会からの註文で、今日は婦人の髪洗いデーと定められた。誰の頭も汗と埃《ほこり》とで腐ったような悪臭である。麦原さんの女房は虱《しらみ》をわかした。それがお常にも伝播《でんぱ》した。そこでお夏はベッドの大掃除をした。ところが彼女の頭の上のベッドから時々虱が墜落してきた。可哀そうに門馬さんの婆さんのごましお頭が虱だらけで、一層ごましおになっていたのである。婆さんは朝から晩まで癇癪《かんしゃく》の筋を浮き立たせて、痒《か》ゆい頭を引掻《ひっか》きながらドラゴンの烟をもうもうと烟らせた。

こういう次第で今日は各室の時間をきめて洗濯場で頭を洗わせた。貴重な清水は虱のためにどんどん流された。

すると膿疱疹《のうほうしん》の白い膏薬づらの御婦人たちが、洗い髪の櫛《くし》巻きという伊達《だて》姿になり、浴衣から造ったワンピースに草履ばきという異様ないでたちになった。洗濯場の水のはけ口あたりは虱が群をなして這《は》いまわり、パイプに流れこんだやつは、幾百千匹が群になって印度洋に飛びこんだ。これは飛魚の餌にでもなるに違いない。

また病室入りの患者ができた。脚気《かっけ》だ。完全無欠な脚気である。しかしブラジルでは伝染病扱いにされるから、ドクターは「腎臓炎《じんぞうえん》」と命名する。そして、(だから麦飯を食わねばならんのである)という見せしめにした。

明日は赤道を通過する。そこで船側は赤道祭の催物を計画し、移民の方へは仮装行列参加任意という布令が出た。

その夜十二時をすぎてから、村松監督はワイシャツの袖をまくり上げた恰好で船内の巡視をした。三日に一度くらいはこうした夜中の巡回をやるのである。A・Fの室からずっと船尾のE室まで、寝静まったなかを一人で歩くのは一種不気味なものであった。

暑熱と人いきれとで室々はほとんど悪臭を放っている。鼾《いびき》と歯ぎしりとの交錯、室の中にはカーボン・ランプが光っているのに、床をふるわせるエンジンの音ばかりがぴりぴりと鳴って、何百人もの人たちがみな眠っているのだ。その眠りはまるで死んでいる群衆のように何かすさまじかった。子は母の首に足をあげて眠り、妻は良人の腕に腕をからみ、老婆は痩《や》せた顎《あご》から鼾を洩らし、太腿《ふともも》もあらわな娘がベッドの外へ足を投げ出し、惨澹《さんたん》たる死屍《しし》の群としか見えない暑苦しい寝姿であった。村松は幾度か眼を瞠《みは》るような姿を見た。羞恥《しゅうち》もなく見栄もなく、ただこの炎熱を凌《しの》いで目的の港まで生きて行こうとする移民たちの、容易ならぬ生の凄《すさ》まじさであり、ほとんど怪奇なる裸像でもあった。

こうして眠りながら、一時間十七ノットの速力で運ばれて行く彼等は、人間というにはあまりにも獣じみて見え、その忍耐強さに村松は胸の冷くなる思いを禁じ得なかった。

四月五日午前四時、赤道を通過した。北緯零度、そして南緯零度。

その日午後一時からデッキで赤道祭が開かれた。海神ネプチューンは船長に扮《ふん》した男に木製二尺ぐらいの「赤道をひらく鍵《かぎ》」を渡し、船長は後に張られた赤い紙テープの「赤道」に鍵を引かけて切る。それからD室の圭子《けいこ》さんという娘の扮した侍女のお酌で葡萄酒の乾盃《かんぱい》。それで式を終り仮装行列がデッキを練り歩いた。多くは船のボーイたちの仮装であった。

この夜、A室の男たち五六十人は室の中央に陣取って、赤道通過祝賀会をはじめた。一円の会費が一円五十銭になりやがて二円になった。売店から酒とビールと罐詰とを買いこんで空瓶は丸窓から海へ投げすてた。三浦さんは洗面器をふり廻して、安来《やすき》名物荷物にゃならぬと踊り、巡査のような厳《いか》めしい髭《ひげ》の牛島君は髭にビールの泡をつけて割鐘《われがね》のような声をはり上げ、相馬中村春海楼が焼けた、なんだこらよう……と怒鳴りながら四合瓶を叩きこわし、万歳と叫んだ。室長の安東君はべろべろに酔って通りがかりの小水をつかまえ、痛いほど手を握って、「小水さん、毎日御厄介になります。お蔭で無事に赤道を越しました。こんな嬉しい事はない、実に俺は愉快だ。若し小水さん無かりせばだ、我々はかくも無事では居られまいと思う、ほんとです！」と言って、ほろほろと泣いた。

門馬勝治と弟の義三とは、高い会費を払うともう無一文になって煙草も買えなくなるから、宴会を辞退したが、大泉さんにおつきあいをさせられて、赤貝の罐詰を一つずつ掴《つか》んで食った。孫市は皆に酒をついで廻り煙草の配給をやっていた。大泉さんは今日は相手が大勢だったからすっかり良い気持になり、誰かれをつかまえてはげらげらと笑っていた。この酔漢の群をまわりのベッドから女たちが見物していた。

A室の宴会に刺戟《しげき》されて、次の夜はC室の懇親会というのが開かれた。Cは七八人ずつの小室に別れていて親睦《しんぼく》が充分でないという名目であった。しかしこの会は一本ずつのビールを特三食堂で飲んで、そのまま散会してしまった。いくらかでも生活にゆとりが出来た人達は孤立的な感情が多くて、誰とでもつきあう事が出来ないもののようであった。

散会してから後で、再渡航の堀内さんや鹿沼覚太郎たちをとり囲む一団の座談会があった。彼等は特三食堂に残ってブラジル事情を再渡航者たちに訊いていた。こういう切実な問題になると移民たちは熱心であった。殊に話題になったのは、近年ブラジルで珈琲の不景気が深刻化し、移民の労働賃銀が低下したということであった。

移民たちはデッキで村松監督に出会ったとき、何度となくその事を質問した。しかし監督は心配する程のことはないでしょうと笑いに紛らしてはっきり答えてはくれなかった。実を言えば村松自身も、移民会社もその真相とかその対策とかを知りたがっているのであった。その調査もまた村松に課せられた一つの仕事であった。

ブラジルの珈琲は全く大変な生産過剰であった。単一生産に偏しすぎた結果、サントス港の倉庫には輸出するばかりになったカフェが二千四百万俵も積まれたままで腐りつつある。一昨年から昨年へかけての市価の下落は、一袋二十五ミル乃至《ないし》三十ミルから一度に八ミル乃至七ミルにまで下っている。先ず地主が倒れはじめた。珈琲園では古い樹をどんどん斬り倒した。サントスの港では大量のカフェを焼きすてて市価の下落を喰い止めようとした。しかしその事が伝わると生産者側は一層大きな不安に駆られ、投げ売りがつづき、市価は一層下向いた。それにつれて年期契約の労働者たちの賃銀がぐんぐん下った。

こういう事情は起りながらも移民会社は移民を募集し外務省は旅券を発行したのである。困難は九百数十名の移民の前途に暗い陰を投げている。

こういう話は次から次へと伝わって、今では船中に一抹《まつ》の不安が絶えずいぶっていた。特三食堂の懇親会がブラジル事情座談会と変じたのは、そういう事情からであった。C室以外の人々も段々にそのまわりに集まり種々と質問が出た。しかし堀内さんも鹿沼覚太郎も移民たちの不安をなるべく抑えるような話し方をした。

「そう心配する事はありませんよ。みんなそれで何とか食うて行き居るんですけんなあ」と堀内さんはなだめるように笑った。しかし一緒に笑う者はなかった。

船中の不安を感ずると村松監督はそれを抑えるために催物をどんどんやる事にしようと考えた。四月七日には船員が演芸会をすることになっていたから、それに引きつづいて、八日にはブラジル事情の活動写真を見せて前途に希望をもたせ、九日には相撲大会をやり、十二日には移民たちの演芸会をやろう。

彼がそういうプランを造っているあいだにC室の懇親会から流れ出した小水は、信州人の勝田君たち二三の青年とビールを飲んでいた。小水は信濃《しなの》の海外同志会理事という肩書きをもっていたし、勝田たちもその会員であった。いわばこの二次会は同志会の宴会で、小水は会の小旗を持ち出して来たりした。段々に酔いがまわり、十一時すぎてからこの同勢五六人は、遂にビール瓶や洗面器を叩いて歌をうたいながらデッキへ繰り出して行った。

事務長《パーサー》がかんかんに怒ってボーイを村松の室へ走らせた。村松はむかむかしてやって来た。パーサーの室は俄《にわ》かに小水に対する非難で一杯になってしまった。監督の任にありながら夜更けにあの騒ぎは何だというのである。

さすがに小水も気がついて匆々《そうそう》にベッドへ逃げ帰ったが、翌日になるとおどおどして村松に言った。

「僕、きょうから整体術の講習をやりますよ。大事な事ですからな……」

それで名誉恢復《かいふく》を計ろうとするつもりであった。果してその日の夕方から急に忙しそうに婦人会の連中を自分の室へ呼び寄せ、国民体操の号令は岡田運動部長にまかせて講習をはじめた。モデルになる娘をベッドに横たえ、按摩《あんま》は筋肉を揉《も》むが僕のは神経系統を揉むのだと言って揉みはじめた。娘は擽《くすぐ》ったがって真赤になった。松本、永井女史以下の婦人連中はことごとく感心して、第一回の講習を終った。

「これから毎日やりましょうね。はははは。ブラジルでは役に立ちますよ」と彼は自信ありげに胸を反《そ》らした。

講習会は第二回目から俄然《がぜん》本格的になった。彼は朝から事務室に籠《こも》って謄写版のテキストを造った。この事のためには他のどんな仕事も見向きもしなかった。相撲大会の仕事も新聞の方もみな誰かに押しつけて、婦人会員を集めては講習に耽《ふけ》りはじめた。

船も見えず島影も見えぬ長い航海がつづいた。熱帯圏をはなれて日々に南下するにつれて、気温はやや凌《しの》ぎよくなっていた。ともかくも熱帯を越えたのだ。よくも生きて来られたものである。そしてまだあと二十日も生きていなくてはならない。ブラジルの土を踏むまでは決して死なれない。十六ノットの速力で船はアフリカの南端を目ざして走っている。丸窓の外では白波が沸き立ち、昼は向い風が吹きすさんで船は揺れにゆれ夜はサザン・クロスがずっと頭の上に高く神秘な輝きを見せた。この窓の外にブラジルの土が見えるまで、あと二十日、石に齧《かじ》りついても生きて行かなくてはならない。

やがてマダガスカルに近づく。世界でも有数な荒海。それから三角波が一年中立ちさわいでいるケエプタウン附近。そこを無事に過ぎて更に大西洋横断の長航。その先にどんな運命が待っているか、どんな土地が待っているか。誰も知らない。然し彼等は生きていなくてはならない。妻子があり兄弟がある。血族は腕組みあって、ともかくも新しい土地を踏んでみようではないか。それまでは耐え難い退屈と不便と息苦しさを忍んで、生きて行かなければならない。

病室では肋膜《ろくまく》の老婆が大方全快して床に坐れるようになったが、脚気の方ははかばかしくなかった。流産の女房は衰弱がはげしくてまだ寝ていた。栄養不良の黒川さんの子供は依然として生死の境をさまよいながら、しかも不思議な生命の若さによって、かすかな呼吸を続けていた。いま一人の肋膜の子供はなかなかよくならなかった。赤痢患者はすっかり良くなって、もう粥《かゆ》をもらえるようになっていた。ともかくもみんな生きて来た。これは愕《おどろ》くべき事であった。いつの航海にも一人や二人の水葬礼を行わない事はなかったが、この船ではまだ流産の胎児を鱶《ふか》にくれてやっただけである。船底の水槽《すいそう》の中にはダーバンの排日都市への御機嫌をとるために、日本産の金魚を二千匹も入れて来たが、赤道を越す頃から段々に弱って、毎日五十匹七十匹と死んで浮いた。幾匹が生きて排日の防禦《ぼうぎょ》に役立つか、心細い様子であった。しかし移民たちはともかくも生きて来た。虱にとりつかれ、膿疱疹をこしらえ、脚気になりながらも、何とか今日まで生きて来た。けれどもブラジルにまでは、あと二十日の長い航海であった。

退屈をまぎらすためのいろいろな催物がつづいた。船員の演芸大会はDデッキに仮舞台をつくり幔幕《まんまく》を張りまわして、芝居と万才とを主としたのであった。

翌日は相撲大会をやった。Dハッチの上に畳をならべ土俵を造ろうとした所が、パーサーからの註文で前部のハッチに移転させられた。Dハッチは一等デッキの真下で、外人の女たちが裸の相撲を嫌うからだという理由であった。外人の拳闘《けんとう》も裸ではないかと村松が抗議したが、外人客を大事にする船の方針として、パーサーは許さなかった。結局Bハッチに土俵を造り、ある老人が行司に立った。黒肥地は一方の横綱格で、この日もかなり賞品をもらった。

その次の日はブラジル事情映画大会をひらき、絵のように美しいロマンチックな農園風景が映し出された。製作者が故意に美しく撮影したわけではないにしても、映画になってしまうと何でもが美しくなり過ぎて、結局は移民たちに幻想的なブラジルを教え込むことにもなった。

この夜、藤木君の一家が食中毒を起した。夕食に売店で買った鰹《かつお》の罐詰を食ってまもなく、一家全部が吐いたり腹痛を起したりして、幼い子供は意識不明になっていた。早速ドクターは売店係りのボーイを呼んだが、ボーイは今日は一つも鰹の罐詰を売らないという返事をした。調べて見ると三日も前に買って病室の若い妻に食わせようと口を切ったのを、彼女が食わないので今日皆で食ったというのである。口をあけてから三日目の鰹の強烈なプトマイン中毒であった。一時はコレラかも知れないというので、衛生部員の佐藤孫市などは藤木一家のベッドを消毒したりする騒ぎであった。

やがて、移民たちの演芸大会の準備がはじまった。小水助監督は整体術に凝って何の仕事もしなくなったので、村松はもう匙《さじ》をなげていた。準備は主として学芸部員の勝田君や百野君たちが引きうけていた。勝田君の父親はコロンボを出てからずっと船酔いが続いて、毎日ほとんど絶食状態をつづけ、さすがの金持ちもまるでげっそりと衰弱していたが、その息子は世話好きのモダンボーイという風で、演芸会の準備に忙しかった。

宣伝ビラを造ること。出演希望の受付け。一方では道具そろえ、他の一方では婦人会連中に頼んで児童演芸を二組ばかり教えこませること。勝田君たちは準備日数が足りなくて稽古《けいこ》も何も出来ないと文句を言い、日延べを提議したが、村松は予定通りの十二日で押し切った。

日暮れと共に気温が急に下った。南半球のずっと南の方まで来てしまったのだ。もう浴衣《ゆかた》や簡単服では寒くてたまらなくなっていた。夜に入ってから物凄い風が出た。海は真暗であった。その暗いなかを幽霊のように白い波頭が無数に船を目がけて襲いかかった。それが船首に突き当ると、真白い水柱が三十尺も立ちあがって砕けた。マストをたらたらと潮水が流れた。メン・デッキは船が傾くごとに盥《たらい》の中のように右舷から左舷へ、また左舷から右舷へと、水が流れ走っていた。炊事水のはけ口から潮が吹き上って司厨室の床を洗った。船の揺れるたびに鉄板の継ぎ目がぎしぎしと軋《きし》んで船体が崩れるかと思われた。三等室の丸窓はたえず水の底であった。窓の隙間から入った水はベッドの下を潜《くぐ》ってから、寝静まった室の中を黒い蛇のように音もなく光りながら筋を引いて流れた。移民たちはベッドの中でごろごろと転がった。時々スクリューの空転する音がどどど……と響いた。やがて雨が加わった。暗黒の空を貫いて立ったマストには、真紅の航海燈が殺気を含み、物凄い風の中でワイヤロープが夜もすがらひゅうひゅうと悲鳴した。マダガスカルが近づいたのだ。モザンビック海峡は有名な嵐の海である。

翌日になってもしけは止まなかった。七千噸《トン》を越える移民船は鯉《こい》の群につつかれる餌《えさ》のように波に弄《もてあそ》ばれてよろめきながら走っていた。移民たちの半分は頭が上らなかった。勝田のおやじさんに至っては息を引きとるかと思われるほどの唸《うな》り方で、息子が医務室へ薬を貰いに行く始末であった。

船室の中はどこへ行って見ても奇妙に淋しかった。起きている連中は廊下の壁につき当りながら斜になって歩いた。これではとても演芸会の稽古どころではなかった。

この嵐の中でまた変な話が起った。赤道祭のとき海神の侍女になった圭子が、岡松事務員と親しくなって、廊下の隅でひそひそ話をしていたとか、岡松に写真を贈ったとかいう風紀問題である。洗面所事件のときでもそうであるように岡松はどこか軽率な我儘なところがあって、遂にこうした悪評を立てられる原因を造ったに違いないのである。

短気な岡松は噂をしている或る者を事務室へ引っぱり込んで、誰がそれを言い出したかを訊問《じんもん》した。それが知れると事件は一層の真実性をもって伝わった。

事実は全く無根というのでもなかった。圭子が岡松に自分の写真を見せたことがある。廊下で出会って雑談したこともある。しかしそれだけの事であった。そして最後に判明したところによると、圭子の名義上の、そして将来は本当に結婚する筈の良人こそ、この流言蜚語《ひご》の発祥地であったのだ。

事件は落着しても嵐はまだ止まなかった。船に酔った男たちは酒をのみはじめた。それで急に元気を出して唐八拳《けん》を打ったり腕相撲をやったりした。

夜に入って雨は止んだが風と波とは静まらなかった。傾きつづける陰鬱な室のなかで電燈が暗かった。お夏は昨夜から船酔いで苦しみつづけていた。まる一日以上も食事をしていない。彼女の赤い頬には暗い陰が射《さ》して見えた。弟は甲斐々々《かいがい》しく働いた。サイダーを買って飲ませても見た。配膳室のボーイに頼んで梅干を貰ってもみた。洗面器に水を汲《く》んできて三十分ごとに手拭を冷やし頭にのせてやった。洗面器の水はローリングするたびにざぶざぶと揺れてこぼれた。

「風さえ止めば治るんだ。元気出してけれ。酔うと思うから酔うんだ。酔わねと思ってだら何も酔うもんでね。な、姉しゃん何か食わねか？　くだもの有ればええどもなあ……」

孫市は今さらながら自分の犠牲にして姉を連れて来たことの責任に心を苦しめられていた。姉が可哀そうでならなかった。

不幸につき当ると、お夏は郷里のことを考えるのであった。

「あとなんぼ寝たらブラジルさ着くべ？」

彼女は子供のような言い方で弟に訊いた。

「あと二十日ばかりだ。もう半分以上も来たな」

お夏は深い溜息《ためいき》をつき、弟には聞えぬほどの小さな声で言った。

「ああ、おらあ帰りたくなったなあ！」

しかしそれは彼女の希望を言い表わしたものではなくて、諦《あきら》めの気持を言っただけであった。シンガポールは過ぎ、コロンボも過ぎた。もうここまで来てしまったからにはとても帰れるとは思わない。それはよく知っていた。帰れるものならば帰りたいと言ってはならないけれども、帰れないときまったものならば、帰りたいと呟《つぶや》いて見ても弟は許してくれるだろうと思ったのだ。彼女は弟が額にのせてくれた冷い手拭を目の上まで引きおろした。こうすればたとい彼女が涙を流したにしても、弟に見られずに済むからであった。


翌朝になって嵐はようやく治まった。遥《はる》か左にマダガスカル島が見えた。波はまだ高かったが、久しぶりに美しい太陽が船尾寄りの左舷から昇った。すると室内は急に沸き立つような元気にあふれて来た。

A室では三浦さんが総指揮をして八木節踊りの花笠《はながさ》を造りにかかり、笛の練習や太鼓の稽古をはじめた。Ｂ室の婦人裁縫の先生はミシンを引きずり出して衣装方になった。Ｅ室の黒肥地は木切れに銀紙を貼って日本刀を鍛えはじめた。事務室はプログラムを刷るのに忙しい。婦人連中は踊りの稽古と子供に遊戯を教え込むのと小道具方とで大した騒動であった。だから誰も整体術講習会に出て来ない。小水は閑《ひま》で、面白くなくて、朝からベッドに寝ころんで本を読んでいたが、夕方になると急にいそいそと運動服に着かえて、久しぶりに国民体操をやりに出て来た。しかし生徒たちは演芸会の方が面白いので誰も出て来ない。今ではもうこの船の中の誰一人彼を相手にしてくれないような気がした。夜更けに廊下で騒いだ時から、事務長以下の船員たちは彼を軽蔑《けいべつ》し腹を立てている。村松はもう仕事も彼に頼もうとはしない。婦人会連中も来てはくれないし、国民体操では彼が号令をかけても誰も踊らない。

小水はまた元のベッドに戻って寝ころんだ。孤独が、彼の弱い性格をむし喰《ば》みはじめた。耐えられない淋しさであった。すると彼は自分の行く先のことを考えた。ブラジルへ行っても彼を迎えてくれる一人の人が有る訳でもなく、この船の連中もサン・パウロで別れてしまえば皆他人になるのだ。突然、彼は心細さにたまらなくなってしまった。

ふと、お夏のことが思い出された。もしも彼女にその気があるならば、行く先のきまらない自分の住み家を彼女と共にしてもよいと言う気がした。彼女が門馬一家から本当に絶縁するつもりならば、孫市とお夏と彼と三人で生活して見てもいいのではないかと思っても見た。

それから小水は起き上って、海外同志会員である勝田一家を訪問し、船酔いでげっそりと痩《や》せたおやじさんを鄭重《ていちょう》に見舞った。勝田さんは苦しい息を喘《あえ》がせながら感謝し、そのお洒落《しゃれ》な夫人や娘たちも種々と彼をもてなしてくれた。娘は湯をもらって来て紅茶をいれてくれ、夫人はパイナップルの罐をあけてくれた。小水はここではじめて孤独を慰められた気がして感情がうるおうのであった。やはり知り人のないブラジルでは、海外同志会の仲間を頼らなくてはならない。それればかりが彼を迎えてくれる仲間だと思った。もしも勝田一家にその気があるならば、彼はアリアンサ植民地で勝田一家の仕事を手伝ってもよいと思いもした。

それから彼は勝田の息子や百野君たちと、同志会を盛んにしなければならぬ事について熱情をこめて語りあった。海外に於て日本人は協力しなくてはならないこと、親睦《しんぼく》を計らなくてはいけないことを論じあった。そして、この船の中にも同志会に加入したい人たちが相当にあると思うから、暇々に入会希望者を集めて見てはどうか、一夕の茶話会でも開いて同志会の意義を説明してはどうかという事を話しあった。すると勝田さんも喘ぎながら賛成して、同志会のお茶の会を是非とも実行してもらいたいと言い、小水は肩をそびやかして是非ともやろうと誓った。勝田さんの室はその策謀の本部という形になった。

「船中の同志会の会長には一つ勝田さんになって貰うんですな!」と小水は反《そ》っ歯《ぱ》を出して笑った。

「それはわしがなってもええが、何しろ船酔い治らんことにはねえ……」と勝田さんは伸びた頬髯《ひげ》のなかで弱々しく苦笑した。

　演芸会の当日は朝から太鼓の音と歌声とで、まるで芸人団体の遊覧船のようであった。昼からは学芸部員の指揮で青年会役員たちがDデッキに舞台をつくり花道までこしらえた。そして午後六時の開会のときには舞台のまえは移民たちのお客さんで大した混雑であった。一等船客も降りて来た。パーサーやチーフエンジンもやって来た。ドクターは栄養不良も肋膜も見すてて二人の看護婦と一緒にやって来た。海上の日暮れと共に「ら・ぷらた丸さん江」と染め抜いた幕を上げると、先ず子供の遊戯からはじまった。それからはもう誰もかれも浮き立って、飛び入りの註文が殺到した。百野君が剣舞をやれば岡田君が万才を出し、牛島君はその髭《ひげ》を応用して巡査になり、勝田君の悪漢は少し綺麗すぎた。岡松事務員と問題のあった圭子は二三人の娘たちと安来節を踊り、麦原さんが尺八を吹き、その次には「私は娘時分にハワイへ移民に行ったことがある」という六十過ぎの婆さんが、今度はブラジル移民になって、三味線を持ち出して長唄をやった。どこか移民ずれがしたという風な馴れた様子であった。黒肥地は九州民謡西郷隆盛をやって喝采《かっさい》を博した。

　それから当夜の呼び物ともいうべき三浦さんたち一座十六名の八木節踊りであった。八人は花笠花だすきで、桜の頃の遊廓《ゆうかく》情緒ほども華やかなものであった。太鼓係りが紅いたすきがけで、跳び上って太鼓をうつと、鋭い調子の笛がぴいぴいと鳴り、歌声が波をわたって夜空にひびいた。これはアンコールされて遂に二度もくり返された。それから幕をおろしてまた揚げると、岡田君の若い女房や佐竹さんの娘や、それにお夏もまじって、七人のおけさ踊りがはじまった。お夏は踊るほどの華やかな性質はどこにも持ってはいないが、引っぱり出されてことわり切れなかったのだ。髪を高々と結びあげて化粧を丹念にし、紫のたすきをかけたお夏は、群衆のずっと後の方に立って見ている小水の眼に意外な美しいものに見えた。鄙《ひな》びた桃の花が咲いたように、胸の温まる思いがあった。小水は昨日ふと心をかすめた考えをくり返して見た。もしもお夏にその気があるならば、一緒に暮して見てもよい。……いまはそのことがかなり現実性をもって考えられた。彼は華やかな舞台で身をくねらせながら、人並みの形で踊るお夏の顔色に、一種のかなしみを感じないではいられなかった。何事もなかったように、一切は二人きりの秘密として、無事な顔をして元のままに暮している彼女が、不思議にあわれに見えてならなかった。

十一時に大成功のうちに閉会すると、村松はパーサーの室へ酒をのみに行った。パーサーはにこにこして、

「ブラジルの田舎へ追い込んでしまうのは惜しいものだね。東京の寄席《よせ》へ出しても食えるような芸人ばかりだ」と言った。

「そうですな。然しそうなったら今度は東京の芸人たちが、この船の御厄介になるでしょう」と村松は喉《のど》を鳴らして笑った。この人たちは、これほど深い関係にありながら、移民たちとは随分かけ離れた立場にあり、かけ離れた気持をもっているのであった。謂《い》わば心の底に軽蔑をたたえている第三者の立場に過ぎなかった。その点ではむしろ気の弱いだけに小水の方が心か

ら移民たちに接近していたのである。彼はブラジルを見物してすぐ帰る村松とも違うし、事務を扱うだけのパーサーとも違って、彼自身が半ば移民であったのだ。それだけに移民の不安をも知り、それに同情する気持ももっていた。しかしもはや村松たちの間では小水は憎悪の対象でしかなかった。

「あいつは駄目だ。何一つ満足に出来やしない」と村松はパーサーに向って言うのであった。

演芸会の昂奮《こうふん》がさめた次の日から、船の中には一種しんと静まった空気が感じられはじめた。もう航海も終りに近づき、ブラジルにも遠くないという気持や、旅の疲れから来たある侘《わび》しさなどの混った感情であった。誰もが小さな声で話をし、足音も静かに歩いているようであった。夕食後、小水はまた懸命になって講習をはじめた。今日は婦人連中もかなり多かった。娘たちは「神経系統」を揉みほぐされて恍惚《こうこつ》としていた。彼の講義は次第に熱をおびてきて、初歩から中等科をすぎて遂に秘伝にまで先走った。プラナ療法という奇怪な術をはじめたのである。床の上に藁《わら》蒲団を引きおろし、その上に正坐して勿体《もったい》らしく両眼を閉じ、瞑想《めいそう》に耽《ふけ》っていると思うと、やがて両手を痙攣《けいれん》的にぶるぶると慄《ふる》わせていたが、はずみをつけて坐ったままで跳ね上りはじめた。最初は二三寸、次に五寸、次には一尺五六寸もはね上った。婦人連中は呆《あき》れはててて神の再来を見るような眼つきをした。

幻想から醒《さ》めたような顔で眼を開いた小水はほほほほと小さく笑って、これは三年ぐらい修業しなくては出来ませんよと言った。

夜半の一時ごろ、ほの暗い水平線の上に星のように小さく、ダーバン港の燈台が明滅するのが見えた。ずっと南に下ってきたのでこのあたりはすっかり秋の季候であった。海上の空気は冴《さ》えて冷やかに、神戸を出るときに見た満月がまためぐってきた。海は銀色に光っていた。この船に乗ってからもう一カ月になることがしみじみと思われた。

日本を出てから一カ月になる。……誰もそれを言うわけではなかったが、みなの体の中に三十日の生活の疲れが鬱積していた。誰もが同じように、心の中にいつの間にか淋しい穴があいていて、その穴を風がすうすうと吹きぬけているような気がしていた。そういう気持があるので夜が来ると妙に眠れなかった。殊に月のある夜は眠れなかった。一種の神経衰弱であったかも知れない。そんな夜が何日も続くと急に酒をのんで見たくなったり、急に日本が恋しくなったりした。

この船の前の航海のとき、このダーバンのあたりの海で投身自殺をした者があった。一人の一等ボーイが満月の宵にぶらりとデッキに立った。喫い終った煙草を投げすてて船べりから五分間ほど海を眺めていたが、するすると身を乗り出すとそのまま月光の漂う海へ跳びこんでしまった。船の床屋が自分の室の窓からそれを何気なく見ていた。すぐに停船して探したが救えなかった。誰一人その原因について知る者はなかったし、跳びこんだ時の様子から考えても、彼自死ぬつもりは無かったに違いないと床屋は蒼《あお》い顔をして語った。自殺の原因というのは、彼自身にもわからない心の穴であったのだ。何となく夜眠れない、それであったのだ。

いま、移民たちの心にも穴があきはじめていた。この穴は老人たちや夫婦ものには少ない。一種の孤独感を伴うものであったらしい。しきりに船中の風紀問題がおこりはじめていた。夜半の特三食堂に誰と誰とが居たとか、空いている産室に誰と誰とがかくれていたのをボーイが見つけたとかいう話がしきりにあった。心の穴の佗しさを、誰か気のあった者と二人で抱きあい憫《あわ》れみあって、何とかうまく慰めたいという努力ではなかったろうか。長い航海のうちに誰の罪というわけでもなくて犯される罪、謂わば航海病とも言うべきものであったかも知れない。

鯨の港ダーバン。南アフリカの海に棲《す》む鯨群の市場ダーバン。そしてイギリス女の虚栄と排日との都ダーバン。

ここで唯一人の親日主義者は、日本に一度住んだことがあるというイタリー女の食糧品店だけであった。日本の移民船が入港すると、この抜け目のないイタリー女は黒板に白墨で達者な日本文字を書き店の前へぶら下げておいた。

「日本語ワカリマス。日本金ノ使エルタダ一軒ノ店……」

無条件全部上陸を許された移民たちは、男は勇敢なるカーキ色の労働服に身をかため、女は簡単服にハイヒールを穿《は》いて、この一軒の小さな店をめがけて殺到した。市街地と桟橋とは遠い。その中程にあるこの店が移民の為のただ一つの世界だった。この店一つがダーバンで、ここまで来て皆が引返すのであった。永い船酔いに疲れ果てた勝田さんは、入港と同時にけろりと治って、食パンが食いたいと言い出した。そこで親子五人連れでこの店へはいり、食パンばかり食って、ああうまかった！　と溜息をついた。

月に一度か二度しか来ない日本船の、またと帰って来ないお客であったから、イタリー女のずるい計算で、商品は一率に一割増しの定価にし、午後からは二割増しとし、夕方は三割値上げした。しかし移民は殺到し、店は占領され、あらゆる食糧品、パン、サイダー、罐詰の果実、ビスケット類は、まるで空家になってしまったほど売り切れた。彼女は濃い口紅をさし化粧をして、たどたどしい日本語をしゃべって汚い移民たちをもてなした。移民ははじめて外国婦人と会話をした喜びに満悦し、彼女の口紅の赤さに魅惑的な世界を感じ、船員や監督から聞かされた（排日都市に於ける注意）を忘れ、良い気持で船へ帰った。船では黒人の人夫が大きな赤い鯨の肉をかつぎ、行列を造って倉庫へはいって行った。これがその夜から移民の食糧になるのである。

鯨と入れ違いに倉庫の奥の方から大きな金魚桶《おけ》を持ち出した。二十一匹の金魚の死骸《しがい》と一緒に五匹の金魚が泳いでいた。この五匹は夕方になってから船側の代表者によってダーバン市長に恭々《うやうや》しく贈呈された。

ダーバンの其筋は最近の有色人種の抬頭《たいとう》に恐怖して、排日を続けることの不利を覚《さと》り、これからは親日主義で行こうとしていた。日本の其筋は排日に対しては頭を下げて行く方針であったから、ダーバンではいとも珍しい大和《やまと》の国の金魚といえる小魚二千匹を送ったのであるが、金魚はその身売りを潔よしとせず、一同結束して相果てた。そこで船長は「印度洋の暑熱に耐えないほどデリケエトな魚である」由を弁明して、死に遅れた卑怯《ひきょう》者五匹を贈呈した。

翌日ダーバンの新聞は金魚の死を遺憾に思い日本の好意に深謝する旨の記事をかかげた。

そこでこの船の移民たちは、有色人種禁制のトオキイにもはいれたし、電車では白人の方の席へ乗れたし、ユーロピアン・オンリーと書いてある公衆便所でも番人が叱らずに入らせてくれた。ダーバンは良い所だと皆が思った。殊にうれしかったのは日本の人力車がここまで来ていることであった。その車夫というのが大変で、頭に鳥の羽と牛の角とのついた酋長《しゅうちょう》めいた冠を戴《いただ》き、半裸の姿で車を曳いていた。そのためばかりではなしに、ここでは人力車という乗り物が随分野蛮な未開人の乗りもののように見えた。

船はまた海に浮んだ。そして海岸線に沿うて廻りはじめた。水は泥のように黒ずんで、三角の波頭がいつも立ち騒いでいた。アフリカ大陸の両岸を南下して来る潮流がここでぶつかり合うのだ。船乗りの間では海の難所として知られている所であった。

ここまで来ると航海の終りが考えられはじめた。今までは遠いはるかな夢のように思われていたブラジルがはじめて近いものに感じられ、慌《あわ》てる気持の不安であった。改めて、ブラジルの現実の姿を知りたい気持が皆の心に沸いていた。今までに知っていたブラジルはただお伽話《とぎばなし》としてのそれでその中へ自分が入って行ったとき、どんな生活をすればよいのかがよく解っていなかった。

二つの問題が真剣に考えられはじめた。その一つは前にも一度あった事だが、彼等が希望する耕地へ行けるかどうかという事だ。同じ村から行っている知人とか親戚《しんせき》とかの耕地へ入植できるものなら、万事に好都合でもあり心強くもある。そうした希望のある者は続々と監督室へやって来た。廊下でも語りあい朝の集会でも話が出た。

監督はやはり強硬に拒否した。（一、配耕先ニ関シテハ一切支店配耕主任ノ権限ナルニヨリ、監督ハ決シテ引受ケ約束等ヲナスベカラズ）という監督心得に従って、遺憾ながら御希望に添いかねる旨を言いきかせて、どんどん追い返した。しかし聞き分けのない移民たちの押しの太い交渉は絶えなかった。

「それでは何でござんす、お約束という風な堅い話ではなしに、支店の配耕主任の方にその、一応私の方の希望を伝えて頂くだけというようなことで、極く軽いことで、まあ覚えておいて頂くという訳には参りませんかなあ」

然し村松はそれもはねつけた。

「直接交渉しなさい。その方が早いから」

小水助監督はそれまでの間に、勝田親子と相はかって、移民の中から十七人の同志会員を集めていた。そして新加入者歓迎の茶話会なども村松に知らせることなしに開いた。彼の勧誘の方法は巧みであった。むしろ村松の虚を衝いたという風であった。同志会員になれば移民保護の恩典があり、通信機関が自由に利用され、団体としての共済事業が行われている、等々。

配耕先の希望のある者は村松にはねつけられると不安な顔をして小水に訴えた。彼は万事自分の胸三寸にあるという風に大きくうなずいた。

「配耕主任の秋穂さんはね、僕あよく知ってますよ。ええ、良い人でね、紳士ですよ。昨年日本へ帰ってね、僕等は歓迎会をやったですよ。何とか僕から頼んであげますよ。特別にね。規則は規則ですよ。規則通りにそう何でも行く訳じゃないですからな、はははは」

そこで同志会員は日と共に増えて行った。

こういう約束をしたことが、うすうす監督の耳へも入りはじめた。村松は機会を見て小水を徹底的にやっつけようと決心した。

今一つの問題はブラジルの労働賃銀の低下であった。この不安は遂に再渡航者に真の事情を聞く会をひらく所まで進んだ。特三食堂は聴衆で一杯になり、堀内さんや鹿沼覚太郎君が立って訥弁《とつべん》をふるった。右舷の窓の外、水平線に一抹《まつ》の赤味と小さな燈台の灯とが見えて船はポートエリザベスの沖を通っていた。

この夜の会でも結局確実な話は聞けなかった。ただ再渡航者の意見は案外に楽観的であった。自分で農園を経営している堀内さんの考えでは、労働力の不足した国だから、不景気さえ元へかえれば賃銀はすぐ高くなるだろうし、たといそのままにしても飢える事はない、借金がどれほど溜《たま》っても地主は労働力を失わない為に何とか養ってくれるのだという事であった。移民たちの不安は、もしかしたらブラジルは日本よりもひどいのではないかという事であった。それではまるで地獄の景気を見に行くようなものである。

真暗な海面からミルク色の濃いつめたい霧がひたひたと寄せて来た。閉め切ったドアの隙間から、丸窓の間から烟《けむり》のように船室へ霧が流れこんだ。するとマストの上の真紅な航海燈は二間四方だけしか照らさなくなった。船は何一つ見えない海にむかって、長く尾を曳いてサイレンを鳴らした。十一ノット、九ノット、とうとう六ノットまで速力をおとして、喜望岬の沖を廻っていた。今夜のうちにケエプタウンの港外に着けるはずであったが、皆目見当がつかなくなった。

ブラジルの不況が口々に語られるのを聞くと、佐藤孫市はいよいよ三年目に姉を帰らせる可能性をも失ってしまった。彼は姉に何と言って詫びていいかわからなくなっていた。お夏は弟から何も言われなくても、とうとう自分が帰れなくなってしまったことをよく知っていた。堀川さんとのこともすっかり諦めていた。縁が無かったのだ。縁のない人のことをいつまでも考えて見ても（馬鹿臭くって、話になんねえべ……）と思っていた。こうなって来た運命を憤り運命に反抗しようとする気はなかった。案外にさっぱりと過去をふるい落して将来の未知の運命に従って行こうとする彼女は、あるいは大変に現実的な女であったかも知れない。

このような不安は門馬勝治にもあった。愚かな弟と年老いた母とをかかえた彼は、ブラジルで佐藤孫市たちと別れてしまうことについて、急に心細い気になっていた。そこで彼はポートエリザベスの沖を通るころ、逆波《さかなみ》のしぶくデッキのベンチレータの蔭で、もう一度お夏に言った。

「この前俺が言ったことな考えて見てくれただか？」

お夏は黙っていた。

「若《も》しかお前さええかったら、俺あちゃんと家をもって、やって行くべと思うどもな。その方が何ぼか都合ええべ？　それとも、お前やっぱり日本さ帰る気だが？」

勝治は遠慮ぶかい気の弱い青年で、彼女には指一本さわるでもなく、憂わしげな顔を傾けて訊くのであった。

「帰るたって、帰られたもんでねえ」とお夏は深い溜息をついて言った。勝治はお夏の気持が気の毒になって、暫く黙っていた。

「俺とこは、婆さんも気むずかしいし、義三は馬鹿で、困ったもんだ。……お前も何ぼか楽でねかべどもしゃ、婆さんも先が永くねえし、そのうちには気楽にもなるべ。それまでの辛抱だ。……お前も孫さんと二人きりでは、働くたって、心細くて、何ともなんねべにな。……そのうち孫さんとも相談して見るつもりだどもな、その前にお前の気持聞がへでもれえてと思ってな！」

お夏は遠く右手に見える燈台の灯をながめながら、息をしているのかいないのか分らなかった。すると勝治はまた言葉をついだ。

「俺あな、今はじめて言うけれどもな、堀川さんという人のこども、承知だ。お前も気の毒だと思ってだ。お前が日本さ帰る気だら、俺あ何も言わねつもりだどもな、帰らねえ気だら、お互えに気心もわかってだし、一生懸命働けば、また仕合せもあるべと思うどもな！」

「弟さ聞いでみてけれ」とお夏は顎を襟《えり》に埋めて答えた。

「ああ。お前の考えはどっちだ？」

「おりゃあ何も言うことねし」

それが承知の意志表示であった。何も言うことはない。選《え》り好みをしようとは思わない。望んでくれる男の女房になる、その自然な運命の流れのままに身をまかせて、その日々に処しその時時を生きて行こうとする、雑草のように素直な、雑草のように強い生命力を持ったお夏であった。寒かったので赤い紅葉《もみじ》の羽織を着て、汚れた白足袋をはいていた。ひっつめに結った額の下で、眼には悲しみがたたえられていた。自分の従順さを悲しむのではなく、かくの如くにして生きているおのれを侘《わび》しむというような漠然とした表情であった。

承諾の返事をうけとっても、勝治の顔には何の喜びも現われていなかった。ただ永い懸案が解決した彼の喜びは、お夏の傍からはなれて行くときの足どりの元気さにうかがわれるだけであった。勝治は地味な気の弱いおとなしい青年であった。

未明には、鱶《ふか》の子がデッキから面白いほど釣れた。港にははいろうにも、何分ましろい霧が危うくて、パイロットが来るまで船は動けない。ボーッとサイレンを鳴らす。ボーッと燈台から返事がくる。船のほとりは一間幅の世界を見せて、それから先は日の目も見えぬ霧であった。未明と言うのも、実はとっくに陽が昇っているのかも知れない。どろりとした舷側の水の中から鱶の子が釣られて、だらりと一尺五寸ほど下る。そのたび毎にデッキは大騒ぎだ。洗濯盥《だらい》の中には五六十匹も投げこまれていた。その肉を刻んで餌にするとまた次のが釣れてくる。麦原さんは十匹目の鱶に人差指を喰いつかれて血を出した。

お昼すぎになって霧が少し低くなる。するとテーブル・マウンテンの馬鹿気て平たい頂きがほのぼのと褐色にうかび上り、スクリューがこっそりと廻りはじめて、霧の港に船が辷《すべ》りこんだ。

ここでは一等客が上陸したばかりで移民たちは誰も上れなかった。

その夜、ケエプタウンは復活祭《イースタ》であった。

街の空には白い霧を火柱で突き破って烟火《はなび》がとんとんと打ち上げられた。テーブル・マウンテンは霧に消えて、その崖鼻《がけはな》の危いところにある燈台だけが白くぼやけてくるくると廻っていた。

ここの港では伊勢海老《いせえび》が名物で、絶対捕獲禁止になっていた。船員の話によると、一尺近い大物がいくらでも釣れるというのである。上陸出来なくて無聊《ぶりょう》を歎く移民たちは、夜の暗さに乗じ丸窓から顔を出して、細い糸をひそかに垂らした。しめっぽく曇った街のイルミネーションがはるかに見えて、セイロンの紅茶を積みおろす起重機が夜どおし唸っていた。

四月十九日、ケエプタウン出発。大西洋を横切ってまっすぐにブラジルの首都リオ・デ・ジャネイロまで、十一日の航海である。コムパスはほとんど真西に向いていた。

為《な》すこともなく過して来た長い航海も終りにちかづいて、移民たちは何か落ちつかない気持になりかけていた。ふと手廻りの着物を整理して見たり、財布の中の金を勘定してみたりする気になっていた。

翌日になって、前から不安であった労働賃銀の問題が再燃した。それはケエプタウンに碇泊《ていはく》していたとき、恰度《ちょうど》帰航の途にある日本郵船の船が寄港して、ブラジル帰りの日本人が四五人ら・ぷらた丸へ遊びに来て、ブラジル不況の実状を語って行ったというところから来たものであった。その話というのはやはり悲観的な材料ばかりであった。

とても食えないから我々は帰るのだ。帰ろうにも金が無くて帰れない者もかなり有る。耕主《パトロン》からの支払《バガメント》いが無いから百姓は立ち行かない。

収穫したカフェが売れないからパトロンも金が無いのだ。今年も見込みはない。あるパトロンはカフェ樹三万本を焼いた。これでは新移民《ノーボ》はたまらないだろう。

今年は花のつきが良かったから一層生産過剰になるだろう。サン・パウロ政府は輸出カフェの買上制限をはじめた。また新樹の植付け制限を布令した。サントスの倉庫はカフェの滞貨が山のように露天に積んである。

日雇農夫《カマラーダ》も今までは一日六七ミルだったが、来農年度は五ミル以下だろう。そのくせ米《アロイス》が高い、布類《バンノ》が高い、馬鈴薯《バタチンニャ》が高い、マカロニが高い。

君たち、今から行くのなら余程覚悟をして行くんだね。ぼあ・ぶぃあじえん！　航海無事を祈るよ。……

こういう報告はその日のうちに口から口に伝えられ、蒼ざめた心を寄せ合って移民たちはじっと眼を一つところに向けていた。又しても郷里のことが思い出された。もう少し郷里で頑張《がんば》った方がよかったのではなかろうか？　今さらのように神戸の船出が幻に浮いて来た。あの船出のとき、小学校の生徒たちが歌ってくれた送別の歌に涙を流した記憶は、まだ新しくなまなましかった。

行けや同胞海越えて
南の国やブラジルの
未開の富をひらくべき
これぞ雄々しき開拓者。
……………
渺茫《びょうぼう》ひろき大海や
万里はてなき大陸や
何《いず》れか宝庫ならざらん

君成功の日は近し

万歳、万歳、万々歳！

その歌の意味を思いかえしてみると、うつろな感激の残痕《ざんこん》があらためて胸を痛めた。

こういう船内の状勢を心配して、村松監督は再渡航の二人を自室に呼んで意見を聞いてみた。鹿沼覚太郎は言うのである。

「そりゃ嘘じゃありますまい。だけどその位の事で逃げ帰るようで移民がつとまりますかいな。どこの国だって好景気もあれば不景気もあります。どこへ行ったって楽をして百姓が食って行ける所なんて有りゃしません。逃げて戻るような奴は日本にいたって百姓の出来る奴じゃありませんな。いまは誰も向うを知らんからいろいろと気を廻して心配しとりますが、行って見れば何もそう慌てることはねえです。みんなが楽をしようと思ってるから不平も言うし不安にもなるんでね、日本で百姓していた時と同じに苦労するつもりなら、なあに、ブラジルの方が結構楽ですよ。税金だのつきあいだので苦しめられることが無《ね》えだけでもええですよ。なあ堀内さん、そうでしょう」

「左様々々。万事覚悟一つですな」

そこで村松はこの二人の意見を三枚つづきのら・ぷらた時報に印刷して、その日のうちに全家族に配布した。それと同時に監督は、君成功の日は近しという風に、移民たちをあまりにも深い夢のなかに迷いこませるような宣伝方法は考えものだと思わないではいられなかった。彼自身が会社の宣伝部にいて、今まではそういう夢を製造していたのではあったけれども。

移民たちの方では、迷いに迷っていたところへ再渡航者二人の意見を聞くことが出来て、ともかくも一つの方針を与えられた気持であった。ブラジルも楽ではないらしいことは、覚悟しなければならなかったが、今さら帰ろうと言って帰れる日本でもなし、やはり死身になって働くばかりだという気持も起って来た。かくなる上は早く、一日も早く農場に足を入れ、鍬《くわ》をとって自分たちを迎えてくれる大陸の土がいかなる表情をもち、いかなる性格をもつものかを、この眼に見、この手に触れて知りたかった。甘い華やかな成功の夢の破れたあとに、苦い現実の生活苦がやはり前途をふさいでいることを知った。しかし夢の甘さには不安があったが、現実の苦さには却ってつつましい安心がなくもなかった。そうして何か侘しくてたまらぬ人々は、鳥籠のような鉄格子のベッドの蔭で、静かに着物の整理にとりかかるのであった。

ブラジルへ、ブラジルへ！　その迫り来る現実の大きさに圧倒されて、どこの船室もただひっそりとしていた。大西洋は晴れて、穏やかな航海がつづいた。


ブリッジでサイレンが長たらしく鳴った。四月二十一日午後五時十二分、船は子午線《しご》の起点を通過した。東経零度、そして西経零度。北の方ま一文字の所に、世界でただ一つの、四方にむかって零度の地点、子午線と赤道との交叉点《こうさ》があり、その近くにセントヘレナの島がある。

そのサイレンが鳴り終るか終らないうちに、看護婦が村松の室へ慌てて駈けこんだ。肋膜《ろくまく》で永く寝ついていた黒川の子供が重態だというのである。監督は医務室へ行ってドクターからその報告を聞いた。この子が死んでしまえば村松が毎日の日誌の中で誇りに思っていた事が一つ駄目になる。人数が一人へるのだ。彼は腹を立てて医務室を出た。その代りドクターは今朝赤痢が退院し、肋膜の婆さんも明日は退院させると報告した。

長い長い航海の終りがちかづいて、誰の心も何となく落つかなかった。一番あわてていたのはドクターであった。彼はトラホーム全快者二十三名と村松に報告したが、残りがまだ三十人ちかくも居る。そのうちの十八九人は容易に治りそうにもなかった。

翌《あく》る朝、ドクターは衛生部員を派遣してトラホーム患者を全部集めさせ、一人ずつベッドに寝せて眼の皮を裏返し、銀色の鍬形《くわがた》の刃物で発疹《はっしん》をがりがりと搔《か》き取った。眼ぶたからは血が吹き出して眼に一杯になった。痛がるのを押えつけてがりがりと搔きむしり、強い薬をさした。患者は半日も眼が開かない位の荒療治であった。こうでもしておかなければサントスから送還されるかも知れないからである。

こうしてドクターが懸命に眼ぶたを引搔いている隙をねらって、肋膜の子供は死んでしまった。看護婦はついていなかった。白痴のような母親でさえも知らなかった。散々居眠りをして眼がさめたので薬を飲ませようとしたが口を開かないから、見たら死んでいたというのだ。一時間以上も経ってからドクターが見廻りに来たとき、母親は平気な顔をして、もうさっき死にましたと言った。隣りのベッドでは弟の栄養不良が相変らずの半死半生をつづけていた。ドクターは責任を感ずるより先に怒ってしまった。「早く知らせに来なけりゃ駄目じゃないか」と怒鳴りつけた。しかし本当は、この子に取っては死ぬ方が幸であったかも知れない。

死んだ子の父親は、まだ金が残っていたと見えて、食堂でビールを飲んでいた。室長の佐竹君が知らせに行くと、そうですか、死にましたかと答えて、コップを置こうともしなかった。

その夜十一時、船長、事務長《パーサー》、ドクター、監督などが整列して、船尾で水葬が行われた。移民の中からは佐竹室長が列席し、近親は出席させない事になっていた。小さな死体は日章旗で包み、錘《おもり》をつけて、するすると水面におろし、ロープを解いた。暗い夜であったが満天の星は微光を発する半球となってこの船を掩《おお》うていた。泡立つスクリューの波の中に放された死体は、暫くは沈みもせずに遠くなったが、急にふと消えてしまった。坦々として果てしなく暗い水面にむかって、悲しみの汽笛が長い尾を曳《ひ》いて鳴らされた。誰も身じろぎもしなかった。

いくらかの香奠《こうでん》が室長の手に集められて黒川さんに贈られた。父親は喜んでひとりその金でビールを飲んだ。人々は冷い眼で彼を見るようになった。

黒川ばかりでなく、五人七人の家族をもちながら、所持金が二円しか無いというようなのが幾家族もあった。彼等は村松監督をつかまえて、

「上陸したら金は一文も要らないという事ですが、本当でしょうか」と念を押した。まるでブラジルという国は貨幣制度の無い国のように思っているらしかった。

要らないと言っても、旅費や食費を耕地につくまでは出さなくていいというに過ぎない。煙

草とか子供のミルクとかまで配給されるわけではない。村松は自分の方が悲しくなり、腹が立った。彼とても一通りの社会主義ぐらいは知っていたが、貧乏するやつは馬鹿だ、阿呆《あほう》だと思わないではいられなかった。

いよいよ旅の終りも近づいたので、室長、青年会役員、婦人会幹事などの永い間の慰労として、船の方から一夕《せき》西洋料理の晩餐《ばんさん》が出された。村松は慰労の言葉を述べた。移民たちはナイフとフォークとに悩まされ、汗を流した。

あくる日は船中敬老会が開かれた。五十五歳以上の老人が五十人近くも集まって、ほくほくと和やかに喜んで茶菓の接待をうけた。お礼の言葉が次々と語られた。肋膜の治った婆さんは神に感謝するように監督へ謝辞をのべた。

ブラジルの国歌を教えておきたいという希望から、一等の宮井君に頼んで教えてもらうことにした。外国語を片仮名で書いたプリントが配られ、意味のわからない歌を彼等はうたった。移民として外国に住むための切実な努力であった。

一切の荷物を整理すべき時が来た。ほんの手廻りの品を残して、あとは全部荷造りをし名札をつけて船艙《せんそう》にあずけてしまうのだ。この日は朝からどの船室もごった返して、午後になると荷物の少なくなったベッドのあたりは急にがらんと淋しくなった。すると彼等は手持ち無沙汰《ぶさた》に胡坐《あぐら》をかいて、さあ、いよいよブラジルだ……と溜息のように呟いて見るのであった。その夜は殊に旅の終りが思われ、ふと船の生活への淡い執着をさえも感じた。一日や二日の旅と違って一カ月半ともなればこれはもう立派に生涯の一駒《こま》であったのだ。

リオ・デ・ジャネイロの碇泊は五六時間ということであったから、移民は誰一人上陸を許さないことに村松はパーサーと話をきめた。

入港の前夜、監督は家長たちに用紙を配って、船中生活の感想を求めた。これは会社へ送る書類である。

夜、彼は集まった感想集二百余枚を一々調べて見て、自分に都合の悪いところは消したり直したりした。直せないものは破って棄てた。しかし大部分は御座なりに感謝の意を表するものであった。

それから村松は明後日のサントス上陸のことについて打合せのためパーサーの室を訪ねた。小水が来ていた。

「ねえ村松君」とパーサーが言った。「明日リオで一部の人を上陸させるようにという註文だが……」

「いいえ、僕は註文しませんよ」

「いま小水君から室長たちを上陸させてくれという話なんだが……」

「ちょっと待って下さい」と監督は小水の方へむき直った。

「君はなぜ僕に相談しないんだ。なぜそう独断でやるんだい」

「あとから知らしてもいいでしょう」と小水は不平らしく唇を尖《とが》らした。

「いかん、そんな事は許さん！」と彼は激しく言った。永い間の小水への怒りがここで一度に爆発したのである。

「君はいつでもそれじゃないか。誰が君に上陸の世話を頼んだ。頼みもしない事ばかりして、頼んだ事は何もしないじゃないか。整体術なんて山師みたいな事は助監督の仕事じゃないんだよ」

「僕が何か悪い事をしたんですか」と小水は蒼《あお》い顔になった。

「したとも！　君は配耕の約束をしたじゃないか。配耕主任は知りあいだから話してやると言ったじゃないか。君は同志会の連中に限って配耕の約束をしてるじゃないか」

「約束なんか僕は……」

「第一君は同志会なんていう別の団体をかためて統制を乱すのは怪しからんと思わんかい」

「明日の上陸の事はそんな大問題じゃないでしょう」

「だからどうだと言うんだ。明日は誰も上陸はさせん！　あさってサントスへ着いたら君は自由行動をとり給え。収容所まで行かなくてもいいよ。君なんかの世話にはならん」

小水は唇をふるわせながら黙って出て行った。パーサーは気まずそうに笑って、困った人物ですなと呟いた。

小水は自由行動を許可された孤独感と怒りとのやり場がなくて、勝田さんの室へ行って散々に村松の悪口を言った。ぞろぞろと同志会員たちが集まって来た。十一時ごろになってから勝田の息子ほか三名の代表が村松に詫びを入れに行った。

「許すも許さんもないです。もう着くんだからいいじゃないですか」と村松は笑って受けつけなかった。

十一日にわたる長い航海の終った朝、リオ・デ・ジャネイロの美しい海岸がほのぼのと船首にうかび上って来た。移民はみなデッキにかけ上って、待望のブラジルを眼のあたりに眺めた。清らかな海、青々とした街路樹が船から眺められた。特徴のある、卵を立てた形のコルコ・バード山もかすかに見えた。ア・ノイテ新聞社の突き立ったビルディングが白く波の上に見え、美しい海岸には灰色の軍艦が二隻つながれてあった。

移民たちは検疫に出るために盛装し、緊張した気持でデッキに並び、近づいてくる海岸に眸《ひとみ》を凝らした。

桟橋につく前に停船して検疫を終えた。誰一人の故障もなく無事に通過した。ドクターの荒療治の効果である。しかしその他にも原因があった。この港の検疫所に日本人白井某なる者があって、日本の船が来るたびに通訳に出て来た。もしも彼がつむじを曲げたが最後、何人の不合格が出るか見当がつかなかった。しかも度々つむじを曲げる男であったから、責任のある船側では神戸を出るときから必らず大した貢物《みつぎもの》を用意していた。だから今回は、無事に通過したという事は、白井某が貢物に満足したという証拠でもあった。しかし彼が貢物に満足しなかったために、今まで何人の移民が送り返されたか知れなかった。

四月二十九日。忠良なる日本の臣民はリオの港にあってもこの日を忘れはしなかった。一等の富田君や宮井君はリオ市大使館の拝賀式に参列するために上陸した。移民たちはデッキにならんで、高級船員とともに、船長の発声で万歳を三唱した。それから長い長い今日までの航路を逆に辿《たど》って、東北の空にむかって最敬礼をし、国歌を二回合唱した。すると、とうとう世界の果まで来てしまった自分たちがしみじみと考えられた。涙ぐんだ歌声にうちしめった君が代は、老若男女、さまざまの声のまじったコーラスとなって、ブラジルの岸辺、打ち寄せる磯波《いそなみ》のうえに美しい韻律を流した。仰ぎ見るメン・マストの日章旗は、はるかなるこの土地にまでも皇国の余栄が及び、彼等の将来を見守っていてくれるかと思われて、涙が流れた。

第三部 声無き民

午後六時、サントスに向け解纜《かいらん》——

リオ・デ・ジャネイロに夜が来た。ひと声の別れの汽笛、華やかな黄昏《たそがれ》の港は徐々に遠くなり、波の上は早く暮れて行った。すると港の海岸線が一眼で見えるようになった。コルコ・バード山から波止場の桟橋まで、美しく連なった三つの入江に沿う坦々たる大道に、整然と並べられた街燈が、長く長く数哩《マイル》のあいだ一線に連なり、水平線のあたりにただ一筋の灯の列を描いていた。これは竜宮に通う海の大通りであり、海上の不知火《しらぬい》でもあった。その暗い夜にともされた一本の光線が風の中でいつまでもいつまでも揺れまたたき、最後にはかすかな蜘蛛《くも》の糸のきらめくようになって、消えるとも見えずに消えて行った。

こうして最後の夜が来た。四十五日の航海は終り、愕《おどろ》くべき大移住がはたされた。とても眠られる夜ではなかった。最初がA室であった、やがて全部の室がそれにならった。別れの宴。

ともかくも生きてここまで来たことを祝ってもよかろうではないか。今夜はボーイたちも一緒になった。酒、赤貝と福神漬《づけ》の罐詰。ボーイは司厨《しちゅう》室からカツレツを盗んで来た。それから三浦さんが寄附をした三枚の日本の鯣《するめ》。藤木君がたった一箱しまってあったゴールデンバットが十人に配られた。それからあらゆる歌をうたった。感傷に酒が加わると空《から》騒ぎになって行った。今夜は夜通しさわごうと酔った声々で力みあった。

最後の夜であったから、どれ程の大騒ぎをしても船長や事務長《パーサー》は文句を言わなかった。というよりも彼等は彼等で村松監督たちと別の高級なグループを造り、無事な航海の終りを祝っていた。ここには古いウイスキーがありチーズやベエコンやアスパラガスがあった。

酒飲みの群に加わらない女たちは早くから牀《とこ》にはいった。お夏は赤く酔った孫市が大泉さんと二人で何かげらげらとだらしなく笑っている姿を見すてて、最後の夜を見るためにデッキに上った。デッキは闇がふかく閉《とざ》して、波のしぶきと一緒に冷い夜気がひえびえと肌にしみた。南十字星《サザン・クロス》は神聖な神の玉座の姿をして高く頭上に輝いていたが、日本では中空にあった北斗七星は北の水平線に半ば沈んで、海水を汲《く》みあげようとしているようであった。

彼女は簡単服を着ていたので、袖のないために脇《わき》の下が寒い気がした。一段下の船室から歌声がきこえていた。そのどよめきを足の下に踏みながら、お夏はずっと船尾の方まで歩いてみた。夜気の寒さにデッキは人影もなくて、高い空でワイヤロープが風に鳴っていた。病室の下をくぐり、船の後端まで来たとき、彼女は一人の男が舷側《げんそく》から波を見おろしている黒い後姿を見た。小水であった。

小水は今は全くの孤独であった。村松と争ってからのちは、同志会員すらも味方につく事を躊躇《ちゅうちょ》しはじめた。船室では最後の夜宴が次第に乱調子に高まっている。その中にさえも彼は自分の安らかな居場所を見出し得ずに、ひとり逃れて来たのであった。ブラジルに彼を待つ一人の人が有るわけでもなく、今更ながらどこに落ちついたらいいのかに迷っていた。配耕主任の秋穂さんに相談したら、何とか身のふり方をつけてくれるだろうというのが最初からの予定であったが、今となっては孤独の心細さがしきりであった。

彼はふりかえってお夏を見ると、やあと言って無意味に笑った。

「みんな、騒いでいますな。大騒ぎですよ。僕はどうもあんな騒ぎ方は出来ませんよ。ははははは」

お夏は一間ほど離れてじっと海面を眺めていた。すると小水は、もう随分遠い以前に、神戸の収容所でこの女と牀を並べて眠った幾夜のことを思い出した。

「佐藤さん、あなたは、門馬さん達と別れて、やっぱり二三年経ったら日本へ帰りますか」と小水は一歩近づいて言った。彼は淡い闇の中で彼女がかすかに首を振ったらしいのを見とめた。

「帰ってもつまらんですよ」と彼は息をはずませた。「実際、帰っても、格別いいこともないですからなあ。それより……それよりこっちで結婚なさるんですな」

この機会に、小水は勢いに乗って、むしろ急いだ調子でみんな言ってしまった。

「その方が悧巧《りこう》ですよ。こっちで結婚して、夫婦共稼《かせ》ぎで、一生懸命やるんですな。そうすればまた、日本見物に帰ることだって出来ますよ。ねえ、そうじゃないですか。丈夫で働いて食って行けば、どこにいたって同じことですよ。ねえ、僕と一緒に働いて見ませんか」

小水はお夏がふり向いて、まともに自分を凝視するのを見て、たじろいだ。その凝視に負けまいとするように、彼は早口に言った。

「ねえ、よかったら、僕と結婚しませんか。僕はどうせ独りきりだし、僕ははじめから、結婚したいと思っていたんですよ。どうもゆっくり話をする機会もなくって……」

不意に彼女は舷側に顔を伏せ、すすり上げて泣いた。小水は愕《おどろ》いて肩に手をかけ訳を聞こうとしたが、何の答えをも得られなかった。そのうちに下の連中がビール瓶《びん》をたたき歌をうたいながらこのデッキに上って来た。お夏は片手で頬を押え、まだすすり上げて泣きながら、足早に小水の傍をはなれ去った。

この夜の宴会を終ると、もう移民たちには何の用事も残ってはいなかった。ただ船での最後の夜を静かに過すためにベッドに横になるだけであった。数々の不安や悲しみや失意ののちに、今夜の宴会はそれらを拭き払ってくれて、何かさっぱりとした元気がまた盛り上って来るような気がしていた。明日はいよいよ上陸だぞ、しっかり働こうぜ！　お互いにそう言い交《か》わしてはげましあう気持であった。

お夏は弟に背をむけて、毛布を眉まで引っかぶった。弟の酔った鼾《いびき》がうるさくて、頭の上の門馬さんの婆さんがうむうむと唸《うな》るのが耳ざわりであった。勝治との結婚の約束をちゃんときめてしまったのが残念であった。小水さんがなぜ今日まで黙っていたのか、それが怨めしく思われた。しかし彼女は一旦勝治と約束したからには、今更とり消そうとは思わなかった。これが運命なのだ。堀川さんとは縁が無かったように、小水さんとも縁が無いのであろう。彼女はそう思っていた。この運命に反抗して、自分の生活の方向を自分で無理矢理に押し曲げようとは思わなかった。自然に導かれて行く運命は抗し難く正しきものであった。

頭の上の高いブリッジから、冴《さ》えた音をたててかんかんと鐘が三つ鳴った。三点鐘、もう夜中の一時半であった。彼女はそっと首を起して、通路のむこうに寝ている門馬勝治の寝姿を眺めた。鉄格子の影が勝治の頰に二本の横縞をつくって、寝ていても気の弱そうにうつ向き加減になっていた。淋しそうな細い顔であった。毛布が胸までずり落ちて、肩が寒そうに見えた。彼女はそっと手を伸ばして毛布を首まで引きあげてやった。運命の苛酷《かこく》さに素直に従って行くあきらめの底から、もはやこの男に対する妻の感情が自然に育ちはじめていた。

四月三十日、船は明け方から河口を溯《さかのぼ》りはじめる。坦々たる大陸を二つに切って流れる河。はるかな両岸は一丈足らずの灌木《かんぼく》のはてしない茂み。そして深緑と鮮緑との溌剌《はつらつ》たる濃淡の配合。水面と岸との差は二尺とはない。まるでこの果てしない茂みから湧《わ》いて来た河のように思われる。移民たちは夜宴の疲れも忘れ、早朝から盛装してこの風景を眺めていた。船は河を圧して静かに辷《すべ》るように進んだ。

やがて左の岸はバナナの林になった。一眸《ぼう》、どこまで続くとも知れないバナナの茂みである。河岸に物置のような小舎《こや》が見えた。これがはじめて見た建物であった。

「ああ家がある……」

デッキの移民たちは遠い岸に眸《ひとみ》をこらした。するとその小舎から黒い人影が出て来た。

「人がいる、人がいる……」

その人が両手をあげた。すると、鮮緑のバナナの茂みを背景にしてひらりと開いたのは、白地に赤の日章旗であった。それが、上に下に、右に左に、狂ったように大きく振られる。ああ、日本人だ!

奇怪な瞬間であった。みんな黙ってしまった。そして皆の眼から涙が流れていた。ロープにつかまったまま、舷側に寄りかかったまま、ハッチの上に坐ったまま、丸窓から首を出したまま、化石したように誰も動かなくなって、皆の眼からするすると涙が流れていた。誰も拭こうともしない。一万二千浬《かいり》の彼方《かなた》、恰度《ちょうど》この地球の真裏に「日本」という国が厳然としてあることが考えられた。俺たちはあの国で、あの旗の下で育って来たのだ。……故国を遠くはなれて、彼等は日章旗に飢えていた。日章旗の有難さがはじめてしみじみと胸に湧いた。

「こっちからも何か振ってやろう」と一人が言うと、思いついたように皆が帽子を振り、ハンカチを振り、口々に万歳を叫んだ。ただ一人のあの陸の男、あの先駆移民の存在が、彼等にとってどれほど心強く頼もしかったろう。労働賃銀の値下げも何も一度に忘れて、彼の健在がブラジルの幸福を移民たちに立証してくれたようであった。

(大丈夫だ！　俺たちだってやって行ける——)

そう誰もが思い、元気づいた。

やがて検疫がはじまった。移民たちは一列になって三人の検疫医の前を通りすぎて行く。医師は一人々々の眼の中をのぞきこむ。大抵のトラホームはさっさと通過した。ドクターが鍬《くわ》で引かいたおかげである。

たった一人、鹿沼覚太郎がわざわざ鳥取まで帰って連れて来た老父だけが引きとめられた。再検査がはじまった。どうも左の眼から涙が流れているというのだ。ドクターは狼狽《ろうばい》して、これはガラスの義眼が入れてあるのだと説明したが、医師はなかなか許してはくれなかった。そのあいだに船はサントスの河港に着いて、桟橋にロープを投げた。

あわただしい昼食がはじまった。船で食う最後の食事である。そしてこの昼食までが日本帝国の国費を以て支給される食事であり、今夜からはサン・パウロ州政府移民局の予算から支出された御馳走《ちそう》をいただくのである。

移民会社の支店にいる配耕主任秋穂氏は社員二三名と一緒に船へ来て、村松から輸送事務一切の引継ぎをうけた。これで村松の責任はすっかり終った。彼はもう監督さんではなくて元の一介のサラリーマンに返った。

桟橋には日本人が三十人ほども出迎えに来ていた。企業移民たちの知人とか親戚とか言う人人、それから事務長が年に二度か三度しか逢わないところの「外国に置いてある妾《めかけ》」など。鹿沼覚太郎の父親は三度目の検査のために町から来る医者を待っていた。しかし秋穂氏はサン・パウロの日本人商店と結託してやっている醤油・酒、味噌などの密輸入品の陸上げに苦心を払って、鹿沼さんの方までは手が廻らなかった。

午後二時、上陸開始。

この頃から雨になった。ブラジルの四月は秋たけなわの頃である。秋らしい細々とした雨がけぶっている。神戸の収容所へはいったときも雨であった。移民たちはほんの手廻りの着物だけをまとめ、労働服の父が担《かつ》ぐと、母は怪しげな簡単服を着て、子供たちの手をひき、ボーイたちに鄭重《ていちょう》な別れの挨拶《あいさつ》をのこしてから、急なタラップを危うく降りる。桟橋には船長以下の高級船員や、殊に大変なお世話になったドクターや、すっかり痩《や》せてしまった二人の看護婦さんなどが立っている。ここでまた鄭重な別れの挨拶を交わす。

五六歩行って、ふと立ち止る。この足の下はデッキではない、ブラジルの土である。

(ああ日本よ!)思わずも船を見かえる。この船を離れることが即《すなわ》ち日本を離れるのだと思われて心細い。すると、滅多に外から見たことのない、ら・ぷらた丸は、今まで自分たちがいたのかと疑われるほど堂々と大きく港を圧していて、移民はあとからあとからと降りて来る。嘗《かつ》て神戸の港で幾千のテープを投げあい、無量の感慨をもってこの船の客となってから、いま異国の土に降り立つまでの永い航海も、今となっては楽しい思い出の旅であった。窓という窓、廊下という廊下から、ボーイや水夫や炊事夫たちが、手を振り声を放って彼等に呼びかけている。

「左様なら、左様なら！」

見上げる頬に細い雨の滴《しずく》が落ちて、別れの涙になる。そしてまた親子手を曳きあい、桟橋の倉庫の角を曲る。

そこに汽車が止っている。ブラジル人の車掌らしい男が乗れと合図する。これで乗換なしにサン・パウロまで無賃で連れて行ってもらえる。ブラジルは移民を優遇するらしかった。

一方では移民の大荷物がウインチで降ろされている。大きな蒲団包み、いかにも懐《なつか》しいのは日本流の亀甲《きっこう》結びにした柳行李《やなぎごうり》である。それから木箱に詰めた世帯道具類。神戸で買った亀《かめ》ノ子たわしや石油ランプや杓子《しゃくし》や庖丁《ほうちょう》や洗濯石鹸《せっけん》や歯磨粉《はみがきこ》や、ありとあらゆるがらくたの箱詰めである。

午後三時になると船の中はすっかり空になってしまった。下船する村松監督は小さいスーツケースを提げてもう一度下の船室を歩いて見た。

「さびしくなりますよ」と三等のボーイが彼にしみじみと言った。「皆さんがいる間は忙しいには忙しいけれど、やっぱり四十五日も一緒に暮したんですからなあ。サントスから先はもう、夜なんか淋しくって舳《へさき》の方へは行けませんよ。実際ねえ……」

黒人の人夫が七八人、半裸の姿で入って来ると、移民たちが寝ていた無数のベッドを取りはずしはじめた。ここから先はこの室々は倉庫になるのだ。ねじを外し、鉄骨をほどいて、藁蒲団を積み重ね、鉄わくをがちゃがちゃと片隅へ抛《ほう》り出し、はげしい音響と立ち舞う埃《ほこり》のなかに、室はがらんとして広くなりはじめた。それを見ていると村松はふと涙が湧いて来た。もう移民たちは二度とこの船へ戻っては来ないのだ。永い永い、そしてあれほど繁雑だった航海が終り、移民はいなくなった。愚かな、言うことを聞かない、始末の悪い移民たちであったが、彼等の住み馴れた家はいま倉庫に改造されている。村松はこの黒人たちが投げ出す鉄格子の音響をききながら、チエホフが画いた「桜の園」の桜を伐《き》るさびしい斧《おの》の音を思い出していた。

移民たちが全部汽車に乗り終ると、車掌は腰から大きな鍵《かぎ》をとり出し、車輛《しゃりょう》の出入口にぴんぴんと錠をおろしてしまった。移民たちはあっさりと荷造りされたのである。そしてこれがブラジル政府差し廻しの「移民専用列車」であった。

監禁された汽車の窓から見ると、サントスの港は蕭々《しょうじょう》たる細雨にけぶり、船の人たちは船をからにして列車の見送りに来ていた。午後四時、汽笛が鳴った。汽車はのろのろと動き出した。移民たちは一つの窓から四つも五つも頭を出して叫んだ。万歳！　御機嫌よう、是非おたよりを、左様なら、またいつか！

二台の自動車に乗った船員は、大阪商船の旗と日の丸とを押し立てて汽車と一緒に走り出した。万歳！　移民諸君万歳！　しかしレールに沿うた道が郊外まで来て尽きると、自動車は引返してしまった。もう移民たちは裸にされたようなものであった。秋の雨の日は暮れるに早くて、間もなく車内は暗くなり、硝子《ガラス》窓に雨の粒が銀色に光った。今度は汽車の旅だ。黒川の女房はまだ死なないでいる栄養不良の嬰児《えいじ》を抱いていた。いつまで生きて行くこの子の命であろうか。脚気《かっけ》はふらふらと蒼い顔をしていた。流産の女房は良人の肩に頭を伏せていた。小水は片隅で勝田親子の傍に悄然《しょうぜん》と坐っていたが、村松も秋穂氏も立派な二等車で行く筈であったから、これは監督のいない旅であった。

そのころ、鹿沼一家はまだ船に残っていた。彼は四度目の検査のために上陸を許されなかった。義眼を検査して何の役に立つのであろうか。従って彼の孝行な息子もその妻子もみな船に残っていた。老父ひとりをおいて上陸出来るはずはない。老父は義眼に涙をうかべて、次第に人気少なくなって行く船内の静けさに心を焦立《いらだ》たせながら、ぞくぞくと汽車に乗りこんで行く移民たちの群を、小さな丸窓から呆然と打ちながめ、一塊の石のような無言の孤独をまもって、ひとり煙草を喫いつづけていた。

どこをどう走って来たかは知らない。とにかく大変な崖《がけ》を上っているうちに日が暮れて、やがてサン・パウロの都会の灯が点々と見えた。そして郊外らしい小さな駅で汽車が停り、出口の鍵がはずされた。出て見ると人気も碌《ろく》にない小さな暗い駅であった。フォームにぞろぞろと降り立つと、制服の駅員らしい人の案内でフォームから出た。改札口も何もないフォームだ。

これは駅というよりも倉庫だ。灰色に頑丈《がんじょう》で何の装飾もない。駅員が皆を引率して二階へ上る。ステーションホテルと言った工合だ。階段の曲り角に白ペンキの文字がある。DOMITORIO……移民たちには何の事かわからない。

上り切ったところに大扉が立っている。駅員は鍵を出して開く。入れと言う。恐るおそるほの暗い中をのぞいて見ると、金網の鳥籠を無数に詰めたような、鉄骨だらけの大きな室だ。この室一つに三百のベッドがあった。これは駅《エソタスン》ではない、移民収容所《エミグラソン》であった。あのフォームは移民列車専用ホームであり、DOMITORIOとは寝室のことであるらしかった。

「いよう！　便利だなあ、ブラジルは……」

移民たちは勝手に自分のベッドをきめて坐りこんだ。何とはなしに広いひろい室の中を見廻し、少し落ちついてから他の室をも歩いてみて、知りあいがどこへ落ちついたかを見まわった。

ブラジル人の係員が廻って来て、大きな声で叫んだ。

「日本人《ジャポン》！　御飯ゴハン」

苦笑しながら、腹のへった人たちは食堂へ降りて行った。食堂はドミトリオの倍もある室で豚油の臭いがむッとしていた。家族の代表がニュームの皿を五六枚と匙《さじ》とを配膳室からもらってくる、それをもって調理場のまえへ一列にならび、皿にマカロニを入れてもらい、パンをもらい、煮豆《フェジョン》を入れてもらう。そして空いたテーブルに一家何人かがかたまって坐る。マカロニの中には牛の肋骨《ろっこつ》が大鉈《おおなた》で叩きこわされてごろごろしていた。しかもそれが豚油で煮こんである。

「なんと！」と大泉さんが女房の方を見て、呆《あき》れはてた顔をした。「この牛あ、骨ばかりだ」

「みんなこういう物食って生きてたべしゃ、ブラジル人だば……」と麦原さんの女房はげらげらと笑った。門馬の婆さんは気味悪い牛骨入りのマカロニは断念して、豆を一口食った。そして床へ吐き出してしまった。

「何とした母さん」と勝治が言った。

婆さんは額が青くなるほど悲しい顔をして頭を振ると、黙ってテーブルを立ち、ひとり元のドミトリオへ帰った。そしてぽろぽろと涙を流しながら手拭で何度も口の中を拭った。あの豆の味は何とも言えないものであった。かすかな塩気があるばかりで、豚の油がぬるッとした。とうとう婆さんが日本から抱いて来た危惧《きぐ》が見事に当ったのだ。

「なー姉しゃん」と孫市は牛骨をしゃぶりながら言った。「この豆がうまくならねうちはブラジル人になれねと」

「油臭くてなあ、なんして砂糖入れねえべ」

「ブラジル人だばこの方がええと。こればり飯の代りに食うだもんな」

しかし日本人の食慾は何としても淋しかった。食堂の入口に一人の娘が立って泣いていた。赤道祭のとき海神の侍女になった圭子である。小水が食堂から出かけに見つけて、やさしく訳を訊《たず》ねて見た。何度も何度もたずねた。圭子はしきりに泣くばかりで決して答えようとはしなかった。泣いたとて帰れるとは思わないが、今更ながら娘心にはただ泣けてならないのであった。何かと言って、何もかも泣きたかったのだ。

食後、すぐに人員点呼があった。密輸入の秋穂氏を先頭に、移民会社の社員六七人も来ていた。その場ですぐに各家族の行く先の農場がきめられた。配耕の言い渡しがあった。秋穂氏は手際よくぴしぴしと行く先をきめて行った。家族をずらりと並べ、一通り顔を見て、ぴたりと一言できめた。運命の一言である。誰と誰とは同じ耕地《ファゼンダ》、誰と誰とは隣りの耕地《ファゼンダ》、誰と誰とは汽車でまる一日もかかる。……そういったことがばたばたときまった。

サン・パウロ州と言っても日本全国ほどの広さだから、その中に九百人をばらまいてしまうと、一番遠いところでは汽車で一昼夜半もかかるのだ。そういう人たちは先ずここで永の別れを告げなくてはならない。

門馬、佐藤の家族と大泉さん一家とは同じ耕地《ファゼンダ》であった。麦原さんはずっとソロカバナ鉄道の奥地、黒肥地はとんでもない州境の方であった。船の中で監督を手こずらせた者は奥地へやらされるのだと噂された。そうして秋穂氏の独裁のままに行く先が決められて、一年間はそのファゼンダを去るべからずという規定がある。日本の国費で養われた者にはそれだけの義務がある。しかし一方から言えば、動かれない一年の間はとにかく耕主《ファゼンデーロ》が養ってくれる事も確かだ。

床の上にサン・パウロ州の地図を開いて頭を突き出した移民たちは、自分の行く先の駅を深しては、領事館《コンスラード》が近いとか、サン・パウロ市に便利だとかいうのは大喜びをした。親の家に近いような気がするのだ。しかし本当はコンスラードに用事があるのは三年に一度、サン・パウロ市に用事のあるのは五年に一度のことで、奥地よりも海岸の方が日本に近いと言って喜ぶのと同じであった。

小水は独りきりであったから、秋穂氏は単独移民のはからいとして、ノロエステ鉄道のうちの日本人の多い耕地へ行かせる事にした。そして彼が同志会の連中に約束した配耕の希望は叶《かな》えられなかった。小水は秋穂氏とさほど親しくはなかったのである。

収容所《エミグラソン》に於ける最初の夜。……ブラジル国大統領の賜餐《しさん》が、いつまでも油臭く胸につかえて嫌な気持であった。誰もが着のみ着のままで、その上に毛布や着替えを引かけて横になって見たが、眠れそうにもない。遠い街の繁華が窓からそれと察しられて、三百の寝台に七ツの暗い電燈では、無事到着のたよりを日本へ書こうにも、文字が見えないほどであった。見上げる高い天井は、天井板も何もなくて、じかに瓦《かわら》の裏が見えている。まるで物置小舎《ごや》である。瓦の割れた所から空が青黒く見えて、今日は秋らしい雨だ。流れこんだ雨が瓦の腹を伝うのが黒く光って見える。神戸の収容所へはいった時も雨であった。永い旅の疲れが思われた。

翌る朝、麦原さんの女房が夜中に二階のベッドから転がりおちたという噂が大変だった。ほかにも幾人か落ちた人があった。

「何と痛かったこと痛かったこと、見でけれ」と彼女は太腿《ふともも》をまくって、見せびらかしていた。

大統領から賜わった朝飯はパンとカフェであった。そのカフェの苦さに、アルミのコップ一杯飲み切った者は少なかった。

サントスから移民の荷物が着いた。すると税関の役人が三人も来て荷物検査をはじめた。というよりも、何を掠奪《りゃくだつ》しようかと覘《うかが》いはじめたのである。大荷物をみな解かせて、歯磨粉が十袋あれば二つを抜いておき、石鹸は三つに一つはとりのぞいた。反物《たんもの》は二反のうち一反、皆の見ている前で堂々と取って別に積み上げた。勿論《もちろん》それは一応規則に照らしたやり方ではあったが、それにしても烈《はげ》しすぎた。

パスした荷物はまた荷造りして、行く先の札をつけ、倉庫にあずけた。無賃で送ってもらうために。

このごたごたの間に、自分で土地を買って入植するアリアンサ行きの勝田さん一家や難波さんたち数家族は、ひと足先に皆に別れを告げて出発した。

そのうちに移民ブローカーが入って来た。古く来た日本人で、言葉の達者な悪賢い連中である。配耕主任の秋穂氏と連絡をとって、何家族かの移民の行く先を変更して自分にまかせてもらい、それを耕地へ連れこんで耕主から報酬を受取り秋穂氏と山分けするのだ。耕主が残酷で年期契約農《コロノ》が居つかない所や、土地が悪くて仕事の能率の上らないところでは、このブローカーを使って労働力の不足を補っているのだ。こんなのに捕《つか》まるとコロノは借金が出来て足が抜けなくなり、泣き寝入りになるか、また勇敢に夜逃げするより道はない。しかし夜逃げを発見されればピストルで撃ち殺される危険が八十パーセントもあると思わなければならない。

収容所の別の棟には、イタリー人やポルトガル人やアフリカの黒人や、各種の移民が二三十人ずつかたまって収容されていた。欧洲大戦で負傷したという、肩に大きな傷のあるロシア人もいたし、敵方のドイツ人もまじっていた。中には耕地で食えなくなったから逃げ出して来たというロシア人も収容されていた。

門番に金をつかませれば街へ散歩に出してくれるという噂があった。運動部長だった岡田君や小水など二三人は事実街を見物し、カフェを飲んで来たそうであるが、大体は外出禁止であった。金をかけて連れて来た移民に逃亡されるのが怕《こわ》かったのである。

日が暮れたころ、料理場の裏の方で、白い割烹《かっぽう》着のコックが大きな木臼《きうす》にむかって鉞《まさかり》をふり上げては打ち下していた。臼の中には白い牛の肋肉が平行した弧を描いてころがっており、赤いべろべろした肉片がついていた。電燈の光の下で、物凄《ものすご》い風景であった。呆れはてた移民たちが輪になって見物する中で、コックは汗だくで鉞をふるっていた。これが今夜のマカロニに入れられるやつである。

明日未明に耕地へ出発するのだという事が皆に知らされた。汽車の切符が配られた。この切符というのは四角な紙に行く先の駅名と耕地名が記され、紐《ひも》がついていて首から胸へ下げるのである。

明日からは別れわかれになる人たちは、最後の夜をねんごろな言葉をかわしビールを飲みあった。しかし船の中の宴会のように華やかな空気はなくて、静かにひそひそと語りあうのである。大泉さん一家は麦原一家と神戸以来の交わりを謝して、今後の健康を祝しあった。

「まあ、ほんとにお大事になし、……また御縁があれば御目にかかれるかも知んね。生きてさえ居だら」

「おりゃあ何と、手紙《たより》書くべと思っても、字忘れてねぇは。まあこれから勉強して葉書でもやりとりするべねえ。そしたらまた御目にかかれることもあるべに」

女房たちは隣り同志のベッドに坐り、子供をかかえてこういう別れの挨拶をしていた。

八時ごろになって鹿沼覚太郎がサントスからやって来た。上陸禁止をされている老父のために秋穂氏に助力を頼もうというのである。彼はすっかり蒼ざめた顔をぐったりと傾けて話した。父はとうとう駄目だった。毎船必らず一人か二人は上陸を禁止して、賄賂《わいろ》をとるまでは許さないのが検疫医の常套《じょうとう》手段なのだ。鹿沼さんは義眼であってトラホームではない。義眼は原則として許されているものだ。しかし道理で押し通せない所に移民の弱味があった。ら・ぷらた丸は鹿沼一家をのせたまま、今朝ヴェノス・アイレスへ出発した。一カ月経ったら帰航の途についてまたサントスへ入る。それまでに諒解《りょうかい》運動をしておかなくてはならない。鹿沼覚太郎は八年もブラジルにいて小さな農場をもち、漸く父を迎えようとしたのに、折角の父が駄目なのだ。

「どうしても駄目なら私も一緒に日本へ帰ります」と彼は涙をうかべて語ったが、秋穂氏は八文字の口髭《ひげ》を歪《ゆが》めたばかりで、はっきりした返事はしなかった。

一カ月後にら・ぷらた丸がサントスに帰ってきて、一週間ほど碇泊《ていはく》した。しかし許可運動は不成功であった。船は船腹に珈琲《コーヒー》とバナナとを満たしてリオ・デ・ジャネイロにむかった。鹿沼さんは陸路を先廻りしてリオ市の大使館その他に最後の許可運動をした。大枚の金も投げ出した。ここで駄目ならば船はもうアマゾンに廻り北米へ行ってしまう。手段は完全にない。最後の日、ら・ぷらた丸は北米にむかって出帆。第一の銅鑼《どら》が鳴り、第二の銅鑼が鳴ったとき、泣き沈んでいた鹿沼一家にはじめて上陸が許された。何という残酷なやり方！　上陸を許可すると共に問題の患者は慈善病院《サンタカーザ》へ抛《ほう》りこまれて、一カ月間の禁足、ここでガラスの義眼にむかって毎日トラホームの治療が行われた。……かくて、二カ月目の終りになってからようやく、奔命に疲れはてた息子の手に引き渡されたのであった。

最後の夜が来た。五十幾日を一緒にすごし、同じ運命を背負い同じ目的を追うて来た九百余の移民たちが、いよいよ団体を解いて各自の労働につくべき時が来た。ここで別れたが最後、いつまた会えるかもわからない島流しの身の上であったから、今夜は本当の別れの夜であった。親しかった者同士が同じテーブルをかこんで、ブラジルの麦酒《セルベジャ》を傾け、嘘もお世辞もない貧しい人間と人間との温い心を寄せあって、お互いの健闘を祝し手を握りあうのであった。

「さ！　もう一杯飲んでくれや、三浦さん、これでお別れだ。だけど、手紙だけはきっと続けようなあ。お互いに様子さえわかってれば、また会えるよ。永え一生だ。きっと会えるよ。なあ！」

ほの暗い電燈の下で真剣な顔をつきあわせ、こういう言葉を囁《ささや》きあう人たちの姿は、郷国を失った感情のさびしさにみちて、暗い陰を背負うていた。

外出した小水は岡田たちと街を歩き、珈琲店で時間をすごして、九時ごろ収容所へ帰った。明日の出発は早いので、大抵の人はもう眠っていた。

彼もまた片隅のベッドに上って眠ろうとした。すると、畳んだ毛布のあいだに一通の封書が入れてあった。署名は無かったが、表書きを見て彼は胸を突かれた。果してそれは佐藤夏からのたどたどしい手紙であった。

――このあいだ船の上で、ごぶれいいだしました。あの晩、私は泣きました。えますこし早くそう言ってもらえば、えかったのです。門馬さんと、もう約束しましたから、やっぱり一しょに参ります。監督さんのごおんはいつまでも忘れずにおぼえでいます。もう、おさらばでござえます。どうぞおたっしゃで居でくださえ。わだくしは門馬のよめになって、もう日本へは帰りません。左様なら。

小水は労働服のままで横になった。一方では自分の罪が問われることなしに、暗闇《くらやみ》に消されて行くことの安心を感じながら、また他方では自分から遠ざかって行くこの女への執着があった。純真さを失った彼の心に、お夏の朴直《ぼくちょく》な言葉が鋭く響いてきた。外的に事件は解決したが、それ故に却って支払い切れぬ負債を負うた気持であった。孤独になったいま、彼は愚かなる女としてお夏を黙殺しきるほどの強さをもたなかった。むしろ、この女の好意だけが、ブラジル全土のうちで唯一つの彼への愛情であった。けれども彼は今の事態を破壊してお夏を連れ戻そうという決心はつかなかった。

この室の三百のベッドからは最後の夜だというのに、安らかな寝息のみが聞えていた。

真夜中の一時、大陸の夜気が瓦の破れ目から流れこんで、室の中はしんしんと寒かった。そんな時刻に移民たちははげしいベルの音で起された。

すぐに食堂をひらいて、大統領から賜わる最後の食事が与えられた。パンとカフェ。それから今日の昼、汽車の中で食う弁当が渡された。パンと腸詰《サラメ》。

食事がすむといよいよ出発だ。各自の荷物をまとめて、旅行準備がすっかり出来るとみなは夜の広い庭に出た。庭には夜露を含んだ冷い空気が淀《よど》んでいて、眠り足らぬ顔の上でサザン・クロスが美しく傾いていた。

収容所のフォームにはもう汽車が来ていた。市街は完全な眠りの最中で、汽車の吐く蒸気の音だけが遠くまでひびいていた。

そのうちに秋穂氏が来た。村松監督もみなにお別れに来ていた。係員はフォームへの出口にある大戸を半開きにして、移民たちの名を呼びあげた。呼ばれた者は家族手をひきあって順々に汽車に乗せられた。

最後のお別れのときであった。皆はお互いになつかしさに心がふるえていた。船の上での親しかった幾十日を思い出し、日本人同士の鄭重《ていちょう》な別れの言葉をかわし、村松を見つけると帽子をとって、永いあいだお世話になりましたと丁寧な別れを告げた。彼等は洗面所騒動で監督を怒らせた黒肥地も、率直にお礼を言って思いきり働いてみるつもりです、と言った。それから人々を押しわけて監督に近づき、ソフト帽を取る男がいた。始末書を書かされた塩谷であった。あれ以来監督と一言も口をきいた事がないのに、いまは神妙なむしろ沈んだ声で別れの挨拶をするのであった。黙って別れてしまってもよいものを、わざわざ平和と親しみとを求めずにいられないところに、この別れの巨《おお》きな意味があった。そこに地球のひろさがあった。移民の心細さがあった。どんな仇《かたき》同士も無条件に握手させる、人間の真情の不思議に弱い流れがあった。だから村松もわざわざ塩谷の手を握って、それでは君も、壮健で、大いに活動してくれたまえと言った。

婦人会長の松本さん、名室長の佐竹君、巡査みたいな牛島、麦原さんと女房と、赤毛をお下げにしたお常。みながほとんど涙を押えて挨拶し、挨拶を終るとフォームへ出て、定められた車輛に乗る。大泉さんや孫市は、途中まで麦原さんと一緒に行けるというのを喜んでいた。

流産した藤木の女房は、もう断髪がすっかり伸びて、青ぶくれた顔をうつ向け、若い良人《おっと》に腕をかかえられて乗車した。腎臓《じんぞう》炎と称して上陸した脚気もふらふらと乗車した。危険極まる連中だった。医師もいない農場でこれから先をどうするつもりだろうか。殊にひどいのは黒川一家である。肋膜の子を水葬にして少し手がはぶけたとはいうものの、ぞろぞろと揃《そろ》った白痴じみた子供の顔が九ッもある。働けるのは熊のような父親だけだ。母親は水気のなくなった水母《くらげ》にも似た栄養不良の子を抱いていた。この子はまだ死なないでいる。しかし、永くても今後一カ月以内に彼の墓穴を用意しなくてはなるまい。その墓穴は珈琲園《カフェザール》の中の甲羅鼠《タツウ》の穴のように、紫赤土《テーラ・ロッシャ》の中に掘られるであろう。戒名もなく、一本の線香もなく、樒《しきみ》の枝もなく、悪くすれば棺桶《かんおけ》すらもなくて、自分の穴の中で死んだタツウのように、カフェザールの脇《わき》のテーラ・ロッシャの底に横たわるであろう。

移民たちは大方乗ってしまったが小水はまだ名を呼ばれなかった。人気《ひとけ》のまばらになった庭には無数の腸詰《サラメ》が落ちていた。どんな弁当だろうかと思って齧《かじ》って見た連中が、とても口に合わないので棄てて行ったのだ。これは日本の農民の食物ではなかった。一本の沢庵漬《たくあんづけ》の方がどれ位有難かったか知れない。中には一尺四五寸もある長いサラメが幾つも投げすてられてあった。

やがて全部の移民が乗ってしまった。小水がひとり残った。係員は名簿を閉じて煙草をすいはじめた。

「僕は、どうしたんでしょうか」と小水が訊ねた。

「君は誰だね。ああ小水君か。ははあ。君はまだ切符を受けとっていないだろう。だから今日は駄目だ。明日の朝だね」

秋穂氏は冷淡にそう言った。昨夜小水がこっそりと外出していたあとで切符が渡されたので、彼は貰えなかったのである。今日は夜半だから切符は出せないと言うことであった。移民会社は眠っている、州政府移民局も眠っている、今夜のことにはならない。

それではせめて皆に別れを言いたいと思ったが、係員は大扉を閉してフォームには入れてくれなかった。秋穂たちは一仕事を終ったという落ちついた足どりで引きあげ、ピストルを持った番人が一人扉の所に立った。

小水は無数のサラメが落ち散らばっている庭を、スーツケースを持って独り行ったり来たりした。フォームでは汽車の蒸気を吐く音がきこえ、移民たちの呼びあう声がしていた。

左様なら！　彼は胸の中で別れを言って、元のDOMITORIOへ上って行った。暗い電燈の下に三百のベッドが空になっていて、今しがたまで一杯であった移民の人いきれがまだ残っているのに、却って誰かがかくれて居そうでおそろしかった。足音におどろいて、幻のように鼠《ねずみ》が走って逃げた。彼は元のベッドに腰をおろし、そっと横になった。夜明けまでにはまだ三時間もあった。

それから起き上って隣りの室をのぞいて見た。そこにも三百のベッドが空になって、暗い電燈がついていた。彼はその中からお夏が眠っていたベッドを選んで腰をかけた。汚れた枕が一つ。それにはお夏の髪の匂いが残っていた。

腕時計は四時十二分まえであった。汽車は四時出発である。もう間もなく発車だ。それで一切が終る。永いあいだの移民との交渉がすっかり終って、お夏とも永遠の別れだ。神戸の夜が思い出された。窓には粉雪がさらさらと音をたてて降り、スチームがむんむんと暑かった。桃のように赤い頬のお夏、反抗する術《すべ》も知らず悲しみの表情ももたないようなお夏、ただ永い航海のあいだ、ひたすらに彼のシャツを洗濯したお夏。……小水は清算しきれないものを感じた。このまま別れてしまっては永久に清算する機会を失うであろうことを思った。もう四時が来る。一切が終ろうとしている。彼はもう一度あの手紙を出して読みかえした。

決心はまだつかない。しかし彼は立って階段を降りて行った。夜あけ前のひろい庭はほとんど真暗であった。汽笛が鳴った。

彼は足を急がせた。大扉のまえに番人は居なかった。機関車が強く蒸気を吐く音がきこえ、轍《わだち》の軋《きし》る音がした。彼は力をこめて大戸を引きあけた。すると眼のまえを赤い灯が横に通り過ぎた。

小水は両手をポケットに入れてぶらりとフォームに立った。赤いテールライトはどんどん遠くなって行って、フォームには未明の冷い霧が渦を巻いていた。彼はうつろになって行く心を辛うじて支えながら、ただ漠然と遠ざかる灯を眺めた。彼の立つ足もとにも移民たちが棄てて行ったサラメが無数にころがっていた。いかにも移民らしいやり方だと思った。彼はこのサラメの中から、お夏がすてて行ったかも知れない一本を深してみたい気がした。しかし、彼女が棄てて行ったサラメは、もしかしたら小水自身であったかも知れないとも思われるのであった。

収容所を出発した汽車は間もなくルス駅についた。ここでソロカバナ鉄道の沿線へ行く車輛《しゃりょう》は切りはなされた。それからまた夜明けのサン・パウロ市を外れて西北に走った。荒れた赤土の丘陵の起伏がほのぼのと見え始めて、やがて朝日が昇った。大陸の美しいオレンジ色の朝日であった。

カンピーナス駅は鉄道の大分岐点で、近ごろ日本人に有望と言われているノロエステ線へ行く車輛はここで切り離された。大泉さんや佐藤門馬の一家が乗ったモジアナ線行きはただ一輛になって、朝九時にカンピーナスを出る客車の最後に連結され、リベロン・プレート市へむかって出発した。こうして次第に仲間が少なくなると、いよいよ本当の移民らしくなって来た。窓の外をゆるやかな丘が流れた。一丈余もあるサボテンの大樹が走った。間もなく緑の波をたたえた海のような珈琲園がひらけた。そのひろさに皆は眼をみはった。汽車は薪木《たきぎ》を焚《た》き、火の粉を降らせながら走りつづけた。

昼が来た。腸詰《サラメ》の食える者は何人もなかった。小さな駅に止ると、それは駅長の住宅をかねていて、駅長が妻に上着を着せかけてもらいながら出て来たり、昼食《アルモツサ》のテーブルがすっかり見えたりした。夜半に起されたので誰もが眠たかった。汽車はトンネル一つない、鉄橋もない軌道をぐんぐん走った。

午後三時ごろ、サントス・デュモントという駅についた。黒人との混血の車掌が入って来て、「サンタ・ローザ！」と叫んだ。

孫市が立ち上った。車掌は彼の胸に下げた切符をしらべ、外へ出るように命じた。それで佐藤門馬の一家と大泉一家とは、最後の別れを告げて車を降りた。車掌が別のフォームにいる汽車の最後の車に連れて行き、ここへ坐っていろと合図した。この国では、車掌は移民を目的の駅まで連れて行く義務があり、到着駅の駅長は彼等を耕地《ファゼンダ》まで送りとどける義務があった。

皆が乗った汽車はモジアナ線へ行ってしまった。孫市たちはカジュルー行きの支線に向って出発した。この線を五つばかり行ったところにあるサンタ・ローザ駅が、彼等の目的の駅であった。「碌々《ろくろく》家も無《ね》えもんだ。ブラジルはまあ何ぼ広えだかなあ。荒地ばりで、勿体《もったい》ねえもんだ」と大泉さんは感歎していた。彼ははるかの神戸に残して来た不合格の友人本倉さんと、こういう所で一緒に働く筈であったことを思い出し、遠く来た自分の侘《わび》しさに、幼い子を膝《ひざ》に抱いて頭を撫でていた。

やがて冬だというのに、真鍋《まなべ》は汗だくで女房と二人カフェザールの除草《カツピーナ》をしていると、通りかかりの黒んぼのジェラルドウが遠くから大きな声で呼んだ。

「今日は《ボアタルデ》、マナベ！ 支配人《ミニストル》が呼んでたぜ」

サント・アントニオ農場の五月、晩秋の気候ではあるが日中は真夏の暑さであった。真鍋は草刈鍬《エンシャーダ》の柄を杖《つえ》にして女房をかえりみた。彼女は五六畝《せ》むこうを大儀そうに刈っている。

「新移民《ノーボ》の話だろう。……今日はもうやめにしな」

女房は一カ月ほど前からマレータ（マラリヤ）が再発して、少し働くとすぐ息切れがした。午後四時ごろになるときまって猛烈な悪寒《おかん》とともに発熱し、それが終るとぐずぐず起き上って夕飯の支度をするのである。子供たちが小さいから寝てもいられない。

息つぎに腰をのばして見渡すと、この南向きの斜面はカフェ樹の海で、斜面の尽きるあたりから広々とした牧場《パスト》がひろがっている。パストの向うには沼の水が銀色に光って、一帯の沼地《ブレジョン》は真黒に茂った灌木《かんぼく》に掩《おお》われている。

「支配人《ミニストル》は今日はあの沼へ漁猟《ペスカ》に行っていた筈だが、俺も明日一つ米良《めら》さんをさそって行くかなあ」と彼は顔の前を飛ぶ無数の羽虫を手で払った。

「およしなよ、危いから」

ブレエジョンにはマレータの蚊がうようよしているし、鰐《ジャカレー》もいるし、一番怕《こわ》いのは水蛇《シクリー》だ。もしかしたら豹《オンサ》だっていないとも限らないし、虎《チグレ》はいないようだが、先日は日雇人夫《カマラーダ》の黒人のジョルジは確かに獏《アンク》を見たという話だ。

マナベは玉蜀黍《ミリヨ》の枯れた皮に刻んだ煙草を巻いて吸いつけた。このカフェザールには一尺五寸もおる甲羅鼠《タツウ》がいる。玉蜀黍を食って困ったやつだが、あれを一つ捕まえて新移民《ノーボ》の御馳走にしてやろうかなどと思った。

飲み水の大きな瓶《びん》をかつぎ、エンシャーダはカフェの枝の中へかくしてから、馬車道へ出て、野飼いの牛を追いながらマナベは支配人の家へ戻って行った。カフェは霜の降らないところで、紫赤土《テーラ・ロッシャ》でなくては育たない。その紫色の赤土が乾いて、足元から赤い埃《ほこり》が立った。山水をたたえた洗濯場ではイタリー娘の色白のマリヤが白布を水にひたしてはぱたりぱたりと板に叩きつけながら鼻唄をうたっていた。顔見知りの二人は眼くばせして少しほほえんだまま通りすぎた。

ミニストルの家の前にある乾燥場にはもうカフェが山のように積み上げられていた。十二三になるマリヤの弟がランジャ（オレンジ）を食いながら犬と遊んでいた。

「マナベ！　ミニストルが呼んでたよ」

「うん、だから来たのさ」

「それからねマナベ、小父《おじ》さんとこのコウタロがね、あすこの土手から落ちて泣いてたよ」

「ふむ、それでどうかしたかい？」

「知らない《ノンセ》。でもそれから後で匕首《ファーカ》で砂糖黍《カンナ》を剝《む》いていて手を切ったよ」

「ふむ、ひどく切ったかい？」

「血が出たよ。そしたら泥をつけたよ。それで血が止ったんだよ」

「そうかい」

「それからね、小父さんとこの雛《ひな》っ子を一匹踏んづけて殺しちゃったよ。川ン中へ棄てちゃったんだ」

「畜生！　いまどこにいる？」

「知らない《ノンセ》、豚《ポルコ》とでも遊んでんだろう。あいつはポルコと仲が良いんだ」

そこへイタリー人のミニストルが馬《カパロ》に乗って出て来た。小溝《こみぞ》のところへ来ると「お一、二の三！」と日本語でかけ声をかけて馬を跳ばした。

「マナベ、新移民《ノーボ》が二家族明日来るからな、お前の隣りの家へ入れようと思うんだ。もう一つはジェラルドウの隣りが空いてるだろう。お前明日町へ行ってくれんかね」

「迎えにかね」

「うむ。それからノーボに食物を少し買って置こう。荷馬車《カローシャ》で行ってくれ」

ミニストルはピストルと小斧《フォイス》とを腰にふらつかせながら、馬にトロットを踏ませてカフェザールの見廻りに行った。収穫期で、実を捥《も》ぎ落している人々が遠くの樹間に見られた。はるかに二十哩《マイル》ばかりもむこうの台地から盛に烟が上っていた。天気つづきに、山焼きをしているのだ。烟の量から見て、ざっと百歩ぐらい焼いているらしかった。

そのサント・アントニオ農場七百アルケール（約千五百町歩）のファゼンダで働いている三十三家族の契約農夫《コロノ》だけで造っているここの部落では、お互いに顔を知らない者はない。他から入って来た者は一目見てもわかるのだ。マナベは四五人連れで馬に乗って来た若い連中を見た。今夜は土曜日で踊り《ダンサ》があるので、隣りの部落から遊びに来た連中である。半黒の混血娘が頬紅をさして、美しく着飾っていた。夜更けまで踊ってから誰かの家へ泊って行く、それがファゼンダに住む人たちのただ一つの楽しみであった。

帰って見ると裏のバナナの新芽を野飼いの牛がねちねちと噛《か》んでいた。家の中には一匹の猫がいるばかりで、ほの暗いテーブルは蠅《はえ》がぶんぶんと群れていた。

翌朝、未明にミニストルの邸で「起きろ！」の鐘が鳴ってからもう一つの喇叭《らっぱ》が鳴った。日雇人夫《カマラーダ》たちは仕事があるから集まれという合図であった。この日彼等は道路の凸凹《でこぼこ》を削っては二軒の空家の土間に運んで地盛りをして、扉の壊れをつくろって、ノーボを迎える支度をした。

マナベは米良と二人でいつもの労働服の上に上着をつけ、馭者《ぎょしゃ》と一緒に二台の荷馬車《カローシャ》に乗ってサンタ・ローザの町へ出かけた。カローシャには四匹の小馬をつけていたが、道がひどいし小川には橋もないし、楽な行程ではなかった。農場の柵《セルカ》を出ると一帯の荒地で、茂った檳榔樹《びんろうじゅ》が丘の上に何本も立っていた。メラは足に大きな腫物《はれもの》をこしらえているので、町の医者に見てもらうのであったが、こうして四里の山坂を越えなければ医者はいないのであった。

サンタ・ローザの町は駅を中心に百二三十軒の家があった。部落から来た日本人は先ず駅前の郵便局に寄って、部落の誰かに手紙が来ていないかを訊ねるのであった。こうして五日に一度十日に一度町へ出たときが郵便の受けとれる時である。それから農場と特別契約のある、日用品から食糧一切を売る店が一軒ある。そこでは伝票一枚で何でも売ってくれる。耕主に現金が無くて金を払ってくれない時には、コロノはこの伝票をもらって物資を買いに来る。だからファゼンダの生活は現金を一銭も持たなくてもよかった。耕主とコロノとの金銭関係を耕主と店とのそれにふりかえるだけである。メラとマナベとはズックの袋に玉葱《セボーラ》や馬鈴薯《バタチンニャ》や岩塩やザラメ砂糖や豚油《トシンニョ》などを一杯に買った。それから医者《ドトール》を訪ねて行くと、彼は昼寝していた籐《とう》椅子から起き上り、パイプを咥《くわ》えたままメラの足の腫物を見て、簡単に切開し、薬をくれた。フェリーダ・ブラボと称する腫物は骨まで腐る悪質なもので、跛《びっこ》になったり耳が落ちたり腰が曲ったりするのである。医者は「また町へ出ることがあったら寄って見ろ」と言い残して、また籐椅子へ昼寝をつづけに行った。

一日に二往復しか汽車の来ないサンタ・ローザ駅は閑散で、フォームでは近所の子供が鬼ごっこをしていた。レールの傍には薪木がうず高く積んであった。これを汽車に焚くのである。町全体がのんびりと日ざかりに昼寝しているようであった。

汽車が来るまで暇があったので、黒人の馭者《ぎょしゃ》と三人は近くの小店へ入った。カルド・デ・カンナというのは砂糖黍《カンナ》を搾《しぼ》ったばかりの、葉緑素のどろどろした汁を冷やしたもので、野趣満々たる百姓の飲物であった。

やがて汽車が着いて、うろうろと心細そうな顔をしたノーボたちが降りて来た。誰もかれもひどく顔色が白くて、日にやけた米良や真鍋には外人のように見えた。殊にお夏の娘らしい様子はそぞろに日本の姿を思い出させるものであった。

二台のカローシャに大泉一家と門馬佐藤の家族とを乗せて、彼等は帰途についた。黒人の馭者は口笛を吹き、革の鞭《むち》を鳴らしながらマナベをふりかえって言った。

「日本人はみんな綺麗だが、ブラジルに永くいるとみんなお前たちのように汚くなるね」

移民たちの眼には珍しくひろびろとした風景がひらけはじめていた。これが彼等の住む新しき大地の姿である。西の丘に大きな入陽が燃えながら降って行った。すると谷間には白い靄《もや》が浮いて来た。荒野の中で奇妙な鳥が鳴いた。カローシャは橋のない小川を渡ったり石ころの坂をがたがたと降ったりした。門馬さんの婆さんは揺れる馬車の上で文句を言う気力を失い、勝治の肩にもたれて青くなっていた。弟の義三は元気で、羊歯《しだ》の丈が五六尺もあると言って愕《おどろ》き、眼の下に見える砂糖黍の畠の広さに愕いていた。孫市は黙って米良や真鍋の話に耳を傾けていた。寝言にまでもブラジル事情を口走っていた彼は、今やっとここまで辿《たど》りついて、日本で聞かされたブラジル事情というものがまるで違っていたことに途まどいしていた。

あちこちに野生の本瓜《マモン》の木が熟した大きな実をつけていた。遠くの山焼きはまだ燃えつづけていた。このあたりの沼地《プレエジョン》はラ・プラタ河になってアルゼンチンまで続くのである。

「あんた方はまた大成功するつもりで来たんでしょうなあ」とマナベが孫市にむかって笑った。「昔ならいざ知らず、これからは食って行くだけのつもりでなくては駄目ですよ。だから移民はほんとの裸一貫がいいね。小金を持った人が一番駄目だ」

「僕と一緒の船で来た岩間さんがねえ……」と米良が言った。「四五千円の金で土地を買ったら忽ち駄目になって、それからファゼンダを二つ三つわたり歩いてから、遂々《とうとう》日本へ帰ったそうだ」

マナベはカローシャを止めて、途《みち》ばたに野生しているオレンジを幾つも取って来た。それを皆に一つずつ持たせてからまた馬車を進めた。誰が植えたのでもない野生の美果が至るところの山野に実っていた。こういうところにブラジルの良さがあるのかも知れないと孫市は思った。「そうだ、成功しようと思って来るとブラジルは地獄だ」と米良さんが独りごとのように言った。黒人とまちがうほど日にやけた顔には案外やさしい微笑がたたえられていて、新移民をいたわってくれるようであった。

「しかしただ食って行けさえすればいいという者には極楽だね。丈夫で働けるあいだはパトロンは決して食わせないようにはしないし、無事平穏だ。……ブラジルの味がわかるまでにはまず三年だね」

「そうそう」とマナベが応じた。「わしだって金が有ったら二年目位には日本へ帰ったろうな。三年たったらもう帰る気にはなれんからな。まあ、何だね。ブラジルの夢を見るようになったからもう大丈夫だ。一年や二年のあいだは不思議と日本の夢ばかり見るからな。はははは」

こういう先輩たちの平和な話をききながら孫市は、ブラジルというところの本当の生活が多少わかる気がした。

何百町歩の砂糖黍の畠が風をうけて波立つのが見えた。その中にぽつりと一つだけある砂糖工場からぽうと永く汽笛が鳴った。もう日暮れに近かった。赤土の丘をのぼると眼の下に見わたす限りのカフェ耕地がうねうねとひらけて、遠くどこまでも続く大陸の起伏のはてに、東の家は夕焼けがはじまっていた。そして足もとからつづくゆるやかな斜面の下に近々と部落の家々が見えた。そこがサント・アントニオ農場であった。大泉さんの女房は抱いた子供に、もうすぐだ、もうすぐだと言い聞かせていた。

着くとすぐにミニストルの邸へ行った。からだの大きい鬚《ひげ》むじゃのミニストルは、にこにこと笑って一人々々と握手をした。それからカフェの精選工場に荷物をおろし、すぐに夕食が出された。例の豆《フェジョン》とマカロニであった。門馬さんの婆さんは何も文句を言わないで、ただ苦しげに匙《さじ》をとってひっそりと口に含み、呑み下した。（早く食べ馴れなければならない……）この気むずかしい老婆も、今は甲斐《かい》もない抵抗を断念して、素直にこの国の生活にはいって行こうとしていた。そうなって来た婆さんのおとなしい様子は却って一層気の毒であったから、お夏はそっと声をかけてやった。

「お婆さん、食べられれッか？　うまぐねもんだなし」

婆さんは悲しげに笑って、「食わねばいのちもたねもんな」と呟《つぶや》いた。いよいよ覚悟がついたようであった。それを聞いて孫市も勝治もむしろ安心したのであった。

食事が終るとマナベとメラとに案内されて、彼等が入る家へ行ってみた。

家はまわりを赤煉瓦《れんが》で畳んであった。木戸を開けて入ると埃《ほこり》臭い土間に裸電燈がほの暗くともっていて、破れ果てた土蔵のようであった。どの室もただ煉瓦の壁であった。室と室の間に扉もない。

「どこさ寝るんすべ？」と孫市は訊いた。

「今晩だけは土間へ布や袋を敷いて寝るんですよ。明日は木《き》を伐りに行きましょう。それで明日のうちに寝台《カマ》をこしらえて、仕事はあさってからだそうです」

それから用意してあった布や袋などを六畳ほどの土間へ敷いて、何とか寝られるだけの支度をした。裏木戸をあけて見ると、遠くのブレエジョンまでの間は遮《さえぎ》るものもなくて、野飼いの牛がごろごろと星空の下に横たわり、山焼きの遠い火が空に赤くうつっていた。火事はもう三日目であった。

ミニストルの家から「寝ろ」の合図の鐘がカンカンと鳴った。九時である。時計のない、というよりも要らないこの部落では、鐘ばかりがたよりであった。真鍋さんはおやすみを言って自分の家へ帰った。

「今晩は土間だとさ！」と叫んで、義三は労働服のまま横になった。皆が並んで横になっても婆さんだけはまだ坐っていた。もう文句を言う気はなかった。勝治にしても義三にしても可哀そうなものである。いまはただ、こうまでして生きて行かなくてはならない人間同士の悲しさが先に立った。それから勝治の横にそっと寝ようとすると、簡単服のポケットに何か突っ張るものがあった。煙管《きせる》である。もう用のないものではあったが、手放す気にはなれなかった。

土台石のところに大きな穴があいていて、外の夜気が冷く吹きこむのに、お夏は眠れなかった。布を透して土の冷気が背にしみこむのだった。壁の外を眠れない牛が通る足音のほかは、時折吹きすぎる風の音だけであった。こうして、このような家で勝治の女房になり、ここで新婚の生活を迎えるのだと思った。

「姉しゃん、帰りてえべ？」と弟が頭を寄せて来てささやいた。彼はまだ姉が勝治の女房になることを聞いていなかった。

「帰れるもんだらな！」とお夏は溜息のように答えた。

頭の上の天井には瓦の穴があいていて、星が光っていた。雨期には家の中までびしょぬれになるのだと米良さんが話していた。お夏は毛布を顎《あご》まで引っかぶった。

「野宿しているようだな。寝られたもんでね」暗いなかで勝治の呟く声がした。

板戸を叩く音に眼がさめた。マナベであった。彼は手製の下駄をはいていた。

「お早《ボンジャ》う！　みんなうちへ来ませんか。喫茶《トマ・カフェ》をやりましょう」

義三とお夏が山水を汲《く》みに行った。これが生活の最初のいとなみであった。途中の道には牛が歩いていて、エンシャーダをかつぎ水瓶《みずがめ》をぶら下げて仕事に出て行く黒人が、ボンジャと彼女に声をかけた。

水を提げて戻ってくると、ブラジルでの生活がはじまったことが考えられた。やって行けそうであった。ともかくも何とかなるであろう。楽しみがどこにあるのかは解らないが、ゆたかな自然のうちにひたって、山水を汲み木の実をもぎ、野生の南瓜《かぼちゃ》をとり、跣足《はだし》で歩きまわりながら、人間の生活はここでもやって行けそうに思われた。真鍋や米良の明るいのどかな顔色のなかには、何か慰められるものが感じられた。

昨夜山焼きの火の見えたあたりから、朝日が昇るところであった。目の下につづく一帯の沼地《ブレエジョン》は真白に霧が立ちこめて、海のようであった。サント・アントニオ農場は西側に連続した小丘をつらね、東向きのゆるい斜面に小さい部落をもち、部落のあたり一面にカフェ樹の海であった。隣りの農場の部落までは、近いところで三里もあり、その間には一軒の家もないカフェ樹と赤土の丘とであった。

門馬たち五人は、マナベの家で朝のパンとカフェを御馳走になり、大泉さんたちは米良さんの家で御馳走になった。真鍋さんの家は六畳ほどの土間に彼の寝台《カマ》をおき、枕元に農具をおき、一方の隅には油樽《だる》の風呂があり、カマの足許には鶏の止り木があった。物置きも風呂場も鶏小舎《とりごや》も寝室も一緒である。しかしマナベは愉快そうで健康で、大きな声でよくしゃべった。近頃の日本の様子はとんと知らないと言っていろいろ質問したりした。ここには新聞雑誌はおろか、部落以外の事件は何一つ伝わって来ない。部落の一つが絶海の島国のように孤立していた。

それから新移民《ノーボ》たちは大工道具を借りて木を伐りに行った。マナベやメラは物凄い匕首《ファーカ》を腰に下げていた。部落の人はみなそうしていた。ファゼンダから外へ出るときはピストルも持って行くのである。それほど無要心な場所である。

農場のはずれ、山焼きしたあとに、黒焦げになった大木がいくらも転がっていた。これは薪木にしても材木にしてもよい。誰が取ってもよいという木である。材木に値段は無いのだ。あちこちに径一尺ほどの穴があいていて、マナベはタツウの穴だからそのうち月夜にミニストルの犬を連れて獲《と》りに来ようと言った。

大泉さんは幅のひろい肩で鋸《のこぎり》を使いながら、酒はどういうのがあるだろうかと米良さんに訊いていた。ピンガという砂糖黍からとった強い酒があるという事であった。

「ここへ来たら先ず日本流のことは皆忘れるんだね。醤油がほしいとか餅が食いたいとかいう気にならん方がいいね。そんな事をしているといつまでも腰がおちつかなくて駄目だ」

孫市は昨日からいろいろ聞いた話を思い出していた。成功の望みをもってはならぬという事は、生きて食って働くだけに楽しみを求めてやって行けということだ。しかしそれではブラジルへ来た甲斐は無いと思ったが、マナベやメラの様子を見ていると、不幸の気配が感じられないのが不思議であった。

「こら、義三！　遊んでだら今夜も土間さ寝せるぞ」と勝治が叫んだ。義三はタツウの穴へ石を投げこんで面白がっていた。

のそのそと三頭の牛がここを横切って沼地《ブレエジョン》へ降りて行った。

お夏と婆さんとは家に残って荷物をほどいたり、支配人から最初数日の間だけと言ってくれた食糧で、日本から持って来た鍋釜《なべかま》で昼食《アルモッサ》の用意などをした。調味料は岩塩と砂糖とだけで、どんな造り方をしていいかもわからなかった。

夕方までに男たちは土間にカマを造った。勝治と義三と孫市のために三人用の大きいのを一つ、婆さんとお夏のために小さい二人用のを隣室へ。この二人用の方は間もなく勝治とお夏とのものになるであろうことを勝治は考えていた。それからマナベが玉蜀黍の皮を沢山むいてくれた。女たちはそれで藁蒲団をこしらえた。原始人のような生活がこうして次第に形をととのえて行った。

夕方になると、丘の方で珈琲挽《バンニヤカフェ》ぎをしていたコロノやカマラーダたちが、収穫した大きな袋をかついで帰って来た。イタリー娘のマリヤは木靴《タマンコ》をはいて石油罐《かん》に汲んだ水を頭にのせて行った。通りすがりにお夏にむかって、ボア・タルデと挨拶し、ラランジャを三つもくれた。お夏は小さな声でオブリガードと言った。船の中で習った言葉である。

日がおちかかるとそのあとへダイヤモンド形のオリオンが浮んで来た。またブレエジョンには霧が立ちこめた。野飼いの牛や馬は低地からのそのそと人家の方へ上って来て、道路へごろりごろりと横になった。どの家からも晩飯《ジャンタ》の烟が上り、家の外でカフェを煎《い》るために焚火《たきび》をしているのが真赤にゆらめいて見えた。平和な、のどかな村落の夕景色であった。一日じゅうどこかで遊び暮した子供たちは泥まみれになって家へ帰り、野飼いの鶏はバナナの下の茂みへもぐりこんだ。やがて残照が空の高みから消えて行くと、そのあとにサザン・クロスの荘厳な菱形《ひしがた》がかがやきはじめた。長閑《のどか》な村の風景であった。ゆったりと幸福そうな、野心の闘いも欲望の悩みもない、静かな生活の姿であった。貧しいことはいかにも貧しいが、しかし文明国家の下積みになっている貧乏暮しとは随分違った暮し方であった。

この一日の農場の生活は新移民《ノーボ》たちの心に希望と明るみを与えてくれたようであった。ブラジルの生活は、日本で想像したような理想の天国でもないし、無限の宝庫をひらく開拓者の野心的生活でもないし、また易々《やすやす》と大成功できる所でもない事は大分わかった。健康地でもないし楽天地でもない。むしろ猛獣の巣であり毒虫の跳梁《ちょうりょう》する土地でもある。労働のはげしい事もわかったし、島流しであることもわかった。

しかし誰も今までに話してくれなかった、一度も考えて見なかった別のいいものが、ここには有りそうであった。再渡航の堀内さんたちの言葉の意味がようやく知られて来た。

孫市は姉と勝治とをさそって、夕飯《ジャンタ》のあとで真鍋さんの家を訪ねた。マナベはメラと二人で手製のテーブルの上で手製の将棋をさしていたが、三人を迎えると「やあやあ」と手製の堅い椅子をすすめ、それからピンガを出してきた。それはジンかウオッカに似た無色の強烈な酒であった。

米良さんは一昨日から、ブレエジョンの近くの土地を弟と二人で開いて米を植える計画を立てているという話をはじめた。彼はまだ二十六であったが日にやけて三十四五にも見えた。二十二のときに十七歳の若い妻をむかえ、妻の弟と三人で移民になった。それから四年経ち、若い妻は男の子を産んだ。この子は跣足《はだし》で赤土の上を這《は》いまわって、毒虫に刺されながら育った。

妻は強靱《きょうじん》なからだをして、毎日薪《まき》割りをし、カフェザールへ二人の昼食を持って往復し、フェジョンもマカロニも上手に造るようになった。中々の奮闘的な一家であった。耕主《パトロン》はやがて彼を副支配人に登用しようかとさえ考えているのであった。

彼が開拓しようとしている低地は、一昨年まで伊東さんが耕作して米を造っていたのであるが、伊東さんは昨年のはじめ腸チブスで死んだ。その後彼の女房は幼い子供をかかえて耕作も出来ず、今ではこの部落の独り者のカマラーダたちを相手の娼婦《しょうふ》になっていると噂されていた。

そうして一年間耕作されなかった土地では、雑草が六尺にも茂り、唐胡麻《とうごま》の木がもう一丈五六尺の高さに伸びて、足を踏み入れることも出来なかった。彼はそこを拓《ひら》いて水田にするというのであった。土地はパトロンのものだが、小作料も年貢《ねんぐ》も何もなしで自由に耕作してかまわないのである。

うら悲しい単調なアコーデオンのメロディが流れて来た。大陸の夜気が冷く地を這って、メロディは絶えだえに風に乗ってきこえた。昨夜のつづきのダンサを黒人やイタリー人たちが今夜もやっているのだった。六日働いて七日目に踊る。それが彼等外国人たちの農場生活であった。勝治は見に行くと言ってマナベの家を出て行った。

米良さんの計画では水田を三段歩ほど造って、そこで米を年に二回、馬鈴薯を一回収穫できるつもりだというのであった。孫市は愕いてしまった。なお愕くべき事には、マナベの説によると、水田に造った稲は出来すぎて倒れ、腐ってしまうから、陸穂《あかほ》でなくては駄目だというのである。すると米良さんは、水の出し入れを自由にしておいて、稔《みの》る頃には水を落してしまうと言うのである。

真鍋の家を辞してから孫市は郷里の友達へ手紙を書こうとして紙をひろげた。しかし何となく書く気になれなかった。疲れたのであろうとその時は思った。しかし床について考えて見ると、何だか郷里の友達とも縁が切れてしまった気がして、手紙を出す興味がないのであった。不思議な気持であった。そう思って見れば米良さんや真鍋さんたちは、まるで世間のことは何一つ考えずに、稲やカフェやバタチンニャの事ばかり考えているようでもあった。ここでは、このような世界にあっては、日常生活以外の何ものも縁のないものであった。この部落ばかりが全世界で、部落以外のことは星の世界のように遠かった。

彼は今日造った藁蒲団に勝治や義三と並んで横になった。藁蒲団の寝心地は悪くなかった。そして明日から始める仕事のことを考えた。収穫は大した仕事で、枝をしごくために手の皮が破れ、実をふるいにかけるのでからだ中が赤土にまみれるとも聞いた。しかしそれも大して苦労には思わなかった。経済上のことはまだ良くは解らないが、ただここは生きて行ける国であった。この部落に住んで年老いて行き、死んで行くかと思うと残念な気もするが、何年か経ったら一度日本へ見物に帰り、両親の墓参りをしようと思うと、悲しさも慰む気持であった。

農場の三日目の朝、お夏が眼をさまして見ると、家の中は白い烟だらけになっていた。門馬さんの婆さんがもう起きて竈《かまど》の下に火を焚いているのであった。

「お婆さん、寝られねかっただか？」とお夏は起きて行って訊いた。老婆は口を尖らせて火を吹きながら呟いた。

「今日はみんなして、初めて仕事さ行く日だべ。まま炊いてやるべと思ってな」

老婆はこの家を守って立派にやって行こうと思うようになっているのであった。お夏はそれを聞くとしばらく老婆の丸い背を見たが、やがて寄り添うように踞《うずくま》った。

「お婆さん、おりゃ今まで何も言わねかったどもなしゃ、船の中で勝治さと良く相談もしたし。……籍ぬく約束して来たども、おりゃ、やっぱり勝治さの嫁に貰ってたんえ、勝治さもその気で居だし、弟だばまだ何も言ってねえども、喜んでけるべと思ってなし」

婆さんは竈の中の薪木をよく燃えるように組みなおしながら、皺《しわ》の多い顔をかたむけ、意外なほどに優しい声で言った。

「お前さえその気だら、おりゃあ何も言うことねえ。おれとこも、お前たちばりが頼りだもんな」

やがて孫市や勝治も起きて来た。

裏の板戸をひらいて外に出ると、部落はまだ未明の暗がりであった。大陸の東のはてに金色の雲が横に流れて、低地一帯には真白な霧が立ちこめて淀《よど》んでいた。その霧の海の遠くの方に高い丘が一つ二つ黒い頭を見せていて、瀬戸内海とその島々とを見るようであった。清冷な大陸の朝風がわたって、夜通し道に寝ころんでいた馬や牛が、連れ立ってブレエジョンへ草をさがしに降りて行くのであった。鶏が近処の草の茂みに卵を産んだと見えて、高い鳴声を立てた。

少しはなれた大泉さんの家の烟突から白い烟が上りはじめると、やがて彼がのそりと裏の草原へ小便をしに出て来るのが見えた。彼の一家も平和な営みをはじめているようであった。

お夏は船から持って来た草履《ぞうり》をはき、牛や馬の糞《ふん》で一杯になっている凸凹《でこぼこ》の道を、下の方へ山水を汲みに行った。息を切らせて帰ってくると、孫市や義三が草むらで顔を洗った。

お夏は弟の傍に立って遠い日の出を眺めた。とろとろと融《と》けた太陽が火の玉になって輝きながら雲の上にちらと浮んだ。すると赤煉瓦の小舎の壁に横縞をつくってバナナの木の影がくっきりとうつった。彼女は頰に朝の最初の日光の温かさを感じた。その温かさは皮膚を透《とお》し血管を流れて五体にしみわたるようであった。弟は洗面を終ると労働服のポケットからタバコを出して火をつけた。日光をうけてオレンジ色の烟が流れた。その烟の向うを金色の矢のように音もなく飛んで、蜂雀《はちすずめ》が野生の南瓜の黄色い花へ行った。

「ああ！　おりゃ安心した……」とお夏は独りごとのように呟いた。その意味は弟には通じなかったかも知れないが、ただ彼女はこうして身の行く先のきまった事に、何はともあれ安らかなものを感じていたのであった。

右手の凸凹道を黒人のカマラーダたちが水瓶《ガラフォン》をぶら下げて降りて行った。左手ではイタリー娘のマリヤが小鍋の水を捨てに草むらへ出て来た。

「ボンジャ、セニョリータ！」と孫市は大きな声で叫んだ。

娘は朝日をうけて金色な髪の光る頭をかしげ、ボンジャと答えてほほえんだ。マリヤはこの部落に暮していても幸福そうにお夏には思われた。姉と弟とは何となく顔を見合せて平和な笑顔を見せあった。

この部落の人々の生活は、真鍋にしても米良にしても、または黒人やイタリー人たちにしても、あらゆる世間的な欲望を忘れ、世界の国々の動きにも何の関心もなく、貧しくつつましい気持のなかから、いつの間にか静かに湧《わ》いて来た、生きていること、そのことのみの喜びによって生活しているもののようであった。こうして日がな一日紫赤土《テーラ・ロッシャ》にまみれての労働の中にも、他人にはわからない多くの幸福がある、むしろ意外なほど純粋な幸福、原始人のような幸福がありそうであった。新移民《ノーボ》たちが日本から描いて来た数々の夢は幻となって消えたが、消えたあとに残る他の幸福があることがおぼろげながらわかって来た。ここはブラジル国の土でもなく日本人の土でもない。ただ多勢の各国人が寄り集まって平等に平和に暮す原始的な共同部落というに過ぎなかった。というよりもむしろ、大陸の大自然のなかに迷いこんだ人間たちの住む小さな洞穴《ほらあな》ともいうべきものでもあった。

孫市や義三たちの三人用寝台をかたづけて、お夏と婆さんとはみなの食事の用意をととのえた。近いうちにまた材木を伐ってきてテーブルを造り、椅子を造らなくてはならない。そんな話をしながら、五人は朝の食事をはじめた。今朝は珍しく日本流の白い米の御飯であった。これが老婆の心づくしの仕事はじめの祝いである。お菜はマナベさんから貰った塩漬けの青菜である。お夏は早くパンを造ることを稽古しなくてはならない。お婆さんは早く煮豆《フェジョン》とマカロニとを煮ることを覚えなくてはならない。鶏を飼って卵をとり、網をすいて魚もとらなくてはならない。このようにして彼等の生活ははじまるのであった。このようにして彼等はブラジルの土に根をおろし、住みついて行くのであった。一年や二年のあいだは日本のことが思い出されてたまらないが、三年目からはもう帰りたいとは思わなくなる、米良さんたちはそう言っていた。彼等もまた早くそうなりたいと思っていた。

　間もなくマナベが誘いに来てくれて、三人は仕事に行く支度をした。労働服の上着はぬいで褐色のシャツ一枚になり、米良さんの若い奥さんからもらった四リットル入りの水瓶《ガラフォン》に飲み水を充たして肩にかけ、カフェを捥《も》ぎ落すための布《バンノ》やきゃたつや袋をかついで出かけた。

「今日はみんな手の皮をすりむいてしまうよ。新移民《ノーボ》はきっと一度は手から血を出すもんだ」

　と真鍋さんに言われても、笑って出かけた。

「じゃ姉しゃん、行って来ッからな。行く所知んねべ？　マナベさんの奥さんと一緒に飯持って来てけれな」

　孫市はふり向いてそう言うと、道の牛や馬の糞を跳びこえながら、口笛を吹きふき赤土の坂道を降りて行った。

　婆さんとお夏とは表の木扉《ポルテラ》のところに立って見送った。散々いやな思いをしあった二人の女も、いまこうして立ち並んでいる姿は、年老いた姑《しゅうとめ》とおとなしい嫁とにすぎなかった。さて、今からせい出して三人の弁当をこしらえてやらなくてはならない。出かけて行く彼等の後姿は、勝治と義三と孫市と、肩をならべて、まるでもう一人まえのお百姓であった。お婆さんはその三つの後姿に満足しているらしく、少しばかり声に出して笑った。しかしこの老女の柔らいだ表情のうえに、喜びとも悲しみともつかない一筋のなみだが流れているのを、お夏は知っていた。

「孫さも、そのうち嫁コ深さねばなんねなあ」

この老女はもうそんな先のことまで考えているのであった。

芥川龍之介賞経緯

芥川龍之介賞経緯

久米正雄

最後に残った五作を通読して、石川達三氏の「蒼氓」を推すことにした。五作共にそれぞれの特徴を持ち充分レベルに達した作品であることを首肯したが、高見氏の「故旧忘れ得べき」、外村氏の「草筏」が共に未完成なのは残念だった。高見氏には、宇野浩二を想わせる達者さがあり、衣巻省三氏の「けしかけられた男」に清新な恋愛小説であの題材であれまでに押して行った力は相当なものだ。「草筏」もキメが細かく、信用の出来る作品であるが、編中に今一息の手強さが欲しかった。

石川達三氏の「蒼氓」は、心理の推移の描き足りなさや、少々粗野な筆致など、欠点はハッキリしているが、完成された一個の作品として構成もがっちりしているし、単に体験の面白さとか、素材の珍しさで読ませるのではなく、作家としての腰は据わっている。いい意味で通俗的な手法も心得ており、百四五十枚を一気に読ませるという作品は近頃さう沢山はないと思う。

新しい作風、新人の作品というものでないのが心残りだが、いささかの危なげも感じさせない作風が今後の制作に相当期待を持たせる。

佐藤春夫

僕は本来太宰の支持者であるが予選が「逆行」で「道化の華」でないのは他の諸氏の諸力作が予選に入っているのに対して大へんそんな立場にあると思う。「逆行」は太宰君の今までの諸作のうちでむしろ失敗作の方だろうと思う、支持者の僕でさえ予選五編のなかでは遜色があると思う。尤もこれを選んだ瀧井君のリアリズムには「道化の華」は同感されなかったのだろうと思う。それにしても「けしかけられて男」の衣巻とか太宰とか五作家のうちで最も新鮮な味があると信ずる。「草筏」はいいが未完だから下半期に再選される機会があろう。当選作の「蒼氓」は素材の面白さの上に作者の構成的な手腕のうまさも認めなければなるまい。諸家がこれを推すのを見て一票を入れる気になった所以である。

それにしても五作家みな相当のレベルで粒が揃ってゐるから一編を選出するのは無理な感じも多かった。

山本有三

私は今迄度々懸賞小説の選に立ち会ったが、何時も読むのが不愉快な位、退屈な作品にばかり接したものだ。

しかし、今度予選に入った太宰、高見、衣巻、外村、石川等の諸君の作が、何れも相当に書けており、態度の真面目なのが嬉しかった。

中でも、石川君の作品は構想も立派だし、しっかりしている。自分もこの作を推すことに異議はない。

（『文藝春秋』昭和10年9月号から抜粋）

菊池寛「話の屑籠」から

芥川賞直木賞も、別項発表の通、選定した。芥川賞の石川君は、先ず無難だと思っている。この頃の新進作家の題材が、結局自分自身の生活から得たような千篇一律のものであるのに反し、一団の無智な移住民を描いてしかもそこに時代の影響を見せ、手法も堅実で、相当の力作であると思う。

（昭和10年9月号）

芥川賞の石川君は、十二分の好評で、我々としても満足である。そのために九月号なども売行きが増したのではないかと思う。賞金その他の費用も十分償っているかも知れないから、社としても、結局得をしたのかも知れない。

（昭和10年10月号）

※話の屑籠　文藝春秋社を創立し芥川賞、直木賞を創設した菊池寛が「文藝春秋」に連載したコラム。

石川達三の足跡

石川達三の足跡

石川達三は1905（明治38）年旧平鹿郡横手町（現横手市）に生まれた。中学校英語教師だった父祐助の転任、転職などにより、少年期以降は秋田市楢山や、岡山県で過ごした。早稲田大学第二高等学院時代、岡山県の山陽新聞に「寂しかったイエスの死」を発表。早稲田大学英文科に入学した1925（大正14）年に大阪朝日新聞の懸賞小説に応募した「幸福」が当選し賞金を学資としたが、1年で中退。国民時論社に入社するも退社し、25歳で移民の監督者として「らぷらた丸」でブラジルに渡航し数カ月日本人農園に滞在し帰国。

35（昭和10）年8月、渡伯経験を元に日本人移民を描き同人誌「星座」創刊号に発表した「蒼氓」が、太宰治や高見順らの候補作品を抑えて第1回芥川賞を受賞した。

「らぷらた丸」デッキにて＝昭和5年

結婚翌年の37（昭和12）年に中央公論社の特派員として日中戦争下の南京に赴き翌年帰国後、戦地での惨禍を著した「生きてゐる兵隊」を中央公論に発表した。一部伏せ字が施されていたが即日発売禁止。「皇軍兵士の非戦闘員による殺戮、掠奪、軍規弛緩の状況を記述し、安寧秩序を乱した」として新聞紙法違反で禁錮4月、執行猶予3年の判決を受けた。太平洋戦争開戦直後には海軍報道員として徴用され再び戦地へ。

「生きてゐる兵隊」は終戦間もなく伏せ字なく刊行されたが、翌46（昭和21）年9月に「社会」創刊号に掲載されるはずだった、原子爆弾をテーマにしたエッセー「戦いの権化」が占領軍の検閲により発行禁止処分となった。▽公共の安寧を妨げる▽連合軍に対する恨みを惹起させる▽未来の戦争への予言―が発禁の理由だったとされる。

また、46年4月の衆議院議員選挙で、東京2区に日本民党公認候補として立候補した。落選はしたが、その後も筆勢は衰えることなく、70代まで「風にそよぐ葦」「四十八歳の

30代半ばから50代まで暮らした東京都世田谷区奥沢の自宅で執筆する石川達三

抵抗」「僕たちの失敗」「金環蝕」「青春の蹉跌」などの社会派の色濃い作品を発表し続けた。69（昭和44）年菊池寛賞受賞。

その間、日本ペンクラブ会長、芸術院会員、日本芸術家協会理事長、日本著作者団体協議会会長などを歴任した。日本ペンクラブ会長時代の77（昭和52）年に物議を醸した、「言論の自由には二通りあり、わいせつの自由は譲っても思想表現の自由は絶対譲れない」旨のいわゆる「二つの自由」発言は、一途に正義を希求する社会派作家ならではのエピソードとして語られている。一方、趣味のゴルフは「文壇きっての腕前」と言われた。

趣味のゴルフは「文壇きっての腕前」と言われた

85（昭和60）年1月31日、東京都目黒区・東京共済病院で死去。享年79。

郷里・秋田市の中央図書館明徳館に84年に開設された「石川達三記念室」には石川の生原稿やゴルフ用品、碁石、絵画などが収められている。２０１３（平成25）年には遺族から、第1回芥川賞受賞時に贈られた正賞の銀の懐中時計や「生きてゐる兵隊」で有罪判決を受けた際の裁判記録などが寄贈された。

石川達三　略年譜

石川達三　略年譜

1905（明治38）
7月2日、父祐助、母うんの三男として平鹿郡横手町古川町24（現横手市）に生まれる。父は盛岡藩祐筆を務めた儀平の三男で中学校英語教師。母うんは仙北郡角館町（現仙北市）栗原氏。

1907（明治40）　2歳
父が県立秋田中学校（現秋田高校）教頭に転じ、秋田市楢山裏町へ移る。

1912（明治45）　7歳
4月、秋田市築山小学校に入学。6月、父の退職により東京大井町へ転じ、9月、父の就職によって岡山県上房郡高梁町（現高梁市）へ移る。

1914（大正3）　9歳
母うん死去。東京の叔父石川六郎の家に預けられる。

1915（大正4）　10歳
父が再婚。継母せいに育てられる。

1919（大正8）　14歳

4月、高梁中学入学。大正11年、岡山市へ転居し関西中学4年に編入。
1925（大正14）　20歳
4月、早稲田大学第二高等学院に入学。同人雑誌「薔薇盗人」を発行。
1926（大正15）　21歳
夏、「山陽新聞」（岡山市）に「寂しかったイエスの死」を発表。
1927（昭和2）　22歳
「大阪朝日新聞」の懸賞小説に「幸福」が当選、賞金200円を得て学資とする。
4月、早稲田大学英文科に入学したが、1年で中退する。
1928（昭和3）　23歳
5月、国民時論社に入社。
1930（昭和5）　25歳
3月、移民船「らぷらた丸」でブラジルへ渡航。日本人農場に滞在し、8月に帰国する。
1935（昭和10）　30歳
4月、同人雑誌「星座」創刊号に「蒼氓《そうぼう》」を発表。8月、「蒼氓」によって第1回芥川賞受賞。10月、『蒼氓』を改造社より刊行。
1936（昭和11）　31歳

11月、梶原代志子と結婚、東京都中野区道玄町に住む。

1937（昭和12）　32歳

10月、『日蔭の村』を刊行。12月、中央公論社特派員として、日中戦争の戦場中支方面へ出発。翌年1月まで南京に滞在。

1938（昭和13）　33歳

3月、「生きてゐる兵隊」を「中央公論」に発表。同誌は即日発売禁止となる。新聞紙法違反で、禁錮4月、執行猶予3年の刑を受ける。

1940（昭和15）　35歳

2月、『転落の詩集』、6月、『三代の矜持《きょうじ》』、12月、『母系家族』を刊行。

1941（昭和16）　36歳

5月、南洋諸島旅行。12月、太平洋戦争開戦直後、海軍報道員として徴用。

1945（昭和20）　40歳

12月、『生きてゐる兵隊』を刊行。

1946（昭和21）　41歳

4月、第22回衆院議員選挙に立候補するも落選。

7月、原爆をテーマにしたエッセー「戦いの権化」脱稿するも、占領軍の検閲により発禁処分に。

10月、十和田湖へ旅し、秋田市で講演の後、帰京。
1947（昭和22）　42歳
7月、「望みなきに非ず」を「読売新聞」に連載。12月、同書を刊行。
1948（昭和23）　43歳
6月、『幸福の限界』を刊行。
1949（昭和24）　44歳
2月、『神坂四郎の犯罪』を刊行。芥川賞選考委員となる。4月、「風にそよぐ葦」前編を「毎日新聞」に連載。後編は25年7月から同紙に連載。
1950（昭和25）　45歳
2月、『風にそよぐ葦』前編刊行。後編は翌年4月刊行。
1951（昭和26）　46歳
スイスで開かれた世界ペンクラブへ日本代表として出席。
1952（昭和27）　47歳
4月、日本文芸家協会理事長に就任。8月、「青色革命」を「毎日新聞」に連載。
1953（昭和28）　48歳
4月、『青色革命』を刊行。9月、「悪の愉しさ」を「読売新聞」に連載。
1954（昭和29）　49歳

10月、『悪の愉しさ』を刊行。竹林会結成。デッサンの勉強を続ける。

1955（昭和30）　50歳

11月、「四十八歳の抵抗」を「読売新聞」に連載。

1956（昭和31）　51歳

6月、『四十八歳の抵抗』を刊行。アジア連帯文化使節団副団長として、インド、エジプト、ギリシア、ソ連、中国、その他を歴訪。

1957（昭和32）　52歳

4月、『石川達三作品集』（全12巻）を新潮社より刊行（翌年3月完結）。

8月、「人間の壁」を「朝日新聞」に連載。

1958（昭和33）　53歳

5月、『人間の壁』前編刊行。中編は34年1月、後編は同年7月刊行。5月、仁賀保町（現にかほ市）で文芸春秋講演会の後、秋田市などを訪れる。

1961（昭和36）　56歳

3月、アジア・アフリカ作家会議東京大会が開かれ、会長として尽力する。日本著作者団体協議会初代会長に就任。5月、「僕たちの失敗」を「読売新聞」に連載。

1962（昭和37）　57歳

2月、『僕たちの失敗』を刊行。7月、男鹿半島周遊の旅を楽しむ。
1963（昭和38）58歳
1月、東京都大田区田園調布へ転居。
1964（昭和39）59歳
2月、『傷だらけの山河』を刊行。「私ひとりの私」を「文芸春秋」10月号～12月号に連載。文芸春秋読者賞を受賞。
1965（昭和40）60歳
1月、『私ひとりの私』、12月『洒落た関係』を刊行。
1966（昭和41）61歳
10月、『金環蝕』を刊行。
1968（昭和43）63歳
4月、「青春の蹉跌」を「毎日新聞」に連載。
1969（昭和44）64歳
10月、菊池寛賞を受賞。
1972（昭和47）67歳
2月、『石川達三作品集』（全25巻）を新潮社より刊行（49年2月完結）。8月、『人物点描』を刊行。

1975（昭和50）　70歳

6月、日本ペンクラブ会長に就任。記者会見で「二つの自由」発言をする。

1976（昭和51）　71歳

11月、芸術院会員となる。

1978（昭和53）　73歳

8月、『愉しかりし年月』を刊行。

1979（昭和54）　74歳

9月、『小の虫・大の虫』を刊行。

1980（昭和55）　75歳

9月、『七人の敵がいた』を刊行。

1981（昭和56）　76歳

6月、『星空』、1月、『裏返しの肖像』を刊行。11月、『最近南米往徠記』を復刻。

1982（昭和57）　77歳

11月、『恥ずかしい話・その他』を刊行。

1983（昭和58）　78歳

『若者たちの悲歌《エレジィ》』を刊行。「あきた青年広論」第20号（1月）、第21号（4月）、第22号（7月）に私の青春人物登場を連載。この年、石川達三記念室開設運動が盛り上がる。

1984（昭和59） 79歳

10月23日、明徳館開館1周年記念に「石川達三記念室」を開設。寄贈品を中心に原稿、著書、作品掲載紙、絵画、写真などを展示。

1985（昭和60） 79歳

1月31日、東京都目黒区・東京共済病院で逝去。

2005（平成17）

石川達三生誕百年記念事業（長男石川旺氏による講演会、講座、映写会、ゆかりの地を巡るバスツアー等）を明徳館はじめ県内各地（鹿角、角館、横手）で実施。

2013（平成25）

4月、「蒼氓」で第1回芥川賞を受賞した際、正賞として石川達三が受け取った銀の懐中時計が遺族から明徳館に寄贈。

2014（平成26）

2月、都内で行われた第150回芥川賞・直木賞贈呈式で明徳館に贈られた銀の懐中時計が特別展示された。

8月、石川達三が「生きてゐる兵隊」で有罪判決を受けた際の公判調書と判決文を長男の石川旺さんが明徳館に寄贈。

２０１５（平成27）
４月、ブラジル・サンパウロの日本移民史料館に「石川達三記念コーナー」が開設された。
２０１６（平成28）
10月、日本ペンクラブが「ふるさとと文学２０１６『石川達三の秋田』」を秋田市で開催。

復刊にあたって

復刊にあたって

純文学新人賞の最高峰・芥川賞が150回を迎えた記念すべき年に、秋田県出身の作家・石川達三（1905〜85年）が第1回芥川賞を受賞した「蒼氓」を上梓、復刊することができました。

1930（昭和5）年に本県をはじめ全国からブラジルへ移住するため神戸の国立海外移民収容所に集まった900人が、不安と期待の中で過ごした出港までの8日間を描いたこの作品は、大学を中退、仕事も辞して移民監督者としてブラジルに渡った経験を生かした石川の出世作です。当時、主流となっていた私小説とは対照的に、まさに蒼氓（民衆）を真正面から捉え広範な読者の心をつかんだことが高く評価されました。移民の大多数は極貧の農民です。そのひとりひとりの会話や風体、立ち居振る舞い、生い立ちを、卓越した観察力で丹念に書き上げ、国策に翻弄され故郷を捨てた民の悲哀と覚悟、未知の地に対する一縷の希望を複層的に伝えます。紙背から国策の名の下に軽んじられていく民衆の存在があぶり出されてきます。

芥川賞受賞後、石川はコーヒー豆の価格暴落を受けたブラジルの低賃金など、絶望的な現実に直面し、自分たちは移民ではなく国から見捨てられた「棄民」であることを知らされる船内での生活を描いた第2部「南海航路」、辛苦に耐えながらブラジルの大地に希望を託し、たくましく働きだす姿を描写した第3部「声無き民」を加え長編小説として39年に発表しました。

このたびの復刊は秋田魁新報が２０１４年２月２日に創刊１４０年を迎えたことを契機として、絶版となった名作にいま一度親しんでもらおうと企画し、「蒼氓」３部作全てを収録いたしました。原文を極力尊重しながら、中・高生も読みやすいよう、旧字などには仮名を振っています。

また、「生きてゐる兵隊」「四十八歳の抵抗」「青春の蹉跌」などを著し、日本ペンクラブ会長も務めた石川達三の足跡も紹介しています。

日中戦時下、南京での日本兵を描いた「生きてゐる兵隊」が軍部の検閲で発禁、戦後は原爆をテーマにしたエッセー「戦いの権化」が占領軍の検閲で発禁処分を受けた石川の作品の深層には、揺るぎない正義感が流れています。「蒼氓」からは、漆黒の闇の中でも一閃の光に希望を見いだしては立ち上がった民衆のどこか楽観的なたくましさが伝わります。

末尾になりましたが、石川達三のご子息・石川旺さま、ご息女・竹内希衣子さま、株式会社新潮社さま、財団法人日本文学振興会さま、秋田市立中央図書館明徳館さまはじめ、復刊にご協力いただいた関係者のみなさまに心よりお礼申し上げます。

２０１４年６月

秋田魁新報社代表取締役社長
小笠原　直樹

装画＝佐藤　緋呂子
「私の宇宙 mon espace 起」(2012年)

さとう・ひろこ　日本画家。秋田市生まれ、秋田大学卒。東京在住。日展・日春展・入選。上野の森絵画大賞展入選・同秀作展出品

蒼　　氓

著　　者　石川 達三

発 行 日　2014年6月24日　初　版
　　　　　2019年6月15日　第2刷
　　　　　2021年5月8日　第3刷

発 行 者　佐川　博之

発 行 所　株式会社秋田魁新報社
　　　　　〒010-8601　秋田市山王臨海町1－1
　　　　　TEL.018(888)1859(企画事業部)
　　　　　FAX.018(863)5353

定　　価　本体1500円＋税

印刷・製本　秋田活版印刷株式会社

乱丁、落丁はお取り替えいたします。

ISBN978-4-87020-356-3　c0093 ¥1500E